U0018925

逆時偵查3

未來之光

張小貓　著

主要人物介紹

路天峰

精英刑警。十七歲時，發現自己擁有感知「時間迴圈」的能力，可以不定時重複經歷同一天五次，並依靠此能力解決了數起要案。這次司徒康找他到未來之光郵輪上，調查「時間機器」拍賣之事。

陳諾蘭

年輕有為的尖端生物學家，同時也是路天峰的女友，這次她帶著一台能透過DNA檢測感知者身分的分析儀登船，試圖幫助路天峰解開時間之謎。

司徒康

「天時會」成員中最高層級的「干涉者」，能啟動時間倒流，後來因理念不合脫離組織。他想方設法讓路天峰和陳諾蘭參加未來之光郵輪之旅。

櫻桃

真實身分不明，和三年前發生的一起藝術品劫案有關，地下世界最有名氣的「買手」，沒有她拿不到手的貨。她受到國際刑警的通緝，據說也登上未來之光郵輪，可能是這場拍賣會的關鍵人物。

水川由紀

來歷不明的日本籍女子，是司徒康身邊忠心耿耿的保鏢。

談朗傑

東南亞娛樂大亨談武衡最小的兒子，人稱「九公子」。從小成長過程被保護得很嚴密，媒體所知的資訊不多，相當神祕。

杜志飛

郵輪大王杜家浩的獨生子，也是家族未來的掌舵人。他作風高調，多次因負面消息上報，是個爭議不斷的網路紅人。最新的女友是十八線電影女星賀沁淩。

丁小刀

專業賭徒，曾獲世界撲克大賽冠軍。在某次賭局中輸給一名神祕女子後，答應要為對方辦事。

謝鶱

受杜志飛破格聘用，擔任郵輪上的駐場魔術師，自身懷有不可告人的祕密。

「銀行家」

白種人，姓名、年齡、國籍不詳，綽號「銀行家」。地下錢莊經營者，專事洗黑錢，業務範圍以亞洲地區為主。

目錄

序章

1

入夜，破落的小漁村。一個戴著鴨舌帽的男人，提著一袋外賣便當，鬼鬼祟祟地鑽入燈光昏暗的巷子裡頭。

他三步一回頭，確認身後沒有人跟蹤，就突然閃身走進某戶人家的院子，然後在門前等待了半分鐘，依然聽不見四周有任何聲音，才放心地推開了木門。

咿呀——

木門發出難聽的怪叫聲，院子裡的樹梢上，有一隻黑色的鳥被驚動，撲打著翅膀飛遠。門後有個年輕的女子倏地起身，神情警覺，直至看清楚來者是誰，才長舒一口氣，重新坐下。

「鄧老師……」

「阿儀，先吃飯吧。」男子脫下鴨舌帽，把便當放在桌子上。這兩個人，赫然就是警方通緝的天時會成員，鄧子雄和馬悅儀。（見《逆時偵查2：時間的主人》結尾部分）

「嗯，我先把飯拿去給袁老師，他今天還是一整天把自己關在房間內。」

馬悅儀正想拿起便當，鄧子雄卻突然拉住了她的手，並壓低聲音說：「阿儀，你有沒有覺得袁老師這幾天的表現有點失常？」

「沒錯，這幾天他的心情一直都很差。」

「不僅如此，我們說好了要去投靠司徒康，由袁老師負責聯絡，但卻好幾天都沒有任何動靜……」

鄧子雄的聲音更低了，「我懷疑袁老師的立場有所動搖。」「啊？」馬悅儀露出驚愕的神色，這一段日子的逃亡生活，讓原本精緻愛美的她憔悴了許多，臉上的雀斑都冒出來了。

「昨晚我還在他的隨身背包當中發現了這個……」鄧子雄拿出一個小瓶子，裡面是半瓶無色透明的液體。

「這是什麼？」

「經典毒藥，氫氰酸。」

馬悅儀不禁捂住了嘴巴，眼神中流露出恐懼。

「袁老師……想殺了我們？」

「也許殺了我們，他還能重新回歸組織，所以才會好幾天都跟我們說聯繫不上司徒康吧？」鄧子雄陰沉地說。

「那我們該怎麼辦？」馬悅儀畢竟還只是個二十出頭的女大學生，早就慌了神，恨不得立即逃出這間屋子，遠離袁成仁。

「先下手為強，最上面的這盒便當裡，我加入了氫氰酸……」鄧子雄把便當遞給馬悅儀，拍了拍她的肩膀，「妳去送給袁老師吧。」

「我……」馬悅儀臉色煞白。

「放心，這樣一來我們就是共犯了，相信我，我會想辦法聯繫上司徒康的。」

馬悅儀拿起便當，雙手依然微微顫抖著，她深吸一口氣，好不容易才控制住自己的情緒。

「我明白了。」生死關頭，馬悅儀也不得不逼迫自己做出這個艱難的抉擇。

她的神色恢復如常，邁著大步，走向袁成仁所在的房間，敲門，用甜美的聲音說：「袁老師，吃飯了。」

袁成仁打開了房門，他似乎蒼老了不少，眼內滿是蕭索和絕望。

「謝謝……」聲音沙啞地道謝後，袁成仁接過便當，又關上了門。

馬悅儀回到鄧子雄身邊，看著桌上的便當，卻怎麼也沒有胃口進餐了。幾分鐘後，袁成仁的房間內傳來一聲短促的慘叫，接下來是重物倒地的聲音，最後是一片可怕的寂靜。

馬悅儀連站立的力氣都沒有了，一屁股癱坐在椅子上，身子不停顫抖著。

鄧子雄倒是冷靜如初，他先去查看了一下袁成仁的情況，確認袁成仁已經氣絕身亡後，重新回到馬悅儀身邊，雙手輕輕地搭在她的肩膀上。

「成功了，我們自由了。」

「嗯……」馬悅儀渾身發冷，還在顫抖。

「沒關係的，先喝杯熱茶，定定神。」

失去思考能力的馬悅儀，順從地喝下鄧子雄遞給她的熱茶。一股溫暖的感覺由喉頭蔓延到全身，她終於感覺好些了。

鄧子雄的嘴角翹起，原本搭在馬悅儀肩部的雙手，順著她的手臂往下滑，變成了近乎於從背後環抱著女生的姿勢。

「阿儀，我發現妳其實也挺漂亮的嘛。」鄧子雄輕佻地笑著說。

馬悅儀的身體有點僵硬，她並非對這種狀況毫無心理準備，孤男寡女亡命天涯，即使發生什麼情愫也是人之常情，更何況，她對自己的容貌還是頗有信心的。

「鄧老師，以後我就只能倚賴你了……」馬悅儀刻意用媚惑的聲線說話，後背貼緊了男人的胸口。

「哎，真可惜，便宜了那個老傢伙……」鄧子雄莫名其妙地歎了一口氣。

馬悅儀心頭一驚，然而她還來不及想明白到底發生了什麼，腹部突然湧起一陣尖銳的刺痛，緊接著，疼痛感迅速擴散到胸口和喉嚨處，她驚恐地張開了嘴巴，卻發現自己無法呼吸，頭暈目眩，身體軟綿綿地癱倒在鄧子雄懷裡。

「呃……喔……喔……」馬悅儀的面容扭曲，雙手胡亂揮舞著，嘴裡發出斷斷續續，不明所以的呻吟，身體開始了一陣陣無規律的痙攣。

「茶裡還有另外半瓶氫氰酸呢。」鄧子雄在她耳邊，悄聲說道。

為什麼？為什麼會這樣？

馬悅儀眼前的世界慢慢黯淡下去，兩行清淚劃過她的臉龐，而在眼淚滴落地面之前，她就已經不甘心地嚥下最後一口氣，雙目圓睜，香消玉殞。

鄧子雄等馬悅儀徹底沒了動靜之後，才把她拖進袁成仁的房間，將兩具屍體擺到床上，並脫掉了兩人身上的衣物，讓他們看起來像是走投無路，最終選擇服毒殉情。

「袁老師，學生待你不薄了吧，最後還找了個青春靚麗的女人陪你上路。」鄧子雄點燃了一根菸，深深地吸了一大口。

「這下子，我終於有機會回歸組織了。」

窗外的夜，寂靜如初。

2

美國，西海岸某小城。

一間並沒有播放強勁背景音樂的酒吧內，吧台處有一名西裝筆挺的男子，正在為幾名女顧客表演撲克魔術。這位魔術師大概三十歲出頭，黃皮膚黑眼睛，樣貌是頗受亞洲女性歡迎的硬朗風格，但在美國人眼中就顯得平平無奇了。

「請這位小姐選一張牌……很好，請將牌拿在自己手中，別讓我看見牌面。」魔術師的英文非常道地，聽不出絲毫異鄉人的口音。

年輕的金髮女郎看了看自己手中的牌，是一張梅花7，然後趕緊遮擋起來。

「好，已經看過牌面了嗎？」

金髮女郎點點頭。

「請將撲克牌面朝下，放在桌面上……很好，然後請妳用右手蓋住它。很好，非常棒，接下來我會感應一下這張牌到底是什麼。」

魔術師微笑著，將自己的右手按在了金髮女郎的右手上，金髮女郎也笑著對魔術師拋了個媚眼。

「嗯，我感應到這張牌了……是紅色的，紅色的對嗎？」

金髮女郎大笑起來，連連搖頭。

魔術師的腦袋晃得更誇張，「不，一定是紅色的，紅心A。」

說罷，魔術師將右手縮了回去，而金髮女郎隨即翻開掌心下的撲克牌，略帶興奮地大喊著：「嘿，你猜錯了，這是一張——啊？」

桌面上的牌，赫然印著一顆大大的紅心。

金髮女郎翻開的那張牌，確實是一張紅心A。她目瞪口呆，難以置信地看著自己的右手，彷彿自己手掌上有一個隱形的洞。其他幾名圍觀的女顧客，不約而同地鼓起掌來。

「謝謝，謝謝大家。」魔術師向女士們鞠躬致敬。

這時，一個身穿白色短袖T恤，栗色短髮的女生，擠到了吧台前，一臉興趣盎然地打量著魔術師。

「中國人？」短髮女生說著不太標準的中文。

「是的，我是中國人。」魔術師換成了自己的母語，聽起來反倒有點生疏。

「中國的魔術師，超厲害的。」短髮女生向魔術師豎起了大拇指。

「過獎了……」

「請問可以為我表演魔術嗎？」短髮女生大方地坐在吧台前，開始說起英文來。

「沒問題啊，請先隨便選一張牌。」魔術師飛快地洗了洗手中的撲克，手腕一轉，將撲克牌攤開成一個美妙的扇形，放在桌面上。

短髮女生咬了咬嘴唇，模樣甚是可愛，隨後小心翼翼用指尖按住其中一張。

「好的，請把這張牌拿出來，然後看一下牌面是什麼，但千萬別讓我看見。」

短髮女生翻開撲克牌的一角，是一張黑桃K。

「看好了。」她輕輕蓋上牌。

「那請妳記住這張牌，然後將它重新插回牌堆。」魔術師滿懷自信地說：「接下來，我想請妳洗一下這副牌，對，很好，可以多洗幾遍。」

短髮女生在魔術師的引導下，有點笨拙地將牌洗好。

魔術師接過撲克牌，然後將整副牌放回牌盒之中，再把牌盒豎立在桌面上，開口向上。

「各位女士，接下來你們將會看到十分神奇的撲克魔術，Rising Card——剛才這位小姐所選的牌，將會自動由牌盒之中升起。」

「啊？」

「怎麼可能？」

圍觀群眾議論紛紛，都表示難以置信。

「請看——」魔術師稍微提高了音量，雙手按在桌面上，並沒有接觸牌盒，但牌盒開始微微晃動起來，一張牌從整齊的牌堆之中，緩緩升起。

「哇——」四周一片驚歎和譁然。

魔術師得意地笑了，因為他看見了那張應該被他找出來的黑桃K，只不過因為角度的緣故，女顧客們現在還只能看到牌背的圖案，並不知道他的表演已經成功。

所以他還能再故弄玄虛一下子。

短髮女生似乎最受震撼，她忍不住伸出手，在牌盒上方和四周來回揮動著，想要找找看是否隱藏著釣魚線之類的東西。

「太神奇了，不可思議。」短髮女生眨著眼，用崇拜的眼神看著魔術師。

「只是讓牌升起來並不神奇，神奇的是，這居然就是妳剛才所選的那張牌——黑桃K！」魔術師用他那靈巧無比的右手將撲克牌拿起，遮擋住牌面，迅速放下，優雅地移開右手。

他似乎聽到了觀眾同時倒吸一口涼氣的聲音。

但是並沒有歡呼和掌聲。

桌面上的那張牌，不但不是黑桃K，而且是一張鬼牌，Joker。

魔術師很清楚，自己這副牌裡根本就沒放鬼牌。他的額頭冒出冷汗，牌面上的小丑似乎嘲笑著他的自大與無知。

「真正的黑桃K，在這裡呢。」短髮女生依然微笑著，但現在她的笑容顯得意味深長，她用右手在自己的耳邊彈了個響指，一張紙牌就這樣憑空出現在她的手中。

現場觀眾再次驚訝地尖叫起來。

魔術師只覺得自己的雙腳在顫抖，連站都站不穩了。所謂外行看熱鬧，內行看門道，普通人可能覺得憑空出現一張紙牌非常神奇，但身為魔術師，他清楚最難的地方其實是對方竟然能夠在他眼皮底下，假借檢查機關時的幾個簡單動作，就成功調換了兩張牌。

更可怕的是，他今天表演 Rising Card 完全是臨時起意的，對方卻能夠根據他的魔術流程完美應對，可見她的實力絕對深不可測。

「謝騫，以你的實力，不該淪落到這種地方來表演。」短髮女生換回了中文，她的聲音帶著一種讓人難以抗拒的魔力。

「妳是誰，為什麼會知道我的中文名！」魔術師謝騫漲紅了臉。

「我還知道很多關於你的事情……今天我是特地來邀請你和我一起，共同演出一場超華麗的魔術。」短髮女生俏皮地眨了眨眼，向謝騫伸出了右手。

謝騫似乎想不出任何拒絕的理由。

3

東南亞某國，一幢外表看起來平平無奇的鄉間別墅，裡面卻大有玄機。

八個人圍坐在一張橢圓型的大桌子旁，另一名衣冠楚楚的年輕女子站在桌旁正在發牌，手法相當嫻熟。

這裡是一個地下賭場，雖然屋內的裝潢格局遠不如正規賭場氣勢恢宏，但對賭客而言，賭注大小才是他們最關心的事。

而現在這場進行得如火如荼的德州撲克賭局，是大家最喜歡的無上限投注局，而且比正規賭場更刺激的是，這裡不但能賭錢，還能賭命。

八名賭客當中，面前籌碼最多的是一個表情冷漠的年輕男子，無論是跟注，加注還是蓋牌，他永遠是一副硬邦邦的神情。另外七名對手自然而然用警戒的目光打量著他，因為在賭桌上毫無情緒波動的人，才是最可怕的對手。

這個男人還有一個特別的地方——他的右手只有四根手指，原本小指的位置，只留下了一個整齊的切口。熟悉地下賭場的人，就知道他的名字——「九指賭神」丁小刀。出生卑微的他，曾經淪落街頭，身無分文，靠作弊維生，甚至還被人砍斷了右手的小指頭，但他竟憑著過人的毅力和天賦，一步步往上爬，最終贏得世界撲克大賽的冠軍。

只不過盛極而衰，沒多少人知道已經功成名就的他，為什麼一夜之間又破了產，必須重操舊業。因為他的賭術過於精湛，很快就被大部分正規賭場列入了黑名單，無法繼續在那些地方賭錢，於是乾脆跑到這裡來。

新一局的較量開始，第一輪發牌過後，已經有一半的玩家選擇了「蓋牌」，即認為自己的牌面不夠強，因此放棄了這一局的比拚。

丁小刀瞄了一眼自己的底牌，黑桃A，紅心A，這是在德州撲克遊戲當中點數最大的底牌了，但他依然沒有任何情緒波動，輕輕蓋上了牌。

「跟注。」

表面平靜如常的他，大腦其實正在飛速運轉著，分析每一個對手的特點。

最沒有威脅的是那個穿著低胸V領裙，身材火辣的長髮女子，丁小刀判斷應該是個新手，因為她在大部分的對局中都選擇早早收牌，而只要她堅持到最後，一定是拿著足夠大的底牌。在德州撲克中，她這種玩法叫「最強十手」——永遠只玩牌面最強的十手底牌，雖然看起來沒什麼技巧，對局的樂趣也幾近於零，但事實上對新手而言是勝率最高的玩法，而且真正能夠在賭桌上保持冷靜，堅決貫徹這種戰術的人，也是鳳毛麟角。

另外一個威脅不大的，是那個穿格子襯衫，戴著茶色眼鏡的中年人，丁小刀注意到他全身上下都是名牌，光手錶就值好幾萬美金，這樣的人居然戴著一副沒有任何品牌，設計也很平庸的眼鏡，唯一的可能就是他平時根本不會戴著它，只會在賭桌上使用。丁小刀也見過不少這樣的人，他們的眼神和目光總會暴露出底牌的好壞，因此只好選擇用有色眼鏡來掩飾。

丁小刀真正在意的，是坐在自己身邊那個不苟言笑，一臉嚴肅的大叔。他自稱是北歐人，身高將近一米九，打牌時也很有氣勢，每個動作都充滿了力量，是個自信心十足的人。根據今天的表現來觀察，在這一局的競爭對手當中，他的牌技應該是最好的——所以，丁小刀決定要引他上鉤。

手裡拿著一對A，贏了很正常，但怎樣盡量贏得更多籌碼才是對賭技的真正考驗。

沒有人繼續下注了，荷官開始發前三張公共牌——德州撲克的玩法是用自己手中的兩張底牌與公共區域的五張公共牌一起，湊出最強的五張牌，誰的牌面最大，就能贏得籌碼池內的全部籌碼。前三張公共牌發完後，會有新一輪的投注，玩家可以考慮根據牌面狀況，是否繼續加大投注金額。

方塊3，方塊A，梅花3。

丁小刀手中的牌現在已經湊成了「Full House」，也就是俗稱的「三帶二」，這可是殺傷力極大的牌面了。

「我加注。」格子衫男首先發難，扔出兩個綠色籌碼，這是這裡的最小籌碼金額，每個代表一千美金。

北歐大叔想了想，把面前的牌往荷官方向推了推：「Fold（蓋牌）。」

丁小刀心念一動，暗叫可惜，沒想到這個大叔居然那麼快就放棄了。

「跟注。」性感女人笑顏逐開，同樣扔出了兩個綠色籌碼，丁小刀判斷她手中應該有一張是A，現在湊成了「兩對」，也算是不錯的牌面了。

「跟注。」丁小刀當然也選擇跟注。

荷官發出了第四張公共牌，紅心K。

賭桌上的氣氛突然發生了變化，性感女人和格子衫男都不約而同將身體微微向前傾，這是沉不住氣的玩家看到了好牌時的下意識動作。

丁小刀心中暗笑，他猜性感女人可能是湊出了A和K的兩對，而格子衫男說不定手裡有兩張K。這一局大家的運氣都那麼好嗎？

格子衫男思考了好一陣子，才扔出兩個藍色籌碼，這代表著兩萬美金，將投注金額一下子提升了十倍。

「我加注。」沒想到性感女人毫不猶豫地扔出五個藍色籌碼，她手中的牌一定也很大。

丁小刀修正了他的判斷，拿著一副「Full House K」的人，更可能是眼前這個性感女人。

丁小刀想了想，還是跟注了，現在全場的焦點回到格子衫男身上，剛才下注兩萬美金的他，必須再下注三萬，才能繼續玩下去。

這時候，格子衫男的額頭上冒出了細細的汗珠，看來他的心理防線要崩潰了，這個人的底牌並沒有想像中那麼大。而性感女人似乎心情很好，下意識地玩著手邊的籌碼，一副輕鬆的樣子。

「我不跟了。」格子衫男漲紅著臉，低聲說。一分鐘前豪氣無比扔下去的兩萬美金，瞬間化為烏有。

丁小刀看了一眼那風騷的女人，心想，妳還是高興得太早了。

最後一張公共牌發出，是一張梅花J。

性感女人躊躇不定，纖長的手指在自己那堆籌碼上掃來掃去，似乎在思考到底該如何下注。最後，她推出厚厚的一疊籌碼，細聲細氣地說：「二十萬。」

丁小刀的內心毫無波瀾，籌碼總額過千萬美金的賭局他也見過不少，這區區幾十萬實在是小兒科。只是他有點在意的是，這個行為舉止處處流露出新手痕跡的女人，為什麼突然變得那麼大膽了？但丁小刀可不是那麼容易被嚇住的，德州撲克玩的就是心理戰，需要在謹慎和大膽之間尋找一個微妙的平衡點。性感女人想要贏，除非手裡拿著的是一對3，但如果她真的拿著一對3，按照「最強十手」的戰術，應該在第一輪就收牌不玩了。

「All in。」丁小刀將面前那一大堆花花綠綠的籌碼全部推了出去，五十六萬八千美金，他連數都不用數，心裡盤算得清清楚楚。

其他人不禁發出一聲驚歎，紛紛轉頭看向性感女人。

性感女人愣住了，她沒想到丁小刀出手那麼狠，於是她再次看了看自己的底牌，似乎生怕剛才看走了眼。

女人咬了咬嘴唇，對荷官說：「不好意思，我身上的現金不夠了。」

眾人又是一陣譁然，性感女人言下之意，是她要跟注，只是手頭上錢不夠而已。

丁小刀沒說話，因為他知道荷官會替大家解決問題。

「請問這位小姐，妳身上有適合的抵押物嗎？」

「這只戒指如何？」性感女人脫下了手指上的鑽戒，遞給荷官。荷官接過看了看，臉色霎時變了，連忙打手勢，請駐場鑑定師趕緊來幫忙。地下賭場經常出現用實物抵押下注的情況，為了盡量減少客人對實物價值的爭議，駐場鑑定師水準絕對是頂尖的。

鑑定師一看，也大吃一驚，說：「小姐，這枚戒指應該是歐洲皇室流傳下來的，無價之寶啊……」

「沒關係，我就用它來玩這一局。」性感女人笑了笑，向丁小刀拋了一個媚眼，接著說：「只是我已經加注到這個地步了，丁先生不能只下這幾十萬的注吧？」

丁小刀心頭一震，嘴角難以自控抽搐了一下。這個女人竟然認得他。

「那妳的建議是？」

「如果我輸了，這戒指歸你，而如果我贏了，你得幫我一個小忙。」性感女人將那價值連城的戒指，扔進了籌碼堆裡。

丁小刀已經意識到這很可能是針對自己而設的陷阱，那個女人只是一直在假裝新手而已，但就算是陷阱又如何呢？難道她手裡真的拿著一對3嗎？

所謂的「一個小忙」，也許是要他赴湯蹈火，然而若在這個節骨眼退縮，他還配得上「九指賭神」的稱號嗎？

丁小刀覺得眼前的女人似乎連氣場都完全不一樣了，整個人散發著危險而神祕的魅力，好像一個無底的深淵，要將他吸引進去。

「我跟注。」丁小刀下意識摸了摸那根不存在的小指頭，這是他每當面臨絕境時的習慣性動作。

「請開牌。」荷官說。

丁小刀緩慢而堅定地翻開了他的底牌。

「Full House！」這牌果然鎮住了大部分看熱鬧的賭客。

然而性感女人翻開她的底牌後，現場一片鴉雀無聲。

「Four of a kind！」荷官高聲宣布。

她手裡拿著的果然是一對3，所以在前三張公共牌發出之後，她已經湊出了戰鬥力驚人的「四條」。

丁小刀輸了，他失敗的原因是低估了自己的對手，但他還是有點不服氣。為什麼會在這種地方遇上如此強勁的對手？分明就是故意給他下套的。

丁小刀默默在心裡苦笑著，他知道，輸掉幾十萬美金還是小事，女人要讓他幫的一個小忙，恐怕是難於登天。

但是他已經無路可退了。

4

D城警察局辦公大樓門外，二十四小時便利店。

下午四點，一臉疲態的路天峰推門走進便利店。熟識的店員看見他，主動上前打招呼，「路警官，還是老規矩嗎？」

「老規矩，大杯熱美式。」原本不喜歡喝美式咖啡的路天峰，自從轉調到刑警隊資訊分析部門以來，因為需要整天坐在電腦面前看檔案和資料，很少出外勤的機會，漸漸變得有點咖啡依賴症了。

路天峰接過熱氣騰騰的咖啡，坐到角落裡，慢慢喝了起來。便利店的咖啡很難稱得上「好喝」，但用來提神還是可以。

「路警官，好久不見。」毫無徵兆地，一個男人徑直坐在路天峰身邊，用一種跟老朋友打招呼的語氣，輕鬆愉快地說。

「司徒康？」路天峰本能皺了皺眉。

「別來無恙吧？看起來精神狀態不錯，說不定你的感知能力已經提升到新的層次了。」司徒康似乎並不期待路天峰回答，自顧自地繼續說了下去，「據說資訊分析部門只是個閒職，對你而言真是大材小用啊。」

路天峰並沒有搭話，對於這個神祕的男人，他始終還是心存忌憚。而且自從汪冬麟一案解決後，最近幾個月來，路天峰就像往日那樣，時不時能感知到單日時間迴圈，卻不再感知到時間倒流了，因此他也不確定自己是否擁有所謂「等級更高」的感知能力。

司徒康像是看穿了路天峰的心事一樣，說道：「放心吧，近期並沒有發生過時間倒流，你當然感知不到。對了，這幾個月來，關於時間感知者的研究在學術界可是鬧翻天了，相信路警官也略有所聞吧？畢竟你的女朋友也是圈內人士。」

司徒康貿然提及陳諾蘭，更讓路天峰心裡暗暗不爽。

「局裡還有點事等著我處理，失陪了。」路天峰拿起還剩大半杯的咖啡，準備起身離去。

「路警官，即使你今天躲開我，我還是會繼續來找你，何必浪費時間在我追你躲這種無聊事情上呢？」司徒康冷冷一笑，眼神裡帶著一絲譏諷。

「那請問司徒先生有何貴幹呢？」路天峰沉住氣反問道，他很清楚司徒康這種人，不達目的誓不罷休，一味迴避確實不是上策。

「既然上班太苦悶，我建議你帶女朋友一起去旅行散散心。」司徒康將一張印刷精美的傳單遞給路天峰。

傳單上最顯眼的，莫過於「未來之光，華麗啟程」八個大字，背景是一艘嶄新的豪華郵輪，除此之外沒有任何文字說明，只留下了一個 QR Code，和一串免費諮詢電話號碼。

「我不懂這是什麼意思。」路天峰翻到傳單背面，卻只看到一片空白。

「未來之光號郵輪，將於下個月展開首航之旅，由D城出發，前往東南亞海域繞一圈，然後返回

D城，全程五天四夜。這是目前國內最先進和最豪華的郵輪，噸位能夠容納近五千名乘客，卻只規畫了三千個床位，讓每位遊客可以享受更大的住宿空間，整體感受更為舒適……」

「等等。」路天峰不客氣地打斷了司徒康的發言，「有話直說，難不成你還兼職當郵輪旅遊推銷員了？」

司徒康嘿嘿一笑，將傳單收回懷裡，「好，簡而言之，就是我想邀請你和陳諾蘭小姐，一起享受這次豪華郵輪之旅。」

「對不起，我沒有假期，更沒有興趣。」

「放心吧，假期會有的，至於興趣嘛……也許你可以看看這個。」司徒康拿出自己的手機，飛快操作後，進入一個電子郵件的介面。

路天峰雖然明知道司徒康不安好心，卻也忍不住好奇看了看。那是一封匿名郵件，正文很簡單，就只有幾行字。

「我已經研究出能令時間倒流的機器，將進行公開競價拍賣。有意參加拍賣者，敬請於今年九月二日，登上由D城出港的未來之光號郵輪，並準備好充足的競拍資金，本人只收取虛擬貨幣DT Coin，麻煩各位提前兌換。詳細拍賣流程與交易事宜，待登船後再與各位聯繫。」

路天峰不以為然地哼了一聲，「司徒先生，自從你在網路上公開基因研究資料以來，每天都有人大肆張揚，宣稱自己破解了時間感知者的祕密，但據我所知，沒有一個靠得住的。」

司徒康聳聳肩，說：「然而這傢伙不一樣，他並沒有高調宣傳，而是私下發了這個匿名郵件給我，還附上他的研究報告影本。我已仔細看過，那份研究報告取得了不少突破性的進展，裡面有部分實驗資料是可以重複驗證的，經過我的專家團隊分析，整份報告的真實性超過百分之九十。」

「我明白了，你想登船驗貨，參加拍賣，但這跟我完全沒有關係。」

「路警官，你是個聰明人，一定很清楚如果時間機器真的存在，到底會吸引多少人來爭奪，也明白萬一時間機器落入心腸歹毒的人手中，又會帶來一場怎樣的災難。」

路天峰喝下一大口苦澀的咖啡，笑道：「要是讓司徒先生拿到時間機器，又算不算是災難呢？」

「這是個好問題，但你可以親自去探尋答案。」司徒康毫不退縮地迎向路天峰的目光，不慌不忙地說：「我需要像你這樣的優秀感知者幫忙。」

「我並不確定自己是不是優秀的感知者……」路天峰話音未落，眼前一花，手中的咖啡杯突然之間變重了一點。他眨了眨眼，隨之意識到時間稍微回溯了十秒左右，回到了他喝下咖啡前的那個瞬間。

「現在你可以確定了吧？等你的好消息。」剛剛完成了一次短暫時間倒流的司徒康露出疲憊的笑意，站起來拍了拍路天峰的肩膀，起身離去，那張郵輪的廣告傳單和一張名片夾在一起，被他留在桌子上。

路天峰再次拿起傳單和名片，思考片刻，然後笑了笑，毅然轉身把它塞進了旁邊的可回收垃圾桶內。他不想再和司徒康這種人有什麼瓜葛了，但他還是記住了名片上的那個電話號碼。

5

就在路天峰「偶遇」司徒康後又過了兩天，正在電腦螢幕前埋頭整理資料的他，突然接到了羅局打來的內線電話。

「小路，我是羅局，請來我辦公室一趟。」

「羅局？」枯坐辦公室太久了，突然受到局長的召見，路天峰還愣了愣，一時沒反應過來。

「對啊，怎麼啦？沒有心理準備？身為人民保母，應該隨時準備上戰場才對啊。」羅局似乎心情不錯，還有閒情開玩笑。

「馬上到！」路天峰放下電話，內心躍躍欲試。

不管是什麼任務，總比呆在辦公室裡面分析資料強多了。

幾分鐘後，當路天峰進入羅局辦公室時，略感驚訝地看到房間內還有其他人在——訪客是一男一女，男的約莫三十多歲，五官容貌帶著典型的中外混血兒特徵，身穿剪裁講究的黑色西裝，還打了領帶，衣著正式得跟警察局的氛圍有點格格不入；另外一個女生看起來則更年輕一點，身材嬌小玲瓏，裡面穿一件白色T恤，外面套著水藍色的牛仔吊帶連衣裙，休閒之餘也彰顯了青春活力。

「介紹一下，這位是路天峰，我們局裡最優秀的同仁；這兩位是來自美國的國際刑警，雷派克先生，孫映虹小姐。」

國際刑警？路天峰的心裡冒出一個問號。

羅局示意路天峰就座，然後對雷派克說：「派克先生，可以開始了。」

「ＯＫ，就讓我來介紹一下。」雷派克的中文有些生硬，帶著美國人特有的腔調，但還算是標準易懂。

雷派克打開了他隨身攜帶的小型投影機，在辦公室的牆壁上投影出一張鉛筆素描畫像，畫上的人是一名年輕女子。

「畫中的女子，應該為中國籍，真實姓名不詳，但有個網路暱稱『櫻桃』；年齡約在二十八歲到三十五歲之間……因為沒有她的照片，所以只能用畫像代替。」

路天峰心中隱隱覺得自己在哪裡聽過這個化名，但一時沒想起來。

「警方懷疑她跟三年前的一起藝術品劫案有關……」

路天峰腦中靈光一閃，他終於想起來了，這是三年前發生在T城的一起驚天大劫案。因為該搶劫集團在得手後分頭逃竄，其中兩名成員最後是在D城落網，所以在D城警察局的資料庫裡有一份關於此案的完整檔案，路天峰也曾經仔細研究過。

三年前，T城最大的拍賣行嘉華盛世接到了一筆大生意，多位歐洲知名的收藏家聯手，將十三件歐洲皇室流傳下來的稀世珠寶委託嘉華盛世拍賣。當時那批收藏品的起拍底價總和超過兩千萬美金，而圈內人士評估最終總成交價可能會超過五千萬美金，因此這場拍賣會吸引了國內外許多收藏愛好者的關注。

對於如此價值高昂的拍賣品，嘉華盛世自然不敢怠慢，除了買高額的保險之外，更是聘請兩家不同的保全公司聯手運送。只是沒想到，正是其中一家保全公司的業務主管莫立達心生歹意，內外勾結，策畫了一場瘋狂的搶劫案。最終參與犯案的有六個人，他們殺死了四名押運人員，另外打傷了多名無辜路人，將十三件珠寶全數捲走，分頭逃竄。

警方立即展開了全國性的追緝行動，一星期內，四名涉案人先後落網，而莫立達和他的副手潛逃了將近一個月，才終於暴露行蹤，陷入警方包圍網後，兩人又負隅頑抗，與特警隊發生槍戰，最終被雙雙射殺。

但路天峰還記得，檔案裡記載的六名涉案人全部都是男性，並沒有這樣一個女子存在啊？

「路警官似乎想起了什麼？」雷派克敏銳地捕捉到路天峰臉上的表情變化。

「這起案件我也略有所聞，可是我對這個女人沒有任何印象。」

「因為她一開始並沒有進入警方的偵查範圍。」雷派克操作著投影機，一邊切換畫面一邊說：「這是當時所有丟失的拍賣品底價列表，另外這是警方後來追繳回來的贓物清單；有意思的是，警方雖然追回了七件收藏品，但消失得無影無蹤的那六件收藏品，恰好就是價格列表上的前六名，這有可能是巧合嗎？」

「難道……還有幕後黑手？」

「事實上，警方成立了一個祕密調查小組，繼續追查那些收藏品的下落。經過三個多月的偵查，警方將嫌犯鎖定為嘉華盛世當時的總經理，施萬良。只可惜，當時的施萬良已經以旅遊名義飛往美國，然後失聯了。」

路天峰依然滿心困惑，「那麼，剛才那個女人又是怎麼一回事？」

「根據施萬良身邊的同事描述，施萬良在案發前幾個月，結識了一個網路暱稱為『櫻桃』的女生，施萬良在言談間視她為女朋友，但卻沒有其他人真正見過這個『櫻桃』。施萬良失蹤後，警方調查了他的電腦和手機聊天記錄，發現這個名為『櫻桃』的女子，一直都隱藏著自己的網路位址，無法追蹤定位，這才開始懷疑她和案件有關聯。」

投影機的畫面繼續切換。

「上個月，美國警方發現了一具屍體殘骸，經過DNA比對，確定是失蹤已久的施萬良。如果當年施萬良是和櫻桃一起逃亡美國，那麼這位櫻桃小姐很可能涉及一起搶劫案和一起謀殺案。」

雷派克停頓了一下，似乎在等著路天峰發問，路天峰想了想，找到了其中的疑點，「這雖然是重大刑事案件，但還不需要動用國際刑警跨國追捕吧？」

雷派克和孫映虹交換了一下眼神，又看向羅局，羅局只是淡定地笑了笑，「早說過了，路天峰是我們最優秀的警察。」

於是雷派克繼續說：「隨著施萬良屍體被發現，沉寂多時的案情終於有所進展，美國警方也找到了關於櫻桃的一絲蛛絲馬跡。就在半個月前，其中一件涉案的收藏品，出現在東南亞某國的地下賭場內。」

投影機所展示的，是一枚極盡奢華的鑽石戒指。

「我們無法直接追蹤到櫻桃本人，但鎖定了當時曾經與櫻桃進行豪賭的一名中國籍男子——丁小刀，他是專業賭徒，曾獲世界撲克大賽冠軍。據在場的賭客說，丁小刀輸給一個來歷不明的神祕女子，並答應要幫那名女子做一件事情，至於是什麼事就沒人知道了。」

意氣風發的丁小刀，出現在投影布幕上。

「你們覺得如今的丁小刀，可能就相當於三年前的施萬良，將成為『櫻桃』精心挑選的犯罪代理人？」路天峰終於從千絲萬縷中整理出頭緒來了。

「如果『櫻桃』真的是三年前嘉華盛世劫案的幕後主使，那她真是個非常可怕的女人，在沒有留下任何線索的情況下，捲走了價值數千萬美金的珠寶，然後通過巧妙的手段將這些贓物消化掉了，其中很可能涉及跨國洗錢犯罪。可是中美兩國警方甚至連她的真名都還沒查出來，我們很擔心『櫻桃』的下一次行動，又是一起驚天動地的大案子。」

羅局插了一句話，「我們中國人有句老話，防患於未然，提前預防犯罪，總勝於事後再去補救。」

路天峰小心翼翼地問：「難道這個丁小刀，現在來了D城？」

「他目前還在東南亞，但已經預訂了九月一日晚上抵達D城的機票，和九月二日由D城碼頭出發的未來之光號首航之旅船票，我們有理由相信，『櫻桃』和丁小刀所策畫的犯罪行為，將會在這艘豪華郵輪上進行。」

「未來之光？」路天峰難以掩飾心中的震驚，他不禁想起了前兩天司徒康壞笑著對自己說出的那句話。

放心吧，假期會有的——

司徒康那傢伙，到底只是隨口說了一句這樣的話，還是意味著他知道一些關於「櫻桃」的祕密呢？

這一刻路天峰終於明白，在九月二日登上未來之光號，是自己無法迴避的命運。

「羅局，我有一個大膽的計畫。」路天峰先是思索了片刻，然後昂首挺胸，充滿自信地說。

第一章　啟航

1

九月二日，中午十二點三十分。

路天峰家中。

陳諾蘭看了一眼滿滿當當的行李箱，又看了一眼桌面上一排整齊的試管和一台筆記型電腦大小的儀器，輕輕地歎了口氣。

「這些東西實在是太占地方了啊。」

她想了想，從行李箱裡把外套和連衣裙拿出來，好騰出位置，把那排易碎的試管裝在厚厚的保護盒裡面，再塞進行李箱。

「這樣就可以了……峰，你能幫我帶這台RT分析儀嗎？」

沒有回答。

陳諾蘭轉過頭去，只見路天峰呆呆地站在陽台上，看著遠處，不知道在想些什麼。

「怎麼啦？」陳諾蘭走上前，乖巧地握著路天峰的手。

路天峰回過神來，苦笑道：「諾蘭，我不知道這個決定是否正確……」

「別說了，事到如今，難道還能反悔嗎？」陳諾蘭堅定地說：「這次我的身分可是你們警方的特聘顧問，畢竟透過DNA檢測感知者身分的技術還很不成熟，你需要專業人士的說明。」

「可是我心裡總有一種不祥的預感。」路天峰歎了一口氣，「這次旅程實在是危機四伏，我甚至無法預料會發生什麼事。」

「但你無論如何都會陪伴在我身邊，對嗎？」陳諾蘭把路天峰的手握得更緊了。

「是的。」他用力地點了點頭。

「那就夠了。」陳諾蘭踮起腳尖，親了親路天峰的嘴角。

路天峰摟住陳諾蘭，在她的耳邊說：「謝謝妳。」

「不客氣，只要你幫我帶上那台沉得像石頭一樣的RT分析儀就可以了。」陳諾蘭故意嘟起嘴巴，假裝生氣的模樣，「為了帶齊分析設備，我可是犧牲了許多好看的衣服。」

路天峰拍了拍她的腦袋，「沒關係，妳穿什麼都好看。」

陳諾蘭哼了一聲，忍不住臉上綻放的笑意，推開路天峰，轉身繼續去收拾行李。然而他的手不依不饒地從背後伸過來，溫柔地環抱著她。

「別鬧了，先讓我把行李全部收拾好。」她又好氣又好笑地說。

「諾蘭，我絕對不會讓妳受到任何傷害。」路天峰的語氣卻深情得一本正經。

「嗯。」

這時候，他們兩個人之間，已經不需要更多的語言。

九月二日，下午三點三十分。

D城郊外，郵輪碼頭。

未來之光號停靠在碼頭邊，從地面抬頭往上望去，這艘郵輪就如同一座懸浮在半空之中的城市一樣壯觀。

路天峰和陳諾蘭拖著兩個行李箱，走進等候室，沒想到這裡早已人潮洶湧，熱鬧得跟菜市場一樣。

「好多人啊，不知道童瑤和奇哥到了沒有？」

「到了，但我們暫時得假裝不認識他們。」路天峰將手機遞給陳諾蘭，讓她看了看螢幕上的照片，陳諾蘭忍俊不禁，噗哧一下就笑出聲來。

照片上的童瑤和章之奇穿著款式一模一樣的天藍底色的襯衫，上面布滿了可愛的椰子圖案，兩人都穿牛仔褲，戴著墨鏡，童瑤頭上是一頂誇張的草帽，而章之奇戴著一頂灰黃色的漁夫帽，完全就是不折不扣的情侶裝。

「我還是第一次見到奇哥穿成這樣。」陳諾蘭捂住嘴巴，努力克制著笑意，「他們倆看起來比我們還像情侶啊。」

「像才好，不像就糟糕了。」路天峰淡淡一笑，帶著陳諾蘭找了兩個空位，坐了下來。

實際上，這一次的行動性質非常特殊，國際刑警組織希望追緝「櫻桃」的行動細節能夠高度保密，所以他們的詳細部署方案並沒有知會D城警方，路天峰唯一確定的資訊，是雷派克和孫映虹將會是行動的負責人，而路天峰需要做好支援的準備——說白了，其實D城警方並沒有承擔真正的任務，國際刑警之所以會聯繫他們，也只是走個流程而已。

而路天峰的另外一個目標，是登船參與時間機器拍賣活動的司徒康。雖然他搞不懂司徒康為什麼要將關於時間機器的事情告訴自己，也不能確定時間機器的是否真的存在，但有一點很清楚，那就是自己不能放任司徒康為所欲為。直覺告訴他，「櫻桃」登船的目的很可能跟司徒康一樣，是為了時間機器而來，如果真是這樣，他更不能袖手旁觀。

因此路天峰向羅局申請了特別行動許可權，除了借調刑警隊的童瑤之外，他還建議帶上陳諾蘭與章之奇這兩名編外人員。陳諾蘭參與行動的理由非常簡單，她是目前國內頂尖的時間感知者檢測技術研發人員，這得益於她身邊有一名很合適的實驗對象——路天峰本人；而章之奇的網路技術和情報偵查能力極強，隨機應變能力也是一流，加上之前的合作經歷，足以證明他是一名十分可靠的同伴。

羅局爽快地答應了路天峰的申請，之前他將路天峰安排在資訊分析部門的閒職上，只不過希望隱藏這把鋒芒畢露的利刃，等到關鍵時刻再拿出來而已。近期關於時間機器的謠言滿天飛，作為老一輩的傳統警察，羅局自然不太相信這些異想天開的東西，但他卻清楚感受到背後隱藏著犯罪氣息。

「這種傳言雖然十有八九是假的，但萬一成真，很可能會徹底毀掉我們正常運作的社會秩序，因此絕對不能掉以輕心。」羅局拍著路天峰的肩膀，語重心長地說：「小路，辛苦你們了，一定要注意安全。」

「羅局請放心，保證完成任務！」

於是路天峰撥通了司徒康兩天前留下的電話號碼，電話的另外一端，司徒康似乎絲毫不感到意外，也沒有追問他為什麼會突然改變主意，只是輕描淡寫的說了一句，預訂船票的事情包在他身上。

這真是一趟處處透露著詭異氣氛的旅程。

「各位賓客請注意，未來之光號登船通道現已開啟。重複一次，未來之光號登船通道現已開啟……」

一陣聲音清脆甜美的廣播，把路天峰從回憶當中拉回現實世界。

「出發吧！」

路天峰一手拉著行李箱，另一隻手牽著陳諾蘭。他覺得這一刻手中緊握著的，就是自己的整個世界。

2

九月二日，下午五點零五分。

未來之光號，第十八層，1803房。

陳諾蘭將手腕上的智慧型手環靠近了門鎖，電子門鎖「滴」的一響，應聲解鎖，她推開房門，隨即下意識地驚歎道：「哇，好漂亮呢！」

路天峰也愣了愣，他和陳諾蘭一樣是第一次登上郵輪，在此之前特別上網查詢過一些相關資料，據說郵輪上因為空間有限，房間格局會偏狹小，壓迫感比較強。然而眼前的這間豪華套房卻十分寬敞明亮，完全沒有身處船艙中的感覺，房間還附帶一個露台，站在露台上看著無垠的碧藍大海，讓人心曠神怡。

「果然是名不虛傳啊。」路天峰一邊感慨，一邊拿起小圓桌上擺放的紅酒，「澳大利亞，瑪格麗特河，玫瑰谷酒莊，這郵輪連附送的紅酒都那麼高檔嗎？」

這時候，他注意到酒瓶下方壓著的一張便箋紙，上面寫著四個字：「合作愉快。」沒有落款，但路天峰知道應該是誰送的紅酒。

「叮鈴鈴——」房間的電話突然響起，鈴聲音量有點大，把兩人都嚇了一跳。

「會是童瑤他們嗎？」陳諾蘭正想伸手接電話，路天峰隨即用眼神阻止了她。

「我來吧。」路天峰在拿起聽筒之前，心裡已經有一種預感，這應該是司徒康打來的電話。

果然，司徒康乾澀的笑聲傳入耳內，「路警官，房間和紅酒還滿意嗎？」

「還不錯，謝謝你。」路天峰客套了一句。雖然很好奇，但他忍住沒有發問，為什麼他們才剛進房間一分鐘，司徒康的電話就接踵而至。

「我也住在這一層，1820房，剛才在走廊上看到兩位進房間了。」司徒康彷彿能夠讀心一樣，點破了路天峰心中的疑惑。

「是嗎？很抱歉，我剛才沒有注意到你……」

「那是因為我不想引人注目，所以稍微打扮了一下，你懂的。」

「原來如此。」路天峰恍然大悟，看來司徒康非常謹慎，還特意喬裝打扮了一番，難怪自己沒發現他。

「今天晚上就由我做東，請你和陳諾蘭小姐一起吃個飯吧。晚上七點半，在十二層的『味魂』日本料理餐廳見。」

「好的。」路天峰毫不猶豫地答應了。

「在這艘船上，路警官可以放心地使用智慧型手環消費，我替你預存了一筆錢，期待我們合作愉快，嘿嘿。」司徒康乾笑一聲，沒有給路天峰繼續說話的機會，一下子就掛斷了電話。

路天峰放下話筒，下意識地撫摸著手腕上的智慧型手環。未來之光號的設備非常人性化，每位客人登船時，都會拿到一個智慧型手環，還按照尺碼分為男款，女款和兒童款，並配有不同顏色的腕帶可供選擇，路天峰選了個最普通的黑色，而陳諾蘭挑選了一個螢光粉色的。

智慧型手環的核心是一個銀色金屬外殼的輕便感應器，無需充電，防水防震，可以戴著它游泳和泡澡。感應器內部記錄了客人的個人資訊，除了最基本的房卡用途之外，還綁定了個人信用卡資料，可在船上各處刷卡消費。當然了，如果你擔心安全問題，不願使用信用卡，那麼也可用『現金加值』的方式在感應器內存入一筆預付款，直接扣款消費。

按照司徒康剛剛的說法，他應該是自作主張替路天峰的智慧型手環加值了，只是不知道那傢伙到底預存了多少錢進去，路天峰覺得他需盡快查清楚金額，然後向上級報備，以免日後引起不必要的誤會。

「怎麼啦？」陳諾蘭察覺到路天峰有些心不在焉，輕輕地搭著他的肩膀問。

「司徒康硬塞給我們一個定時炸彈。」路天峰晃了晃手環，「這裡面應該多了一筆錢，暫時還不知道確切金額。」

「錢？」陳諾蘭也很快就反應過來，「他是處心積慮的逼我們跟他同流合污啊。」

「但這方法也太笨拙了，不太像司徒康的作風。」

「所以你覺得……」

陳諾蘭的話，被門外傳來的一陣敲門聲打斷。

「嘭嘭嘭——嘭嘭——嘭嘭嘭——嘭嘭——」這有規律的敲門聲，正是路天峰與章之奇約定的暗號。

「總算人都到齊了。」路天峰整了整衣領，露出充滿自信的笑容來。

「路隊，這房間也太誇張了吧！」沒料到進門之後大呼小叫左顧右盼的，是一貫沉著冷靜的童瑤，看來她換了一身青春洋溢的衣服後，整個人也變得開朗活潑起來。

反觀章之奇，並沒有流露出太多的情緒變化，只是默默地走到景觀極佳的露台上，深深地吸了一口氣。

「風景真不錯。」章之奇淡淡說道。

「要是正事能盡快順利解決，我完全不介意跟你們交換房間來住兩天啊。」路天峰巧妙地想將把話題引回正軌。

「但我介意，路隊和諾蘭姐這間房配的可是一張雙人大床！」童瑤倒是反應極快，馬上抓住了重點，只是話一出口，她突然自覺有點害羞，臉刷地一下紅了，陳諾蘭和章之奇也是尷尬得一時語塞。

路天峰乾咳兩聲，說：「好了各位，我們還是先來討論一下今天晚上的安排……首先要告訴大家的是，司徒康已經約了我和諾蘭，今晚七點半在十二層的『味魂』日本料理餐廳一起吃飯。我預計他會藉此機會和我攤牌，說出邀請我上船的真正目的。」

章之奇拿出隨身攜帶的平板電腦，一邊聽路天峰說話，一邊飛快地操作著，螢幕上跳出未來之光號的設施分布圖和行程安排時間表。

「未來之光號一共有六家餐廳，均為二十四小時開放。其中『幸福』中餐廳和『時光』西餐廳為免費餐廳，另外四家是收費餐廳，其中平均消費最高的，就是這家『味魂』日本料理。」

「再高級的餐廳也改變不了鴻門宴的本質，食之無味啊。」路天峰苦笑道。

章之奇又在平板電腦上連續點擊了幾下，螢幕上出現一行行的訊息，童瑤好奇地湊近一看，不禁驚呼：「這是『味魂』的預約訂座情況？你才上船多久啊，那麼快就破解了人家的內部系統！」

「你們帶我上船不就是為了做這事嗎？更何況，破解工作又不需要登船了才開始動手，我前兩天就做好準備了。」章之奇一副理所當然的語氣，停頓了片刻，「看來這家日本料理實在是太貴了，今晚預訂的客人只有不到十桌，更有趣的是，預訂客人名單裡面並沒有司徒康，反而有這個——」

螢幕上顯示的資訊是：預訂包廂，四位客人，1803房，路天峰先生。

路天峰皺了皺眉，「看來司徒康很可能用了假身分，而且盡可能少留下線索。」

「你知道他住哪個房間嗎？」

「同一層的1820房。」

這次輪到童瑤在她的平板電腦上操作著，打開程式介面，沒多久，就查到了1820房的房客登記資訊。

「1820登記的房客是中國籍男子康濤和日本籍女子水川由紀，看這位『康濤』的護照相片，他就是司徒康，而那個日本女子並沒有在警方資料庫裡出現過，來歷不明。」

「來歷不明的女人？」路天峰隨即想起了神龍見首不見尾的「櫻桃」，只見護照上的水川由紀是個圓臉，短髮，小眼睛的女人，五官線條冷峻，嘴唇緊抿著，跟他想像中櫻桃的模樣大相徑庭。

「既然司徒康預訂了四個位置，是不是表示我們今晚會見到她？」陳諾蘭說。

「先不管司徒康了，丁小刀那邊的情況怎麼樣？」路天峰問童瑤。

「丁小刀住的是最便宜的普通房間，332房，雙人內艙，但只有他一個人登記上船，相信雷派克他們已經安排好盯梢了，不用太擔心。」

「他們會把監控狀況跟我們即時共享嗎？」

「並沒有。雷派克說……」

「我們只需要提供後備支援即可，我知道。」路天峰想了想，說：「查一下丁小刀今晚可能會去哪一家餐廳吃飯，你們也一起跟著去看看。」

「但是國際刑警那邊不是讓我們少插手嗎？」

一旁的章之奇笑著插話，「這不算插手吧，船上就那麼幾家餐廳，免費的還只有兩家，吃飯時碰巧遇上了也很正常嘛。」

路天峰點了點頭，「奇哥這話說得有理。」

童瑤瞄了一眼螢幕上的活動安排時間表，說：「對了，今天晚上七點半，未來之光號的啟航儀式會在『幸福時光』宴會廳內舉行，其實就是把『幸福』中餐廳和『時光』西餐廳合併，因為這兩家餐廳僅有一牆之隔，而且那道牆還能夠移開，從而形成一個面積更大，更適合舉辦活動的宴會廳。據說啟航儀式活動期間，宴會大廳內免費提供的餐點等級會跟收費餐廳一樣，因此會吸引許多客人前往。」

「也是七點半嗎？」路天峰下意識地看了看房間裡的電話，「所以司徒康約我這個時間在『味魂』碰面，就是為了避人耳目？」

「還有一種可能性，司徒康會不會是出於某種原因，並不希望你參加啟航儀式呢？」章之奇提醒道。

「路隊，你們負責跟進司徒康，另外一邊就交給我們吧。」童瑤抬頭望向路天峰。

路天峰想了想，丁小刀的一舉一動逃不過雷派克等人的監視，暫時可以放在一邊，而司徒康的狡猾和無情他是見識過的，那傢伙把底牌藏得很深，絕對不容小覷。就今晚的行動而言，還是按照童瑤的建議，兵分兩路最妥當。

「好的，今晚七點半，分頭行動。」

「哦對了，路隊，諾蘭姐，你們戴上這個。」童瑤拿出了一對鈕釦大小的微型麥克風，和兩片指甲大小的肉色金屬貼片，遞給兩人，「麥克風貼在衣領內側，貼片貼在耳朵後方，用頭髮遮住。這是最新一代的隱藏式通訊工具，比傳統的耳機麥克風方便多了。」

陳諾蘭充滿好奇地看著這幾片小東西，「貼在耳朵後面就能聽到聲音嗎？」

「是的，只要耳膜能感受到振動，就能聽見聲音嘛。」路天峰體貼地替陳諾蘭戴好通訊工具，又整理了一下她的頭髮，把原本就很不起眼的耳貼徹底擋住，「當郵輪到了外海之後，手機訊號將會徹底中斷，我們要靠這個來相互聯繫。」

「明白了。」

「郵輪準備啟航離港了吧？」路天峰問。

「是的，傍晚六點正式啟航。」童瑤答道。

「那大家可以回房間先休息一下，或者四處走走，熟悉一下環境，隨時保持聯絡。」

「好的！」童瑤和章之奇異口同聲地應道。

3

九月二日，傍晚六點十分。

未來之光號，主甲板，船首觀光台。

郵輪緩緩駛出D城郵輪碼頭。位於船首的觀光台上擠滿了興奮的遊客，大家都忙不迭地以遠方那即將融入海中的夕陽為背景，拍照留念，還有一些人走到主甲板上，在那一架威風凜凜的黑色直升機旁邊，擺出各式各樣的網紅流行姿勢來自拍。

「這落日景色，美得簡直不像是真的啊！」晚風拂面，陳諾蘭牽著路天峰的手，發出由衷的感歎。又紅又圓的落日已經接觸到海平面，如同即將進入另外一個幻想世界一樣，令海與天的交界處漸漸呈現出一層層紅、黃、橙、藍、紫的漸層光影。

「有些東西看起來不像真的，但卻是真的。」

「你是在說繞口令嗎？」陳諾蘭嫣然一笑。

「時間迴圈，時間倒流……這些東西聽起來同樣是匪夷所思啊。」

「還有時間機器，以我所掌握的理論知識，實在無法理解有人能憑著一台小小的儀器改變超越人類認知維度的東西——時間。」

「所以妳覺得所謂的時間機器拍賣會只是一場騙局？」

「我只是認為——」

然而他們的對話被人群裡爆發的一陣喧嘩聲打斷，兩人循聲望去，只見一名身穿黑色燕尾服的年輕男子，頭戴高高的禮帽，背後還飄揚一件款式誇張的大紅色披風。黑衣男子手中像玩雜耍一般拋接著幾個閃閃發光的小球，仔細一看才注意到，他拋接的小球數量由三個變成了四個，轉眼之間又變成了五個，然後男子突然雙手往前一攤，不再接球，而在空中跳動那五個小球逐一落入他的掌心，緊接著就在眾目睽睽之下消失了。

「好！」圍觀群眾又爆發出新一輪的喝彩，掌聲不斷。

「乍一看還以為是個雜技演員，沒想到原來是魔術師啊。」路天峰低聲地說道。

魔術師優雅地向圍觀者鞠躬致意，然後以手勢示意大家安靜下來，看起來是要繼續表演新的魔術。他從懷裡拿出一盒撲克牌，正準備打開時，突然人群中傳來一聲尖銳的高呼——

「啊——救命——」

眾人嚇了一大跳，只見一名身穿白色連衣長裙，頭髮淩亂的年輕女子，慌慌張張地向魔術師跑了過去。

「救命啊！」

陳諾蘭下意識地靠在路天峰身上，而路天峰輕輕攬住她，安慰道：「別怕，她是魔術師的助手。」

陳諾蘭一時還沒反應過來，就看到那個年輕女子和魔術師兩人撞了個滿懷，魔術師手中的撲克牌散落，漫天飛舞著，而紅色的披風將兩人的身體全部遮住。

圍觀的遊客驚呼不斷，只見紅色披風不停晃動著，十幾秒之後，披風揚起，唯有那名年輕女子站在原地，身上變成了一套火紅色的連衣裙，而魔術師竟然消失得無影無蹤。

這時候大家才恍然大悟，拚命鼓掌歡呼。

「真厲害啊！」陳諾蘭拍了拍胸口，「剛才真把我嚇壞了，但你為什麼能馬上看穿這個女孩其實是魔術師的助手呢？」

「因為她穿的鞋子。」路天峰指了指女助手的腳下，陳諾蘭這才注意到，女助手穿的是一雙黑色的輕便平底鞋，風格和身上的連衣裙完全不搭。

「哦，我明白了，因為她要以最快的速度跑過來，跟魔術師撞在一起，所以不能穿那些更搭配衣服的鞋子。」

「沒錯，還有剛才她喊的那聲『救命』其實不像是真的，因為人在危急之際，說話的聲音會帶著難以抑制的顫抖，而她喊得太清晰了。」

陳諾蘭不得不嘆服，「峰，你也很厲害嘛！」

「那當然，我小時候還學過兩年魔術呢，剛才這個瞬間消失的魔術雖然表演得很漂亮，但我還是看出了一點端倪。」

「真的嗎？他是怎麼樣瞬間消失的？」陳諾蘭難以置信地瞪大了眼睛。

「他趁著撲克牌滿天飛，披風遮擋觀眾視線的時候，敏捷地在地上打個滾，鑽入圍觀的人群中，再站起來假裝成普通觀眾。」

這個解釋讓陳諾蘭無法信服，她連連搖頭，「不可能啊，魔術師的動作再快，也會被離他最近的幾個人看到的吧？再說如果最接近他的觀眾像我們一樣依偎在一起，魔術師的逃跑路線豈不是會被擋住了嗎？」

路天峰笑而不語地看著陳諾蘭，陳諾蘭愣了愣，隨即想到了問題的關鍵所在，「我明白了，站得離魔術師最近的那幾個人，也是他的掩護！」

「沒錯，完成一個效果華麗的魔術，其實需要很多人的協助，有時候我們根本分不清誰是觀眾，誰是助手，甚至有可能分不清誰才是魔術師……」

路天峰看著那名身穿紅裙的女子，若有所思地說。

而他並不知道，此刻在甲板的另一端，有人用望遠鏡觀察著他的一舉一動，並且仔細地盯著他的嘴唇，透過讀唇語的方式，「聽」到了他所說的大部分內容。

觀察者放下手中的望遠鏡，回頭說了一句：「看來這個路天峰果然是名不虛傳，我們不可以掉以輕心啊。」

「嗯。」暗處有人含糊地應了一聲，甚至分辨不出到底是男是女。

九月二日，晚上七點十五分。

未來之光號，第十二層，味魂日本料理。

路天峰和陳諾蘭比約定時間提早了十五分鐘到場，沒想到服務生帶他們進入包廂時才發現，司徒康和水川由紀已經先行抵達。

「路警官，陳小姐，我們又見面了。」司徒康熱情地站起來，向路天峰伸出右手，「我們只是閒著沒事，就先來喝杯茶，沒想到你們也同樣迫不及待啊。」

路天峰象徵性地跟司徒康握了握手，隨即鬆開，客客氣氣地說：「司徒先生盛情難卻，實在讓我慚愧啊。」

司徒康不以為然地擺擺手，雙方各自入座，水川由紀一言不發，動作嫻熟地為路天峰和陳諾蘭沏茶，畢恭畢敬地遞給二人。路天峰不禁認真打量著這個陌生的女子，她的皮膚是健康的小麥色，身穿袖子寬鬆的休閒服，卻遮掩不住小臂處結實的肌肉，沏茶倒水時雙手幾乎沒有任何的顫動，穩如泰山，可見肌肉的力量之強。

司徒康注意到路天峰的目光，直截了當地說：「她叫水川由紀，跟隨我很多年了，是個值得信任的人。她的表面身分是我的助理，當然有人猜測她是我的情人，但實際上，她是我最忠心耿耿的保鏢。」

水川由紀聽了這番話，竟有點害羞地垂下頭，靦腆地笑了笑。而一旦她笑起來，原本了無生氣的五官頓時散發出某種特殊的魅力，讓路天峰暗吃一驚。

「司徒先生手下真是強將如雲啊。」路天峰客套地奉承了一句。

「但我更需要你的幫忙。」司徒康一副打開天窗說亮話的姿態，將一份剪報擺在路天峰面前，那正是三年前關於嘉華盛世劫案的報導，「因為這一次，我們有一位共同的敵人。」

路天峰正想說點什麼，包廂外響起了輕輕的敲門聲，緊接著，兩名服務生捧著一盤盤琳琅滿目的日式料理走了進來。路天峰偶爾也會跟陳諾蘭一起去吃日本料理，但還是第一次見識如此講究的，服務生盤腿跪坐在榻榻米上，很有耐心地為他們介紹正確的用餐順序和注意事項，說完之後，竟然還有一份手寫的菜單留了下來，提醒他們不要搞混了次序，據說只有依次品嘗，才能感受到食材的最佳狀態。

不料服務生剛剛退出包廂，司徒康隨即就夾起了一樣寫在菜單中間位置的壽司，略略蘸了點芥末和醬油，就扔進嘴裡，大快朵頤。

「兩位，我這個人天生就不喜歡循規蹈矩，你們也隨意吧，別那麼不知變通。」

路天峰當然聽出了司徒康話中有話，但他依然按照菜單順序，夾起了開胃前菜，說：「司徒先生剛剛說的共同敵人，到底是誰呢？」

「哈哈，路警官不用試探我了，我知道你們是為了櫻桃而來。」司徒康似乎下意識地哼了一聲，「她也是我要對付的人。」

「你知道她的真實身分？」

「不，我不知道，但在嘉華盛世一案之後，櫻桃成為了地下世界最有名氣的『買手』，大家都說沒有她拿不到手的貨。因此這一次的時間機器拍賣，有一名美國富翁聘請她作為代理人，登船參與拍賣。」司徒康夾起了一片生魚，扔進嘴裡，津津有味地咀嚼起來，「她可是我們的心腹大患，不知道路警官有什麼資訊可以和我分享嗎？」

路天峰默然不語，他很清楚自己也要拿出一點籌碼表達合作誠意，才有機會在司徒康身上換取更多資訊，但到底該說什麼，不該說什麼，是個非常微妙的問題。他夾起一塊天婦羅，藉此機會思考了片刻，然後說：「我覺得櫻桃不會直接出面，她會像三年前一樣，找一個替死鬼上台交易。根據目前的線索，我猜這個替死鬼叫丁小刀，是個職業賭徒。」

「丁小刀？」司徒康的眼內閃過一絲殺意，「我認識這個人。」

「你認識他？」這下子輪到路天峰好奇了，這世界難道真的那麼小嗎？還是櫻桃找丁小刀來幫忙另有深意？

「幾年前在拉斯維加斯交過手，一場一百萬美金進場費的賭局，最後被那穿著一身廉價西裝的傢伙贏走了兩千多萬。」司徒康咬牙切齒地說，看來那場失敗令他記憶猶新。

「原本我還以為依司徒先生的個性，不會喜歡賭桌上那種狂熱到失控的氛圍。」路天峰不著痕跡揶揄了一句。

司徒康輕歎一口氣，「過去的事情就別提了，你們下一步準備怎麼做？」

「什麼都不能做。」路天峰攤攤手，「丁小刀登船後並沒有任何不正常的舉動，也沒有聯絡過誰，我們對櫻桃仍然是一無所知，只能繼續觀望。」

司徒康看了一眼時間，說：「放心吧，八點鐘之後他就會有所行動了。」

「你憑什麼那麼肯定？」

「因為八點後郵輪駛入公海範圍，賭場將會開放，像丁小刀這種人一定坐不住的。另外，我還收到了這張便箋——」司徒康把一張郵輪專用的便箋紙遞給路天峰，上面是筆劃歪歪扭扭的幾個大字。

「今晚九點，賭場VIP區，驗貨。」

「驗貨？」路天峰皺起了眉頭。

「賣家大概會在這個時間點啟動他的時間機器，讓有意願的買家親身感受一下時間倒流吧。」

「所以有資格參與拍賣的人必須是感知者……難道櫻桃也是？」路天峰霎時間想通了，如果櫻桃能夠感知時間線變化，那麼就不難理解她為何能策畫出天衣無縫的犯罪計畫，還能輕鬆逃出警方的偵查範圍了。

「賣家可以通過這一次的測試，篩選出真正有實力參與拍賣的人選，因此這艘郵輪上應該聚集了目前世界上資質優異的感知者——包括你和我。」司徒康談話間，以茶代酒，舉起茶杯與路天峰碰了碰杯。

清脆的碰杯聲傳入路天峰耳內，卻有一種陰沉壓抑的感覺。

將陳諾蘭帶在身邊，真的是一個正確的選擇嗎？路天峰扭頭看了一眼陳諾蘭，她卻只是不慌不忙地將一個玻璃蝦壽司送入嘴裡，慢慢品嘗起來。

只要看著她的側顏，路天峰心頭那股壓抑的感覺頓時蕩然無存，眼前的迷霧彷彿被一陣清風吹散，一切變得豁然開朗起來。

4

九月二日，晚上七點三十五分。

未來之光號，第十層，幸福時光宴會大廳。

「想不到這裡那麼熱鬧啊！」章之奇拿著兩份烤扇貝和一份龍蝦伊麵，好不容易才擠出踴躍取餐的人群，坐回到童瑤身邊。

「你這人就喜歡貪小便宜湊熱鬧。」童瑤沒好氣地說。

「這種場合不湊熱鬧的人也太反常了吧，很容易引人注意的。」章之奇笑嘻嘻地把那巴掌大的烤扇貝遞給童瑤，圓圓的貝肉被烤成略帶金黃色，上面撒著蔥花和蒜花，色香味俱全，煞是誘人。

童瑤接過扇貝，輕聲道謝，目光卻總有意無意地飄向相隔數張桌子的不遠處，丁小刀正一個人坐在盆栽旁邊的角落裡，安靜地吃著自己面前的一碟揚州炒飯。

「我說妳也是老警察了，難道不懂盯梢時不能一直緊盯著目標嗎？放鬆點，別老看他。」章之奇嘴裡塞滿了東西，含含糊糊地說。

「你才老呢！」童瑤狠狠地瞪了他一眼，「你不覺得丁小刀表現太奇怪了嗎？」

「哪裡奇怪了？我看他簡直正常得不能再正常了。」

「這才是最奇怪的地方啊！丁小刀可是千里迢迢特意飛到D城登上這艘郵輪的，他一定是肩負某項任務而來，但你看他這副優哉游哉的樣子，完全就像是在度假嘛！」

「說不定人家真的是在度假。」章之奇的口氣突然變得嚴肅認真起來，「丁小刀和櫻桃之間存在某種關聯，這只是國際刑警單方面的推測，並沒有確實的證據。」

「不會吧……」童瑤一下子愣住了，她還真沒想過這種可能性。

「任何可能性都不應排除。不過我猜丁小刀表現得如此低調，更可能是另外一個原因——」章之奇拿起餐巾紙，擦了擦嘴角，「他還沒能站在自己熟悉的戰場上。」

「賭場應該是晚上八點鐘開放，時間也差不多了。」童瑤馬上領會到章之奇意有所指。

「所以問題來了，之前一直乖乖呆在房間裡的他，為什麼選在這最熱鬧的時間出來吃飯？要知道船上的餐廳都是二十四小時營業的，賭場裡也有餐飲提供——」

童瑤看了一眼擺在自己面前的龍蝦，恍然大悟，「而且丁小刀還只吃了一盤炒飯，所以他並不是為了貪圖美食而來的。」

章之奇自信滿滿地說：「走著瞧吧，等下一定會有好戲上演。」

彷彿是在回應章之奇的話一般，大廳內的燈光突然暗了下去，而此時中央舞台上的燈光顯得分外醒目，四周響起了熱情洋溢的歡快舞曲，一名意氣風發的年輕男子隨著音樂的節拍，大步邁上舞台。

「大家好，歡迎各位參加未來之光的首航之旅！首先請允許小弟自我介紹，我叫杜志飛，你們可能在報紙雜誌上見過我的名字，媒體朋友喜歡稱呼我為『郵輪大王之子』，而我本人希望在不久的將來，能省去稱呼最後面的兩個字。」

杜志飛，郵輪大王杜家浩的獨生子，也是杜氏家族未來的掌舵人。他作風高調，多次因超速駕駛和帶女模特兒到夜店遊玩等負面消息而上報，是個爭議不斷的網路紅人。最近一次占據社群媒體版面，是因為大半年前結交了一位新女友，十八線電影女星賀沁凌，沒想到這一次竟然認認真真地談了好幾個月戀愛，依然沒有爆出分手傳聞，據說還準備投下鉅資聘請知名的導演團隊，為女朋友「量身訂作」一部電影。

「這花花公子原來就長這樣啊。」童瑤冷冷地吐槽了一句。

「怎麼聽起來有點不滿意？」章之奇好奇地問。

「他不是不時換女朋友嗎？我還以為有多帥呢，現在看來，還是因為他家裡有錢吧。」

章之奇笑了，「那當然還是妳的男朋友我更帥一些。」

童瑤沒理會章之奇的玩笑，轉頭在黑暗中尋找丁小刀的身影，然而剛剛丁小刀所在的位置，現在已經是空無一人。

「丁小刀呢？」

「燈光一暗下來，他就離開了座位。」

「你看到了？幹嘛不提醒我？」童瑤有點生氣地提高了音量。

「因為我現在想要仔細觀察的目標不是丁小刀，而是他。」章之奇揚了揚下巴，望向台上的那位紈絝子弟。

童瑤本想問為什麼，但她沒有開口。因為她也感受到了，在舞台上洋洋灑灑口若懸河的杜志飛，渾身上下都散發著一種奇妙的魅力，彷彿能瞬間抓住所有人的注意力。原本說不上俊朗的五官，在他意氣風發的口才襯托下，也顯得越看越順眼。

「……最後，希望各位能夠盡情享受這趟旅程，如果對郵輪上的服務有任何建議和意見，歡迎直接和我本人聯繫，接下來的幾天，我就是你們的專屬客服人員。」杜志飛結束了自己簡短的演講，舉起手中的酒杯，向在場的客人敬酒，然後把杯子裡的紅酒一飲而盡。

宴會廳的燈光重新亮了起來，童瑤眼尖地注意到，原來丁小刀就站在舞台的下方，雙手插在褲袋裡，靜靜地盯著台上的杜志飛。但隨著燈光亮起，丁小刀馬上低下頭，腳步匆匆地離開了。

「不管他嗎？」童瑤其實猜到章之奇會怎麼回答，但還是忍不住問了一句。

「不管他，先填飽了肚子再說。」章之奇笑嘻嘻地說，然而他的下一句話卻出乎童瑤的意料，「吃飽喝足之後，我們去賭場碰碰運氣。」

九月二日，晚上八點零五分。

未來之光號，第十二層，味魂日本料理。

豪華包廂內只剩下路天峰和陳諾蘭兩個人，司徒康說他要為晚上九點的「驗貨工作」提早做好準備，帶著水川由紀先行告退。本來就是一場氣氛尷尬的鴻門宴，路天峰自然也不作挽留，反倒是司徒康臨別時的一句話，讓他有點在意。

「路警官，雖然這頓飯是我請客，但結帳還是得麻煩你。」他邊說邊指了指手腕上的智慧型手環。

路天峰想起了剛登船時，司徒康就已經向自己暗示過一次，他的智慧型手環裡面是有一筆預付款的，而他一直沒空去查詢到底有多少。

於是路天峰請服務生前來結帳，順便要求她幫忙查一下餘額。

「先生您好，本次消費八千八百元，已經從您的帳戶餘額中扣除。」

「多少？」雖然早就做好了這家餐廳消費一定很高的心理準備，但路天峰原先覺得平均消費五百塊，總共兩千左右已經很高了，沒料到平均消費就要兩千多。

「八千八百元，含稅及服務費，另外，先生您最新的帳戶餘額為四百九十九萬一千兩百元。」女服務生恭敬地回答。

路天峰驚愕得連反問的話都說不出口了，五百萬，司徒康在這個帳戶裡存入的金額，足以讓他被廉政署及政風單位列為重點調查對象。

「這筆錢我怎麼向上級解釋啊？」路天峰不禁苦笑起來。

陳諾蘭若有所思地說：「峰，我覺得司徒康硬塞給你這筆錢，一定還另有深意。」

「是的，那傢伙真是讓人摸不清、看不透……」

「不過我們會逐漸揭開他的真面目的。」陳諾蘭手裡拿著兩張測試卡紙，在路天峰面前晃了晃。

「這是什麼？」

「我在他們兩人喝過的杯子裡分別做了個ＤＮＡ取樣，等會兒回到房間後，可以分析一下他們到底是不是時間感知者。」

「啊，我差點忘了這事。」路天峰拍了拍腦袋。

根據上次交手時的種種跡象顯示，司徒康無疑是時間感知者，但水川由紀呢？如果那個日本女人也是感知者，問題無疑變得更加棘手。

「哼，你忘了沒關係，我可是清清楚楚記得自己是來幹嘛的。」

「那我們先回房間吧，等會兒我還得去賭場一趟——話說，奇哥和童瑤那邊怎麼一直沒有動靜呢？」

九月二日，晚上八點十五分。

未來之光號，第八層，賭場。

從未踏足賭場的人，很難想像這世上為什麼會有那麼多人願意把自己的全副身家性命，押在一張薄薄的撲克牌、幾顆活蹦亂跳的骰子，和圍繞著輪盤瘋狂奔跑的鋼珠上。但只要你一旦邁入這個紙醉金迷的瘋狂地帶，就會不由自主將注意力投向那些突然暴富的賭客，看著他們手中的籌碼翻一倍、十倍，甚至一百倍，然後你自然而然無視那些眨眼之間輸得精光的人，一味沉溺於對金錢的幻想之中。

所以俗話說得好，想要不在賭場裡輸錢，最好的辦法就是不要進入賭場。

但即便如此，賭場裡依然永遠不缺賭客，因為足夠冷靜和理性的人畢竟只是少數，而夢想家和冒險者卻前赴後繼。

「我要兌換一萬籌碼，全部要最小的籌碼，謝謝。」章之奇將他的手環放置到掃描器下方，「滴」的一聲，扣款手續完成，工作人員遞給他一百個紅色的籌碼。

第一次進賭場的童瑤大吃一驚，用手肘輕輕撞了撞章之奇，「你瘋了嗎？兌換那麼多籌碼？這錢可不能報公帳啊。」

「裝個樣子吧，我保證最多只花一千塊。」

「你真的忍得住嗎？」童瑤不禁表示懷疑，即使她身臨其境只有短短幾分鐘時間，也足以感受到賭場內瀰漫著毫無節制的狂熱氣氛。

「連手中籌碼都無法掌握的人，進賭場不是找死嗎？」章之奇笑了笑，還補充了一句，「不過說實話，賭場裡超過百分之九十的人，確實是來送死的。」

「常言道，十賭九輸，然而最大的問題就是，每個賭徒都認為自己會是贏錢的那十分之一。」

「放心吧，我可不是賭徒。」章之奇將大部分籌碼放進口袋裡，只拿著兩枚紅色籌碼在手，徑直往賭博區走去。

在賭桌附近，童瑤看見了一個熟面孔——國際刑警雷派克，兩人只是在局裡的會議室見過一面，私下沒什麼交流，當時雷派克給她的印象，是一個衣著得體，一板一眼的男人。而今天的雷派克穿著黑色制服，胸前別著名牌，化身為賭場的保全人員，看起來毫不突兀。

循著雷派克的目光，就能找到坐在一張賭桌旁的丁小刀。他依然是那副深藏不露的樣子，手裡拿著一疊籌碼，一言不發地看著荷官。那張賭桌玩的是扔骰子猜大小，童瑤曾經在電影裡面看過這種賭局，大概知道是怎麼玩的。

「等我去會會他。」章之奇加快腳步走上前。

「哎——」童瑤光想著雷派克和丁小刀，一個不留神，想阻止章之奇的時候已經來不及了。

這時賭桌恰好空出了一個位置，章之奇拿著兩百塊籌碼，大大咧咧地坐了下去。章之奇身邊是個穿著打扮得花枝招展的中年女人，她瞄了一眼章之奇手中的紅色籌碼，鼻子裡輕輕地噴出一聲嗤笑。

章之奇假裝沒聽見，調整了一下坐姿，還打手勢請服務生送來一杯蘇打水，然後才把兩枚籌碼攤開，擺在自己面前。

「不下注嗎？」童瑤已經來到章之奇背後，小聲地問。

「先等等。」章之奇蓋住了籌碼。

童瑤注意到，賭桌旁大概只有一半左右的人在這局下注，剩下的都是旁觀者，包括丁小刀在內。

隨著荷官做了一個停止下注的手勢，賭桌上的投注區四周開始閃爍，幾秒之後，閃爍停止，骰盅打開，電腦自動識別出三顆骰子隨機滾動的結果，賭桌某些區域亮起燈光，讓人一眼就知道自己是否押中。

「五五六，十六點，大！」即使高科技已經完成了所有流程，大家依然喜歡聽荷官乾淨俐落報出點數的聲音，彷彿這聲音帶著魔力，讓勝者更興奮，敗者也迫不及待地想再來一把。

荷官以嫻熟的手法收走那些沒有押中的籌碼，然後又分派中獎籌碼，短短半分鐘之內，賭桌旁的客人就完成了一次小規模的資產轉移。

新的一局開始了，這一次，丁小刀默默地拿起兩枚紅色籌碼，放在「大」的區域上，而章之奇幾乎是立刻作出反應，把手中兩枚籌碼放到了「小」那邊。

「你非要跟他作對嗎？」童瑤湊近到章之奇耳旁，悄聲說道。

「這樣都被妳看出來了？」章之奇嘿嘿一笑，不再說話。

一輪投注結束，荷官打開骰盅，朗聲說道：「一三三，七點，小！」

章之奇拿回了四個紅色籌碼，笑顏逐開，而丁小刀的臉上毫無波瀾。接下來，丁小刀跳過了兩輪賭局，沒有下注，章之奇則同樣按兵不動，直到丁小刀把四個紅色籌碼押在「大」區域的時候，章之奇才急匆匆押下四個紅色籌碼在「小」區域裡。

章之奇下注後，還向丁小刀點了點頭，後者卻視而不見，連眉頭都沒皺一下。

骰盅打開，結果又是「小」。

章之奇一開始投入的兩百塊，已經變成了八百塊，他春風得意地把玩著手中的籌碼，向童瑤說：「怎麼樣，我的技術不錯吧？」

「這純屬運氣吧，哪來的技術？」

賭桌上的博奕持續中，丁小刀再次選擇休戰兩輪，待第三輪開始時，在「大」裡面押了八百塊。這一次，章之奇卻改變了戰術，只在「小」那邊投注一百塊。

「三四五，十二點，大！」

童瑤的眼睛亮了亮，她也是聰明人，自然看出了其中的竅門。

「丁小刀只要保持每次投注金額比上一盤翻倍，就能保證整體盈利，除非運氣實在太差，每一盤都輸。」

「是的，這是猜大小這種賭博方式的所謂『必勝法』，而保證讓你贏錢的唯一條件，就是有足夠的錢可以支撐自己不斷翻倍投注。但實際上，賭場通常有單局最大投注額的限制，讓你無法通過這種方式賺錢。」

談話間，丁小刀竟然默默地站了起來，收走自己的籌碼，離開了賭桌。童瑤不解地問：「怎麼回事？」

「他這種級別的賭徒，怎麼會想玩猜大小，我認為他只是一時技癢，在這裡消磨時間而已。既然是消磨時間，當然不會選擇有高手同場競技的賭桌，何必跟自己過不去呢？」章之奇最後總結了一句：「丁小刀對自己的投注策略和情緒都掌控得相當好，確實是一流的賭徒。」

童瑤不禁噗哧一笑，「看你給自己戴的高帽子，聽起來就像你跟丁小刀的賭博技巧旗鼓相當似的。」

章之奇聳聳肩，也起身離開座位，臉上掛著一個神祕的微笑。

「你知道當年D城歷史上涉案金額最大的網路賭博案，是靠一名警察臥底賭場十五個月才順利偵破的嗎？」

「聽說過……那人是你？」

「懂不懂規矩呢？這種事能說嗎？」沒想到章之奇反過來將了童瑤一軍，把童瑤氣得不輕。

就在此時，賭場裡掀起了一場小小的騷動，不少人都往同一個方向擠去，看這陣仗就好像追星的粉絲遇到了自己的偶像似的。

章之奇和童瑤交換了一下眼神，走上前才發現，原來是大老闆杜志飛帶著他的女朋友賀沁凌，手挽手地走進賭場，杜志飛還一邊走一邊和圍觀的客人握手，並送上郵輪專屬的優惠券，賀沁凌則是笑容滿面地連連揮手，偶爾停下來簽個名，兩人硬生生地把賭場入口處這一段路走出了奧斯卡紅毯的感覺來。

「真是太高調了。」章之奇小聲嘀咕了一句。

「人家有高調的資本嘛。」童瑤說罷，章之奇卻沒有接話，她不由得好奇地扭過頭，注意到他的目光鎖定在身穿一襲橙色露肩長裙，全身曼妙曲線盡現的賀沁凌身上。

呵，男人。

「妳注意到她那張整容臉了嗎？」章之奇沒頭沒腦地問了一句。

童瑤登船之前做足了功課，她還依稀記得賀沁凌曾經在韓國斷斷續續當了三年的練習生，只不過最終沒能在激烈的競爭中脫穎而出，只好灰溜溜地回到國內發展。既然她在整容醫學風行的地方生活了好幾年，那麼臉上動過刀也是正常的。

「整容也沒什麼大不了的吧？」

「沒什麼，只是讓我想起了那個沒人知道她相貌的女人。」

童瑤心頭一凜，終於明白了章之奇為何似乎特別在意杜志飛和賀沁凌。

「不可能吧？」

「誰知道呢？要是我們能進去看看熱鬧就好了。」章之奇目送充滿明星作風的兩人走進了賭場的VIP區域，暗自惋惜。他很清楚這裡賭場的規則，要進入VIP區，客人手腕上的智慧型手環至少要有五十萬美金的餘額，或者綁定了具有同等額度的信用卡或網路銀行帳戶，實在遠遠超過了普通人的消費能力。

「哦，我有辦法進去啊。」童瑤不以為然地說，語氣就好像只是到便利店買杯咖啡一樣輕鬆，著實讓章之奇跌破眼鏡。

「真的嗎？」

「跟我來。」

5

九月二日，晚上八點三十五分。

未來之光號，第八層，賭場，VIP區休息室。

雪白的骨瓷茶具，特級西湖龍井，義大利產的全套真皮沙發，連牆上掛的畫也是莫內《查令十字橋》的原吋複製品，處處透露出奢華的氣息。

「有錢真好啊。」章之奇用手指輕輕彈了彈杯子，發出清脆的響聲，「妳也該告訴我為什麼妳的手環能進來了吧？」

「路隊大概差不多到了？」童瑤故意顧左右而言他，不回答章之奇的問題。

這時候，休息室的門被推開了，走進來的人正是路天峰。他顯然有點困惑，一開口就問：「你們怎麼跑到這裡來了？」

童瑤得意地揚了揚手中的智慧型手環，「前段時間局裡不是偵破一起跨國信用卡詐騙案嗎？我從截獲的資料庫裡借用了一張『無限黑卡』的卡號，能騙過VIP區入口處的檢測系統，但不能真正消費。」

「這樣也行？」路天峰失笑。

章之奇恍然大悟，「原來一刷卡就會露餡，難怪妳不准我去兌換籌碼……倒是阿峰，你怎麼一個人進來了？諾蘭呢？」

剛才三人利用通訊工具進行了簡短的交流，路天峰得知兩人已經混進賭場VIP區後，主動提出在休息室見面，那就證明他知道自己的手環也肯定能通過檢測。

「諾蘭留在房間裡做檢測，而我能進入VIP區的原因，是司徒康在我的手環裡加值了五百萬。」

接下來，路天峰言簡意賅地把自己和司徒康交談的內容快速總結了一下。

「在這裡驗貨？」聽完路天峰的敘述後，章之奇不禁皺起眉頭，然後把他對賀沁凌的猜測說了一遍。

路天峰臉上的表情越發嚴肅，他示意兩人靠近一點，壓低聲音說：「其實有個問題一直困擾著我——時間機器的賣家為什麼要挑選郵輪作為拍賣地點？這是個完全封閉的空間，萬一有什麼風吹草動，根本無處可逃，賣家就不怕交易過程之中出事嗎？」

童瑤和章之奇都沉默不語，陷入了思索。

「我覺得其中一種最為合理的解釋，就是賣家認為選擇在未來之光號上交易，他可以擁有『主場優勢』。」

這裡是誰的主場？

一副遊手好閒、標準草包富二代模樣的杜志飛？還是他身邊那小鳥依人，扮演著完美花瓶角色的賀沁凌？

「但看這兩人的背景和履歷，跟研發時間機器是八竿子都打不著吧？」童瑤提出了她的質疑。

「反正能進VIP區的客人並不多，我們就分頭閒逛一圈，看看這裡到底有些什麼人吧？」路天峰提議道。

VIP區的設計是劃分為若干個小房間，每個房間內只有一張賭桌，玩一種遊戲。房間並沒有限制進出，畢竟能進入VIP區的人非富即貴，誰都得罪不起，分成那麼多獨立房間，只是為了保持安靜，互不干擾而已。因此路天峰和童瑤、章之奇兵分兩路，逐個房間查看，留意一下有什麼值得注意的客人。

很快，他們驚訝地發現，杜志飛、賀沁凌、司徒康、水川由紀、丁小刀，這五個已經被列入觀察名單的人，竟然都坐在同一個房間裡面——

九月二日，晚上八點四十分。

未來之光號，第八層，賭場，VIP區八號室。

這裡正進行得如火如荼的賭局是輪盤遊戲，而在這個房間內端著盤子，隨時準備提供服務的工作人員，恰好是經過一番喬裝打扮的國際刑警孫映虹。

所有關鍵人物都湊在一起了，這到底是巧合，還是另有原因？

賭桌上還坐著三個身分不明的陌生人，其中一個是金髮碧眼的外國男子，身材高大，留著大鬍子，年約四十歲上下；另外兩人看起來是一對情侶，二十多歲的樣子，雖然很年輕，但全身上下的行頭是清一色的奢侈品牌，生怕別人不知道他們家有錢似的。

在輪盤遊戲中，還有一個方法可辨認某兩個人是否為同夥：為了方便區分投注者，玩輪盤時每個人需要使用不同顏色的專用籌碼下注，當然如果兩個人關係足夠親密，就有可能共用同一份籌碼。

路天峰注意到，杜志飛和賀沁凌用的都是紅色籌碼，那對年輕男女一起用著綠色籌碼，丁小刀一個人使用黃色籌碼，金髮大叔使用白色籌碼，有意思的是，司徒康和水川由紀並沒有共用籌碼，前者拿著黑色，後者拿著藍色，兩個人就像互不相識那樣各自下注。

八個人隱約分為六組，路天峰腦中突然閃過一個奇特想法，這賭桌上的人，難道就是買賣雙方嗎？路天峰又回想起一個細節，司徒康留給他的便箋上並沒有寫明要來玩輪盤遊戲，那麼司徒康會不會還收到了另外的訊息，卻沒告訴他呢？

路天峰一再提醒自己，絕對不可輕信這個男人說的任何事。

然而，這八個人並沒有太多交流，一直在埋頭賭錢。杜志飛似乎有點心不在焉，時不時就會玩一下手機，很少下注，就算下注也只是一兩枚籌碼，但賀沁凌就不一樣了，她幾乎每輪都下注，而且每次下注至少押五個數字，有時候甚至十幾個數字，一擲千金，氣勢十足；丁小刀和金髮大叔策略相近，都是謹慎出手，偶爾還會跳過下注；年輕男女之間經常竊竊私語，兩人似乎為如何下注各執一詞爭論不休；司徒康每輪都固定押一枚籌碼，每次只押單雙數，輸贏都是一枚籌碼的事情，看起來有點心不在焉；水川由紀則玩得特別投入，每輪都最後一個下注，等其他人下注完畢後，她再挑選沒人選擇的數字來下注，讓賭局的勝負懸念更強。

房間內連同路天峰三人在內，還有十幾個人在旁圍觀並議論紛紛，仔細一聽，眾人關注的焦點都在外貌甜美而賭風驃悍的賀沁凌身上。不知道為什麼，路天峰總覺得賀沁凌看起來有點眼熟，但偏偏想不起來自己曾經在哪裡見過她。

「妳覺得這裡誰最厲害？」章之奇低聲問童瑤。

童瑤想了想，說：「這不是一個純看運氣的機率遊戲嗎？還有厲害不厲害的說法？」

「即使是機率遊戲，投注策略還是很需要技巧的，不過現場最厲害的人毋庸置疑，一定是杜志飛。」

「為什麼？哦，我明白了，因為他是這裡的老闆！」童瑤茅塞頓開。

「是的，輪盤遊戲的最大贏家是莊家，別看賀沁凌閉著眼睛往裡面亂扔錢，可別忘了一個最關鍵的因素，這裡可以說是她自家的賭場，她拿籌碼的成本約等於零。」路天峰解釋道。

「更何況賀沁凌這樣玩，把賭桌的氣氛搞得火熱，其他人也會忍不住多投注，莊家賺得更多了。」章之奇補充了一句。

「可是……好像其他人的下注額也不算很誇張啊？」童瑤不解地問。

「那只是因為他們每個人都是穩得住的老狐狸。」章之奇內心也暗暗驚歎，丁小刀倒也罷了，想不到另外幾個人也很沉得住氣，包括那對年輕情侶，看似毛毛躁躁的，一直在鬥嘴，實際上他們把下注額控制得很好，絕非等閒之輩。

路天峰現在越來越確信，能夠坐在這張賭桌上的人，十有八九和時間機器的交易有關聯。

恰逢一輪終了，賀沁凌站起身來，在杜志飛耳邊悄悄說了句什麼，杜志飛點了點頭，沒說話，然後賀沁凌就轉身款款離去。

既然杜志飛沒有陪同，那麼賀沁凌很可能只是去上個洗手間或者補妝之類的，但路天峰依然不敢怠慢，向童瑤使了個眼色，童瑤心領神會，悄悄跟了過去。

「那麼謹慎啊？」章之奇自然也看明白了路天峰的安排。

「小心為上，這房間裡面的每個人都很可疑——甚至包括旁邊圍觀的這些客人。」

「是嗎？我倒覺得看熱鬧這群人裡，可能有好幾個都是國際刑警的人吧？」

路天峰眉頭一皺，問：「為什麼？」

「純屬個人直覺。那幾個人既不像有錢人，也不像賭徒，但他們又能進入ＶＩＰ區，最合理的解釋就是他們是來『工作』的。」

路天峰心頭的不安越發濃烈，「想要進來『工作』的人，可不光有國際刑警。」

章之奇神色倏地一凜，他也隨即想到了另外的可能性——

這場交易之中，除了買家和賣家，還可能會有搶劫者、破壞者、謀殺者……

鋼珠在輪盤上飛快地滾動著，在三十八個數字之間彈跳，沒有人知道幾秒之後，幸運女神將會眷顧誰家。

更沒有人注意到在幸運女神身後不遠處，正站著死神。

九月二日，晚上八點五十五分。

未來之光號，第八層，賭場，ＶＩＰ區八號室。

路天峰看了一眼時間，用力地吞嚥著口水。離指定的驗貨時間還有五分鐘。

賭桌上的氣氛也在不知不覺間發生了微妙的變化。賀沁淩去了一趟洗手間回來，臉上反倒多了一絲疲態，下注時也沒那麼積極進取了。童瑤悄悄地告訴路天峰，剛才賀沁淩只是去洗手間補了個妝，並沒有發生什麼特別的事情，這樣一來，她身上的改變反而更讓人費解。

賭桌上的其他人下注時也謹慎了不少，顯得心事重重，唯有丁小刀和司徒康的下注策略依然毫無變化，穩定得像機器人一樣，同樣令人生疑。

又一輪遊戲結束，這次鋼珠落入了沒有任何人下注的數字「17」內，除了押了單數的司徒康贏回了一枚籌碼以外，其餘下注者竟然全軍覆沒。

司徒康微笑著接過贏回來的籌碼，伸了個懶腰，自言自語地說：「好像該休息一下了。」說罷，他卻沒有站起來，而是坐在原位觀察賭桌上其他人的反應。

然而好像沒有人聽見司徒康剛才說了什麼似的，他們分別在聊天、喝水、整理籌碼、發呆……就是沒有人看司徒康一眼。

這假裝出來的不在意，結果就是顯得非常刻意。賭桌上的氣氛一下子變得肅殺凝重，大概所有人都在這一刻明白了，其他人很可能就是自己的競爭對手，他們在這裡相聚絕非偶然。

離九點還有不到一分鐘的時間，荷官示意新一輪下注開始。出乎意料地，每個人都攥緊了自己手中的籌碼，遲遲不肯下注，這可是在輪盤遊戲中極其罕見的情況，最後，還是杜志飛以主人的姿態打破了僵局，在數字「28」上面下注兩枚籌碼。

「我喜歡這個數字，因為在我二十八歲時，賺到了人生中的第一個億。」

沒有人搭話。

荷官眼見大家都不想再下注了，也只好宣布投注結束，按下輪盤的啟動按鈕。銀色的鋼珠一躍而出，在瘋狂轉動的輪盤上反覆蹦跳。

還有五秒。

彈珠的速度越來越慢。

四，三，二，一。

九點整。

6

九月二日，晚上八點四十五分。（第一次時間倒流後）

未來之光號，第八層，賭場，VIP區八號室。

「……但他們又能進入VIP區，最合理的解釋就是他們是來『工作』的。」

章之奇的話只有後半句，硬邦邦地插入路天峰耳中，而他愣了好幾秒鐘，才回過神來。

時間倒流了！

路天峰趕緊確認時間，八點四十五分，時間微微向前跳躍了十五分鐘。

「阿峰？怎麼回事？」章之奇察覺到路天峰的臉色不對，趕緊問。

「時間往回跳了十五分鐘。」

「什麼？你的意思是，這船上真的有時間機器？」

「不管是人還是機器，反正有人有辦法能讓時間倒流。」

「那我們怎麼辦？」章之奇問。

「觀察參與賭局的人——我還記得接下來的幾輪的結果。」路天峰在心中飛快地回憶了一遍，然後複述出來：「35，2，9，到這時候，剛才離開的賀沁凌會回來重新加入賭局，接下來會開出13，然後是17……」

「還記得每一輪是誰贏錢了嗎？」

「35這一輪，是那對年輕情侶贏得最多。」

路天峰的話音剛落，鋼珠果然停在了數字「35」的位置，押中數字的年輕情侶高興得跳了起來，水川由紀默默地低下頭，丁小刀不以為然地嚼著口香糖，金髮大叔似乎在沉思……一切都和十五分鐘前路天峰經歷過的一模一樣。

不可能啊？按照司徒康的推測，登船參與時間機器拍賣的人，要不就是感知者，要不就會帶上一名感知者幫忙，那麼賭桌上應該有不止一名感知者，難道每個人的演技都那麼好，能完美地再一次重複時間倒流前自己所做的一切？

「有點不對勁。」路天峰的額頭冒出了冷汗。

「什麼地方不對勁？」

「看不出來，這種感覺才是最糟糕的。」

「呃……」作為一名普通人，章之奇真不知道此時該說什麼才好。

接下來的兩輪輪盤遊戲結束，結果自然是2和9，而且每個人的表現都沒有出現異常狀況。路天峰總覺得其中某些人一定在演戲，比如司徒康，他百分之百在假裝成沒有經歷過時間倒流的樣子，但不得不承認他的演技頗佳。

不知道這賭桌上唯一掛著演員頭銜的賀沁淩，表現又如何呢？

路天峰下意識回頭張望了一下，現在是賀沁淩返回賭桌的時間點，童瑤也會緊跟著回來，但房間的大門卻一直沒打開。

怎麼回事？

「本輪投注結束。」荷官朗聲道，這也意味著，時間倒流後第一次出現了偏差。

賀沁淩和童瑤都沒有回來。

路天峰退到牆邊，用通訊工具呼叫童瑤，「童瑤，童瑤，請回答。」沒有任何回應。

章之奇也深知事態不妙，說：「讓我去看看吧。」

「我們一起去。」

「你不用留下來盯著這裡？」章之奇反問。

「先去那邊看看，好歹這房間裡頭的人還會相互牽制。」路天峰離開之前，還特意瞄了一眼司徒康。這一次，司徒康終於沒有繼續演戲，而是流露出迷惑的神情。

九月二日，晚上八點四十五分。（倒流後）

未來之光號，第八層，賭場，ＶＩＰ區洗手間。

路天峰和章之奇匆匆忙忙趕到洗手間門外，一路上沒看見任何人，路天峰再次呼叫童瑤，依然沒有回應。

「請問裡面有人嗎？」路天峰往女洗手間內高喊，然後又換成英文再喊了一遍，依然沒有任何回音。

「直接衝進去嗎？」章之奇還是有點猶豫，要是裡面還有其他女性客人，那可不是一句對不起就能了事的。

「你們在幹嘛？」兩人身後響起一個冷冰冰的女聲，回頭一看，原來是假扮成工作人員的孫映虹緊隨而來，看來她的直覺也很敏銳，機警地察覺到兩人突然離去必有隱情。

「我擔心洗手間裡面有情況，麻煩妳進去看一眼。」路天峰沒有過多的解釋，直截了當地提出了請求。

孫映虹雖是滿心疑竇，但反正進洗手間查看情況也不是太為難的事，於是暫時沒問太多，邁步走了進去。

「你們進來吧……」大概十來秒後，孫映虹語氣平靜地說。

路天峰和章之奇交換了一下眼色，這過分平靜的語氣讓他們有一種不祥的預感。

剛進入洗手間，就能聞到在淡淡的香薰之中，隱藏著一股血腥味。孫映虹站在其中一個隔間已打開的門外，止步不前，低下頭就可以看見雪白的地板上，流淌著一片暗紅。

「童瑤！」路天峰大步上前，可怕而詭異的一幕映入眼簾。

隔間內有兩個渾身鮮血的人——童瑤坐在合起蓋子的馬桶上，低垂著頭，生死未卜；而身穿橙色連衣裙的賀沁凌則跪坐在地上，整個人向前撲倒，頭靠在童瑤的膝蓋附近，腦袋和身體之間扭成一個奇怪的角度，恰好讓眾人能看清楚她的臉。只見賀沁凌的脖子上有道又長又深的傷口，一雙眼睛睜得又大又圓，粉紅色的舌頭不雅地從嘴邊滑出來，五官扭曲，表情驚恐，就像是她直到臨死前的最後一刻，還對自己親眼目睹的景象感到難以置信。

路天峰的腦中湧起一陣強烈的眩暈，為什麼會這樣？為什麼只是短短十五分鐘的時間倒流就讓一切都改變了？

地板的鮮血還在緩緩擴散著，蔓延到路天峰腳下。

「請求增援，重複，請求增援。」

耳邊響起了孫映虹呼叫同伴的聲音，除此之外，路天峰什麼都聽不見，什麼都感覺不到了。

唯一讓他稍感安心的，是他似乎看見童瑤的胸口仍在微微起伏著。

千萬要，活下去啊！

第二章 迷霧

1

九月二日，晚上九點零五分。

未來之光號，第八層，賭場，員工休息室。

在這個陳設簡單的小小房間內，充斥著劍拔弩張的氣息。

「告訴我，你們到底在搞什麼鬼！」雷派克脫掉了西裝外套，又解開了領帶和襯衫最上方的鈕釦，面紅耳赤地大喊大叫著，顯露出平日難得一見的狼狽姿態。

「童瑤到底怎麼樣了？」路天峰依然竭力保持冷靜。

「先說清楚，你們的人究竟在做什麼！」

「告訴我童瑤的情況！」路天峰的音量並沒有提升，但語氣十分堅定。

雷派克怒不可遏地將一個資料夾重重地砸在桌面上，裡面的檔案和照片四處散落，「我們好不容易才找到的線索，全被你們搞砸了！」

路天峰的目光落在眼前的一頁調查報告上——賀沁淩在個人簡歷中，聲稱在韓國演藝界當了三年的練習生，培訓期間先後轉換了三家娛樂經紀公司，但經過深入調查，在她離開第二家公司後，簽約第三家公司之前，有一段長達半年的空窗期。這不禁勾起了路天峰的好奇心，他拿起了報告的另外一頁。

光是培訓生的空白檔期當然不算什麼異常狀況，問題就是賀沁淩在這半年間到底去了什麼地方，住在哪裡，和什麼人在一起，靠什麼維生等等，竟然沒有留下任何蛛絲馬跡，她的銀行帳戶在那六個月的期間沒有任何進出，就連她剛到韓國時申請的手機號碼，也停機了半年，半年後才重新申請恢復。

簡而言之，賀沁凌在韓國經歷了一次「人間蒸發」，過了半年又重新出現，期間到底發生了什麼，她從來沒有告訴過任何人。

「確實很奇怪啊。」路天峰自言自語著，他很清楚，在當今社會要做到這種程度的不留痕跡有多麼困難，賀沁凌身上一定隱藏著一個巨大的祕密。

「我們懷疑賀沁凌空白的這半年時間，跟『櫻桃』有莫大的關聯，她甚至可能已經成為『櫻桃』的同夥。」

「連你們都查不出底細的空窗期？那確實有點像『櫻桃』一貫的作風呢。」

「但很遺憾……」雷派克的眼內布滿了血絲，「賀沁凌一死，我們手頭上的所有線索就全都斷了。」

路天峰聽出了雷派克語氣裡的責難之意，針鋒相對地說：「那麼你們為什麼沒有提前將情報和我們分享？」

「對不起，我們有我們的辦事方式，我想我的行動並不需要向你報備。」

「那麼，我方的行動也無需事無鉅細地通知你。」路天峰心想，就算我說出來，你也不會相信吧？

雷派克狠狠地踢了一腳身邊的椅子，深吸一口氣，努力調整著自己的情緒，「路警官，我以為我們可以好好合作的。」

「派克先生，我願意和你合作，但請你要信任我和我的同伴……」

雷派克低下頭，快速地將散落桌面的檔案整理好，嘴裡嚷嚷了一句：「童警官沒有受傷，但她的狀況不太妙。」

「啊？什麼意思？」

雷派克抬起頭，直視路天峰的雙眼，似乎在衡量自己到底能透露多少資訊，最後，他輕聲說：「這起命案，童警官是最有嫌疑的。」

「怎麼可能？」

「案發時，洗手間內只有她們兩人，沒有人目擊第三者進入現場。而命案現場遺留的凶器上成功採到童警官的指紋，暫時沒有發現第三者存在的任何證據。」

路天峰的心中泛起一陣苦澀，「童瑤為什麼要殺賀沁凌？她根本沒有動機啊！」

「動機，也許就在你對我隱瞞的事情當中。」雷派克的眼神漸漸變冷，他將這些告訴路天峰，並不是出於信任，而是一種威逼策略。

想要救你的同伴，就得把你們的計畫和盤托出。

路天峰聽懂了雷派克的意思，但很可惜，他還是只能繼續瞞著他。將自己真正的計畫說出來，只會讓局勢變得更加複雜無解。

「我和你一樣，想知道這起命案的真相。」

兩人再度對視片刻，雷派克終於選擇冷哼一聲，轉身離去。路天峰在他背後喊了一聲，「讓我和童瑤單獨聊一下吧。」

「絕對不可能。」雷派克頭也不回地走了，「她現在正處於我們及郵輪保全人員的雙重監視之下，沒有我的允許，誰都不能接近她。」

路天峰暗暗搖頭歎息，也走出了這個壓抑的房間。

走廊上，章之奇正懶洋洋地背靠著牆壁，神色蕭索地等著他。

「情況怎麼樣？」章之奇問。

「不太妙，我們趕緊回去找諾蘭。」路天峰一邊說，一邊站在原地脫掉了自己的鞋子。

「怎麼回事？」

「等下再說。」路天峰心中有一個大膽的猜想，他不知道在時間倒流的十五分鐘裡到底發生了什麼變故，但既然事態發展出現了變化，那是不是意味著「當時洗手間內至少有一名感知者」？

路天峰的鞋底，還沾著犯罪現場留下的，屬於賀沁凌的血跡。

而在這艘郵輪上，唯一一個能夠精準辨別感知者的人，就是陳諾蘭。

來不及向章之奇解釋了，路天峰拿著鞋子，越走越快，到最後乾脆一路小跑起來。

九月二日，晚上九點十五分。

未來之光號，第十八層，１８０３房。

路天峰直到用智慧型手環打開感應門鎖的那一刻，才想起了自己可以用通訊器提前和陳諾蘭說一聲的，可惜忘了。

正在埋頭操作分析儀的陳諾蘭被粗暴的開門聲嚇了一大跳，回頭一看，察覺到路天峰的臉色不對，更是忐忑不安。

「峰，怎麼了？」

「結果出來了嗎？」路天峰將沾著血跡的鞋子輕輕地放下，「等會兒還要麻煩妳分析一下這個血跡。」

「分析儀正在運算，結果馬上就要出來了。」陳諾蘭看了一眼鞋底，不禁皺眉，「這樣本受到污染了啊，檢測結果可能會受到影響。」

「妳盡力吧，這條線索非常重要。」

陳諾蘭又瞄了一眼章之奇，看到他同樣是臉色凝重，加上三人之中少了童瑤，心中越發不安，「童瑤呢？」

「她有點麻煩。」路天峰長話短說，將剛才發生了一次短短十五分鐘的時間倒流，和倒流後出現命案的事情複述了一遍，把陳諾蘭聽得目瞪口呆。

「所以我們要盡快解決案件，還童瑤一個清白。」

「我明白了，等現在這兩份樣本分析完，我就立即開始分析新的血液樣本。」

陳諾蘭話音剛落，分析儀發出了「滴滴滴」的提示音，螢幕上顯示出「分析進度100％」的字樣。

路天峰自覺地閉上嘴，生怕打擾了陳諾蘭的操作，只見她飛快地輸入幾行指令，螢幕上彈出了令人眼花撩亂的曲線圖和資料。

「怎麼會這樣……」陳諾蘭看著螢幕上的結果，一時之間竟然愣住了。

「怎麼樣？」路天峰和章之奇看不懂結果，一頭霧水地問。

「兩份樣本的DNA資料，均與時間感知者的特徵不匹配。」陳諾蘭似乎還沒回過神來，木然地說著。

「沒聽懂。」章之奇撓撓頭說。

「我用通俗的語言簡單解釋一下吧，這套分析方法是我獨創的，主要的研究對象是阿峰的DNA樣本。我把他的DNA樣本與擁有一千萬份人類DNA資料的樣本庫作比對，篩選出最有可能代表時間感知者能力的十三個特徵。這十三個特徵並不一定都是感知者的特徵，但感知者的特徵應該包括其中。」

「哦，懂了，所以只要樣本的DNA分析結果與這十三個特徵的一部分相符，就有可能是感知者了對嗎？相符的特徵數量越多，誤差的機率就越低。」章之奇不愧是理科背景，一下子就聽懂了問題關鍵所在。

「是的，因為我只有唯一一份可靠的時間感知者資料，所以檢測的結果絕對是不夠精確的。」陳諾蘭指著螢幕上的曲線圖，說：「而司徒康和水川由紀兩個人的ＤＮＡ樣本資料中，並沒有發現我原先初步鎖定的十三個特徵中的任何一個。」

路天峰心裡一沉，知道問題可能要比他想像中的更嚴重，「所以妳的判斷是？」

「兩種可能性，第一，我的檢測方法存在未知的重大缺陷，檢測結果完全不可採信；第二，相信檢測結果，司徒康和水川由紀都不是時間感知者。」

「不可能，我非常確定司徒康是時間感知者！」路天峰回想起司徒康之前的種種表現，斬釘截鐵地說。

「那就是我的檢測方法出問題了……對不起……」陳諾蘭幽幽地垂下頭，下意識地用指節敲擊著分析儀的外殼，那束手無策的樣子就好像做錯事的小孩子一樣。

「不，不是妳的錯。」路天峰溫柔地搭著陳諾蘭的肩膀，然後用十分堅定的語氣再次強調，「光憑一份資料做到這個地步，證明妳已經很棒了，我相信加上司徒康的資料後，妳的檢測技術會更加成熟。」

「但……我還需要時間去完善計算公式……」

「沒關係，我們可以先嘗試從其它線索著手調查了。」

這時候，房間內的內線電話突然響起。

路天峰毫不猶豫地走上前，拿起聽筒。

「司徒先生？」路天峰覺得，這時候司徒康要是再不聯繫自己，那就不是司徒康了。

「路警官，你真厲害，怎麼猜到是我打來的電話？」

「因為我正想找你。」

2

九月二日，晚上九點三十分。

未來之光號，主甲板，露天酒吧。

也許對愛泡酒吧的人而言，這個時間有點太早了，酒吧裡還有大半的座位是空蕩蕩的，駐唱的女歌手慢悠悠的唱著上世紀八、九十年代香港流行歌，略帶口音的不標準粵語，別有一番說不清道不明的風情。

「不來一杯嗎？」司徒康舉起酒杯，不慌不忙地說。

「不了，我還要工作。」路天峰搖頭拒絕。

「有人死了，事情一下子就變得複雜起來了啊。」司徒康喝下一小口酒，感慨道。

路天峰可沒有耐心跟司徒康拐彎抹角，於是開門見山問道：「我離開房間後，還有誰離開過賭桌嗎？」

「沒有人離開，但有另外一件奇怪的事情發生。」司徒康故弄玄虛地停頓了一下。

「什麼事？」

「你還記得時間倒流前，最後幾局輪盤遊戲的結果嗎？35、2、9、13、17——恰好到最後一局時，一直低調下注的丁小刀突然在數字17上面押了十萬美金。」

十萬美金！在輪盤遊戲中押中數字的賠率是一賠三十五，也就是說丁小刀在這一局當中淨賺三百五十萬美金，合計將近兩千五百萬人民幣！

十萬美金單押一個數字，旁人看來可能以為這人瘋掉了，但在路天峰和司徒康眼中，丁小刀的舉動無疑等於向他們公開宣布：「我就是感知者！」

「賀沁凌之死肯定和某位感知者相關。」路天峰想了想，說：「而當時在那個房間裡面的感知者，至少有三個人——你，我和丁小刀。」

「你和我都不是凶手，丁小刀也不是，他根本沒有離開過那個房間。」司徒康輕輕晃動著酒杯，盯著裡面那淺褐色的液體，「這艘船上的感知者太多了，而且其中一些人之間應該已經達成了緊密合作關係。」

「就像你和我？」路天峰說完自己都想笑。

「不，我們還彼此提防著對方。」司徒康一邊說，一邊從懷裡掏出一支古老的按鍵式手機，擺在酒杯旁，「如果我們無法彼此坦誠，恐怕根本不可能在這場競爭當中獲勝。」

路天峰很想接一句「我永遠不會相信你」，但權衡利弊之後，他還是先拿起了手機。

「這是什麼？」

「看看就知道了。」司徒康滿不在乎地聳聳肩，「我收到時間機器拍賣會邀請函的同時，包裹裡還有這支特製的手機，系統是修改過的，沒有別的功能，只能收發簡訊，對方的號碼還透過某些方法隱藏了，根本查不到是什麼人。」

路天峰按了一下手機按鍵，螢幕亮起來了，果然是十多年前的老款式，通訊錄一片空白，也沒有任何通話記錄，手機內唯一有意義的內容正如司徒康所說的那樣，只有簡訊。

第一條簡訊是一個多月前收到的，「未顯示號碼：請保持手機電源充足，攜帶本機登船。」

第二條資訊的接收時間是今天上午，「未顯示號碼：今天晚上九點，賭場VIP區八號房，驗貨。」

第三條，也是九點零一分才收到的最後一條簡訊，「未顯示號碼：驗貨完畢，今天十點前，回覆本則簡訊，作第一輪報價。」

「看來拍賣活動沒有受到影響啊。」路天峰注意到這支手機的外殼竟然是被焊死的，看來對方為了防止暴力拆機，實在是下了一番功夫。

「時間機器是真的，我一定要買下來。」司徒康一口氣把杯子裡剩餘的酒喝完，「而我的最大障礙就是櫻桃，她背後的資金實力很可能會勝過我。」

路天峰不知道司徒康到底準備了多少資金，也不準備問，畢竟時間機器這種打破人類科技範疇的東西，就算賣個幾十億、上百億，好像也並不過分。

「既然司徒先生只是缺錢，那麼和我結盟毫無意義啊。」

「除了錢之外，還有另外一種解決問題的辦法。」司徒康的眼裡射出瘋狂的光芒，「你看，剛才已經有人搶先行動，開始消滅競爭對手了。」

路天峰心念一動，「你認為賀沁凌也是潛在買家之一？」

「死人的事情我沒空去考慮，我只想為我們接下來的合作提出一個雙贏的方案——我們共用彼此手中的資訊，聯手把櫻桃找出來。」

「然後好讓你去殺人嗎？」

「然後我保證她以後永遠都不會再為非作歹。」司徒康陰惻惻地冷笑一聲，轉身打了個手勢，示意酒保再來一杯。

路天峰沉思了好一陣子，才開口說：「如果司徒先生真有誠意合作，那麼得聽從我的安排，除了一起尋找櫻桃之外，還得共同調查賀沁凌之死。」

「我倒是很好奇，你為什麼要執著於賀沁凌的命案？」司徒康露出了思索的神色。

「答案很簡單，因為殺死賀沁凌的人，說不定現在正策畫著怎麼殺死你和我。」

司徒康接過酒保再度送來的酒，杯子湊近了唇邊，卻遲遲沒有喝下去。終於，他還是放下了酒杯，問：「關於凶手的身分，你已經有眉目了嗎？」

路天峰明白這是拋出誘餌的最佳時機，於是說：「根據我的情報，賀沁凌很可能和櫻桃有關聯。」

「原來如此」司徒康把玩著酒杯，沒再說話。他的神色平靜如初，剛剛湧起的瘋狂和衝動反而消失無蹤。

但路天峰知道，處於這種狀態下的司徒康，才是最可怕的他——冷靜，果斷，無情。

「所以我必須接觸到被困的同伴，透過她瞭解案發當時的詳細情況。」

「明白了。」司徒康一口氣喝完了杯中的烈酒，沒再多說什麼，而是伸出右手，「合作愉快。」

路天峰心知肚明，這次的「合作愉快」可不僅僅是客套話了，而他也很清楚，與司徒康的緊密合作必定會令自己陷入更深、更可怕的漩渦之中。

可是他別無選擇。

九月二日，晚上九點五十分。

未來之光號，第一層，保全中心。

每一艘長期在海上航行，沿途停靠多個國家的郵輪，都會配備足夠的保全人員，以備不時之需，而未來之光號作為最新啟用的頂級豪華郵輪，保全工作當然是毫不含糊。郵輪的保全主任黃良才，四十五歲，年輕時是東南亞某國的特警隊成員，後轉入警校擔任培訓老師，五年前加入杜氏郵輪集團，負責保全工作，處事十分穩健可靠；另外還有五十位透過國際頂級保全公司ＲＩＤ聘請的專業保全人員，大部分有從警或從軍經歷，身強體壯，頭腦靈活，而且還有合法的持槍執照，就算在危險海域遇到海盜搶劫也絲毫不懼。

在航行途中發生刑事案件，雖然是機率極低的事件，但應急方案之中也有相關工作指引，因此案發後，黃良才隨即接手處理，吩咐手下將童瑤單獨關在保全中心的禁閉室內。為此，黃良才和雷派克還發生了一場小小的衝突。

「我認為嫌犯應該由我們的人來負責關押！」雷派克並不信任船上保全人員的能力。

然而黃良才只是淡淡地說了一句：「在這艘船上，所有保全工作由我說了算。」

「我可是國際刑警。」

「但我才是這裡的負責人。」

最終他們爭吵出一個妥協的方案：黃良才派出兩名保全人員，守住通往禁閉室的唯一一條走廊通道，然後在禁閉室門外擺放了桌椅和茶水，雷派克可以派遣一名國際刑警在那裡值班，雙方共同看守。

雷派克表面上只是勉強接受了提議，實際上心裡還挺滿意的，因為這次的行動他們一共就只有四個人登船，他和孫映虹是主力，另外兩位年輕的警察是輔助角色，如果真要讓他們獨力負責看守童瑤，那麼人力安排馬上會捉襟見肘。

所以在突擊審訊童瑤卻一無所獲後，雷派克只留下了年輕的美國小夥子理查森在禁閉室門外站崗值班，自己則和孫映虹一起回現場勘查了。

對於這個枯燥無味的任務，理查森心中其實也頗有怨言，當年他在警校畢業時可是全校第一名，風光無限，成為一名重案組刑警後也破獲過多起大案，表現搶眼，只是不幸成為內部權力鬥爭的犧牲品，而被調配成為國際刑警，又遇上了雷派克這樣一位板著臉，不苟言笑的上司，總是安排站崗盯梢一類的雜務給他。

「真是無聊啊……」理查森喝了一口眼前的茶水，是中國茶，他喝起來很不習慣，不由得皺起了眉頭。

正在此時，理查森的眼角餘光瞄到走廊上出現了一個身穿白色襯衫、黑色牛仔褲、婀娜多姿的身影，他愣了愣，不禁提高了警惕，心裡暗暗咒罵看守走廊入口處的保全人員果然不可靠，怎麼讓一個陌生女人走到這種地方來了？

「你好！」那個女人說著帶東方口音的英文，大大方方地走上前，向理查森出示證件。

日本警視廳？

理查森分不出證件的真偽，滿臉狐疑地打量著這名女子。她留著及肩的卷髮，戴著一副無框眼鏡，眉目間頗有幾分影視劇中常見的東瀛風情，健康的膚色，結實的肌肉和一身簡約運動風的打扮，看來也確實有幾分女警的架勢。

「請問有什麼地方可以幫上忙嗎？」理查森稍退了一步，左手插入褲袋裡頭，輕按著通訊器的開關，以便能在第一時間向上司雷派克彙報，右手則做好了隨時拔槍的準備。

「我是來幫忙的。」日本女警嫣然一笑，「你們正在調查的案件，跟我一直追查的一起跨國洗黑錢案件相關。」

理查森自然想到了對方可能也在追捕櫻桃，卻還是故意裝出一臉茫然的模樣，「案件？什麼案件？」

「還在試探我嗎？」女子收起笑容，正色道：「我說的是櫻桃。」

理查森稍稍放鬆了一點，他當然知道國際刑警關於櫻桃的線索全都斷了，上司正在為此事抓狂呢，如今卻又重新看見了一絲曙光，當然令人期待。

「我不知道妳在說什麼。」他的語氣明顯放緩了不少，但仍然不敢掉以輕心。

「賀沁淩不是有半年的空窗期嗎？你們不知道她在哪，但我知道——那段時間她在日本接受櫻桃對她的特訓。」

「什麼？」這個驚天猛料讓理查森再也無法裝作無動於衷了。

「你……到底是不是負責人？還是找你的上司來和我談吧？」

「妳可以直接跟我談。」理查森挺直了腰板，掏出自己的證件給她看，心想，這種唾手可得的功勞怎麼可以旁落他人之手呢？

「理查森？」

「對的，請問妳的名字是？」理查森看不懂證件上的日文名字。

「你可以叫我 Coco。現在時間十分緊迫，我需要即刻訊問嫌犯，當然了，理查森先生，你可以在一旁協助我做筆錄，與此同時你也會獲知日本警方已經調查出來的內幕情報。」

「很好，沒問題。」理查森渾身上下充滿了幹勁，掏出禁閉室的鑰匙，打開了房門。不遠處的走廊上，負責站崗的兩名保全人員還向他投來了詢問的目光，而他做了個 OK 的手勢，保安人員自然也沒過問太多，反正他們的任務只是保證不讓童瑤跑出來即可，這些國際刑警愛怎麼審問就怎麼審問，與他們無關。

兩人進入房間後，理查森關上門，還沒來得及坐下，後腦就受到了重重一擊，眼前一黑，頓時失去了知覺。

童瑤愕然地看著進門這對男女，更沒想到女人的出手快如閃電，直接一記掌刀就把男人打暈了。

「我叫水川由紀，是司徒康的人。」水川由紀脫下了假髮和眼鏡，童瑤立即認出了曾經在住客登記資料裡見過的這張面孔。

「我認得妳。」

「時間非常有限，路天峰在等著你呢。」水川由紀在耳朵後方拆下一片通訊器貼片，連同衣服上夾著的麥克風一道拋給童瑤。

童瑤對這套裝備再熟悉不過了，她沒有問任何問題，動作俐落地貼好貼片，深吸一口氣後，說：「路隊，是我。」

九月二日，晚上九點五十五分。

未來之光號，主甲板，露天酒吧。

路天峰用手調整了一下耳朵後方貼片的位置，以緩解內心不斷湧現的緊張情緒。雖然這個行動方案是他和章之奇、司徒康三個人商量後一致決定的，但風險還是相當大。

童瑤畢竟處於國際刑警和郵輪保全的雙重監視之下，根本不可能不動聲色地接近她，唯一能夠利用的漏洞，就是趁著國際刑警跟郵輪保全人員相互之間還處於磨合階段，彼此都不太熟悉的時候，乘虛而入。

章之奇之前就破解了杜氏郵輪集團的公司資料，看過處理緊急事件的標準程序，知道一旦在公海範圍內發生刑事案件，相關嫌犯會暫時被關押在一樓的保全中心內，因此他們迅速拍板，讓從未進入國際刑警視線範圍的水川由紀前往救援。水川由紀只花了幾分鐘就完成了喬裝打扮，戴上假髮和眼鏡後，她好像換了個人似的，信心滿滿地出發了。

按照原定計劃，遇到保全人員詢問時，水川由紀會自稱是國際刑警，但遇到國際刑警詢問時，她則會假裝是日本警視廳的人，以「掌握了關於賀沁淩和櫻桃有關的關鍵線索」為由，嘗試獲得審訊童瑤的機會。

雖然計畫看起來頗為完美，但路天峰也很清楚，這次行動策畫得太過倉卒，在過程中隨時可能出亂子，只要水川由紀不小心露出一丁點的破綻，就會前功盡棄。

因此直到童瑤的聲音傳入耳中，路天峰才總算鬆了一口氣，向坐在身旁的章之奇和司徒康打了個「ＯＫ」的手勢，兩人也貼好金屬貼片，能同步聽見童瑤說話的聲音。

「路隊，是我。」

「妳情況還好嗎？」

「我很好，請不要擔心。」童瑤說。

「辛苦妳了，請複述一下案發當時的情況。」路天峰雖然擔憂童瑤的狀況，但也沒有時間細問了。

「其實我什麼都不知道。那時候我跟著賀沁凌去洗手間，她先進去，我再進去時看到只有一個隔間關著門，於是我就選擇了相鄰的一個隔間進去，聽見她模模糊糊說話的聲音。我把耳朵貼到隔板上，想聽得更清楚一點，但賀沁凌也許是知道隔壁有人，說話聲音特別低，我只能勉強聽到斷斷續續的幾個詞——人太多，計畫，變化，不可能。」

「就這些？」一直沒有打斷童瑤的路天峰，不禁皺起了眉頭，這幾個詞太常見了，並沒有什麼有用的資訊。

「嗯，接下來賀沁凌就沒說話了，我聽見隔壁馬桶沖水的聲音，然後她走出了隔間，卻沒有離開洗手間。過了大概一分鐘吧，我也按下馬桶沖水按鈕，從隔間裡出來，看見賀沁凌正在鏡子前面補妝。因為不想讓自己的舉動顯得太奇怪，我就在她旁邊的洗手檯簡單洗了一下手，正準備離開，脖子處卻突然傳來一陣刺痛。」

「是賀沁凌對你下手了嗎？」

「不是的，她還在補妝，手上並沒有任何異常舉動，我頓時覺得頭暈眼花，她還一副驚訝的樣子，伸手攙扶著我，接下來我眼前一黑，徹底失去了知覺……之後的事情我就什麼都不知道了。」

「應該是麻醉槍吧？」一旁的章之奇插話道，他沒有戴麥克風，這句話是問路天峰的。

「嗯，我也覺得是野生動物園使用的那種麻醉槍，發射出來的小針上塗滿強力麻藥，中針後就算是大象也熬不過一分鐘。」

「路隊，很抱歉，我提供不了更多的線索了。」童瑤有點氣餒地說。

「不，妳已經做得很好了……一定要照顧好自己，我會盡快想辦法救妳出來。」

「知道了。」

「把通訊器交給由紀吧。」即使還有許多想說的話，路天峰也只能選擇結束，因為還得考慮到身陷虎穴的水川由紀，不能耽擱太多時間。

「我在。」一個冷靜到極點的聲音響起。

「你可以——」

就在這一瞬間，時間線再次產生了波動。

3

九月二日，晚上九點五十分。**（第二次時間倒流後）**

未來之光號，主甲板，露天酒吧。

路天峰和司徒康面面相覷，在彼此的臉上讀出了如臨大敵的訊號。

一旁的章之奇根本不知道發生了什麼事，好奇地問了句：「怎麼回事？你們倆都突然緊張起來了？」

「時間倒流了。」路天峰說。

「啊？又倒流了多久？」

「大概十來分鐘吧……」路天峰心中的不安越發強烈，他突然提高了音量，對著通訊器幾乎大喊起來，「水川由紀，行動取消，立即撤退！重複一次，立即撤退！」

而水川由紀並沒有回音。

九月二日，晚上九點五十一分。

未來之光號，第一層，保全中心。

黃良才面前的內線電話響起，他才剛剛拿起話筒，就聽見裡面傳來一個沙啞的男聲。

「禁閉室出狀況了，快去看看！」

男人的語氣就像在發號施令，聽得黃良才渾身不自在。

「你是誰？你說什麼？」

可是對方已經重重地掛斷了電話。

黃良才能成為這艘世界頂級豪華郵輪的保全主任，憑的是自己的真本事，他可以聽出電話那頭的人雖然刻意隱瞞了身分，所說的內容卻是可信的。於是他沒有任何遲疑，抓起手邊的軟棍，直接往禁閉室方向跑去。

在走廊的轉角，他還差點迎面撞上一名白衣女子，幸好兩個人反應都足夠快，才在千鈞一髮之際相互閃避開來。黃良才心中有點納悶，畢竟這裡很少有陌生面孔出現，但他一心擔憂著禁閉室那邊的情況，也就沒想太多。

很快，黃良才來到通往禁閉室的走廊處，兩名下屬連忙立正行禮，「黃主任好！」

「這邊有什麼情況嗎？」

「沒有，一切正常！」兩人異口同聲地回答。

黃良才更糊塗了，剛才電話裡煞有其事的人到底是什麼意思？他繼續走近禁閉室，向守在門外的理查森打了個招呼。

「警察先生，這邊有什麼異常狀況嗎？」

「沒有哦。」理查森一副無精打采的樣子。

「剛才有人來過嗎？」

「沒有。」這名年輕的國際刑警似乎不想再多說什麼了。

黃良才還是放心不下，親自走到禁閉室門外，門上有一扇用雙層強化玻璃製成的圓形窗戶，是為了方便觀察禁閉室內部而設計的。黃良才把臉湊近玻璃窗，能清楚看到童瑤百無聊賴地坐在房間內，滿臉無奈的樣子。

「真的沒有任何奇怪的事情發生？」黃良才的直覺告訴他，這不對勁。

「大叔，你神經過敏了吧？」理查森白了他一眼，沒好氣地說。

黃良才沉思片刻，突然想起剛才在轉角處幾乎撞上的那個白衣女子。別看黃良才的身材已經開始有點中年發福，但他年輕時可是在武當山閉關學習過一年太極的，平日也非常注意鍛鍊和保養，身體反應相當敏捷；然而一分鐘之前，差點相撞的那個女子同樣反應極快，在電光火石之間已經做出了扭腰躲避的動作。

那個反應速度和閃避動作，絕對不是普通人能夠完成的。再加上那個莫名其妙的預警電話，就像未卜先知一樣，看來今天晚上發生的這起謀殺案，背後絕對隱藏著重大祕密——

這個祕密還很可能和自己的老闆有關。

想到這裡，黃良才的額頭冒出了細細的汗珠。

九月二日，晚上十點。

未來之光號，第十二層，愛麗絲酒吧。

這家酒吧的門外擺放著一尊站立的白兔雕像，兔子身穿禮服，手裡還拿著一塊懷錶，店裡甚至還養了一隻毛色黑白相間的英格蘭短毛貓，不遺餘力地營造著《愛麗絲夢遊仙境》的氛圍。

酒單上的酒也全部換成了充滿童話氣息的名字，但剛剛進門的幾位客人只看了一眼酒單，就點了四杯蘭姆酒，讓準備好好介紹一番本店特色的酒保感覺有點受傷。

「妳沒有被跟蹤吧？」問話的是司徒康，而答話的人自然就是水川由紀。

此刻的水川由紀已經換上一條金光閃閃的橙色長裙，脫掉假髮和眼鏡，又戴上了淺藍色的美瞳，眼睛看起來變大了不少，整個人的氣質煥然一新。

「沒有，我的換裝和反跟蹤技巧請您放心。」水川由紀平靜地說。

「我不是不放心，只是這事有點邪門啊。」司徒康看了一眼路天峰，歎氣道：「我已經發了簡訊給賣家，詢問他為什麼又啟動了一次時間機器。」

「對方怎麼回覆？」

「還沒回覆。」司徒康搖搖頭。

「忘記問一句，你參與拍賣了嗎？」路天峰還記得按照簡訊指示，司徒康應該在十點鐘之前出價的。

司徒康苦笑道：「第一次我是在九點五十五分左右發了報價，但剛才這次時間倒流後，光顧著轉移陣地，忘記再次出價了。」

就在這時候，那支特製的手機突然響起了簡訊提示聲，司徒康看了一眼，把手機舉起，好讓路天峰和章之奇也能看清楚上面的訊息。

「目前最高價：一百萬枚 DT Coin。半小時內如無更高報價，則正式成交。」

看來賣家完全沒有解釋剛才為什麼要啟動時間機器，只是在施加壓力，催促買家出價。章之奇不等路天峰吩咐，已經飛快地動手查詢並隨即找到了資料：「DT Coin 的最新交易價格為四百九十八美金兌換一枚 DT Coin。」

「所以現在的報價約等於五億美金了。」即使已經做好了時間機器一定能拍出天價的心理準備，路天峰依然免不了倒吸一口涼氣。

「幾十億人民幣的大生意啊，這拍賣流程也太不講究了吧？」章之奇小聲吐槽了一句。確實，價格如此高昂的拍賣品，卻僅僅依靠手機簡訊進行拍賣，說難聽點，連現在這個最高報價是真是假也無法證實，簡直就是兒戲。

「只要你的手裡掌握著時間機器，你也可以隨意制定拍賣規則啊。」司徒康無奈地聳聳肩。

「不，如果時間機器真的在我手上，我肯定不會拿出來拍賣。」章之奇嘿嘿一笑，「賣掉時間機器，不就等於殺雞取卵嗎？」

司徒康面容一動，看向章之奇的目光也多了幾分欣賞，「哦？難道你懷疑時間機器是假的？」

「我無法感知時間倒流，但我相信阿峰的判斷，時間機器肯定是真的，我只是擔心這台機器會不會存在著某些無法克服的缺點？」

「比如呢？」路天峰問。

「比如它是不是每次啟動只能倒流十五分鐘？」

司徒康說：「即使是這樣……」

司徒康的話才說到一半，桌面那支拍賣專用手機再次響起，新的訊息來了。

「目前最高價：一百二十萬枚 DT Coin。半小時內如無更高報價，則正式成交。」

「……也足以讓全世界為之瘋狂。」司徒康說完了後半句。

路天峰想起上次和司徒康交鋒時的種種細節，於是好奇地問了一句：「你說自己曾經是天時會內部的替補『干涉者』，也具有啟動時間倒流的能力，既然如此，又何必花重金競拍這台只能倒流十五分鐘的時間機器呢？」

「這可是個商業機密。」司徒康看似打算拒絕回答這個問題，沒想到停頓數秒後，卻又繼續說了下去，「原因有兩個，第一，我不想時間機器落入他人之手，第二，『干涉者』啟動時間迴圈，可是需要付出沉重代價的。」

「代價？」

「是的，上次我沒機會跟你仔細說明這一點，『干涉者』雖然能夠啟動時間倒流，但每次啟動時間倒流，自己都會失去若干時間——或者換成你們更能理解的說法，『干涉者』會失去自己的生命。」

「以生命換時間？」

「是的。」司徒康慢吞吞地喝了一口蘭姆酒，「而且『干涉者』啟動時間倒流所消耗的自身時間，會呈指數級成長。舉個例子吧，當我第一次啟動時間倒流並選擇倒流一天，我的壽命會縮短一天；而當第二次啟動時間倒流，同樣是倒流一天，我的壽命會縮短兩天；第三次，一天時間換四天生命；第四次，一天時間換八天生命，依此類推……」

「指數級成長。」章之奇言簡意賅地總結道。

司徒康點了點頭，「沒錯，沒有人知道為什麼隨著倒流次數的增加，『干涉者』的生命消耗會呈指數級成長，歷任『干涉者』也總是在身強體壯的盛年，毫無徵兆猝死，絕大部分人活不過四十歲。」

「原來如此，那麼你已經啟動過很多次時間倒流了？」路天峰一針見血地問，同時也終於明白為什麼上次兩人在便利店相遇時，司徒康只是讓時間倒流了十秒鐘，卻馬上整個人顯得疲累不堪。

司徒康放下酒杯，以問代答，「你覺得我既然能成為天時會的『干涉者』，難道相關經驗還不夠豐富嗎？」

「我明白了。」路天峰不但明白司徒康為何拚命追逐時間機器，更想通了兩人在汪冬麟事件當中針鋒相對時，為什麼不願意多次啟動時間倒流。

也許司徒康啟動的次數已經到達飽和的臨界點，即使再多一次，都可能直接與死神相會。

拍賣專用手機再次響起，新的報價已經到達了一百五十萬枚 DT Coin。

「接下來我們該怎麼辦？」章之奇問路天峰。

路天峰把目光投向司徒康，說：「你身上有 DT Coin 嗎？」

「當然有，我已經提前兌換了一百萬枚 DT Coin，另外還有備用資金也可以在幾秒之內完成兌換，要知道虛擬貨幣的交易是非常方便的。」

「如果我沒記錯，所有虛擬貨幣都有總額上限吧？目前市面上流通的 DT Coin 總額到底有多少？」

章之奇接過話，說：「截至今天為止，DT Coin 的流通貨幣總量大概是一千萬枚。」

路天峰微笑不語地看著司徒康，司徒康想了一會兒，猛地一拍腦袋，「我明白了，現在我沒有報價，但最高報價依然持續上升，就證明除了我之外，起碼還有兩位買家存在。而不管船上到底有多少買家，只要手頭上持有 DT Coin 流通總量的一半以上，也就是超過五百萬枚 DT Coin 的買家，將立於不敗之地！」

「是的，所以接下來你要做的事情，就是砸下重本，把手中持有的DT Coin增加到五百萬枚以上，也就是說你還需要二十億美金的資本。」

「二十億啊，有點勉強，但也不是完全沒辦法。」司徒康說完，立即低頭操作著他的手機。

章之奇咋舌道：「有錢人的世界，我還真的看不懂啊。」

「我也看不懂。」路天峰的目光移到水川由紀身上，她始終一言不發，似乎所有討論都與她無關。

這時候，陳諾蘭說話的聲音突然傳入路天峰耳中，「請稍等，我正在洗澡。」

九月二日，晚上十點十五分。

未來之光號，第十八層，1803房。

陳諾蘭的眼內已經泛起了微微的血絲，但她依然目不轉睛地盯著分析儀螢幕上跳動的資料，生怕一眨眼就會錯過什麼似的。她摸索著拿起放在手邊的杯子，機械化地舉杯喝了一小口，才發現原本溫熱的茶水早就變得冰涼了。

「嗯？」分析資料出現了一段小小的波動，陳諾蘭隨即放下杯子，按下暫停鍵，然後回溯資料，蹙著眉頭分析起來。

「這地方好像有點問題……」話才出口，分析儀的螢幕突然暗了下去，房間裡的燈光也全部熄滅了，陳諾蘭頓時被黑暗吞沒。

怎麼回事？

陳諾蘭想起了登船前路天峰對她說過的緊急情況處理辦法，於是立即轉身，憑著記憶在黑暗中找到了自己的背包，拿出最外層袋子裡的防狼噴霧，又快步走向門口，輕輕地掛上了門鏈。

「哪有『存檔』的說法，這又不是文書處理軟體。」陳諾蘭又好氣又好笑地說：「而且我們實驗室都有自己的發電機，即使停電也不受影響，但我總不能把整個實驗室的東西都搬上來啊。」

「那麼對方的真正目的，會不會只是要干擾妳的檢測工作？」路天峰終於說出了自己的猜測。

「不會吧。」陳諾蘭下意識地答道。

然而章之奇卻皺起了眉頭，「但是有誰知道諾蘭留在房間裡做這個分析呢？」

「對方不但知道諾蘭在做分析，而且對她使用的分析儀性能有所瞭解，一定是相關專業的人士。」

陳諾蘭依然不能接受這種說法，「可是他光是斷電沒有意義啊，我們重新接上電源不就可以繼續分析了？對方總不可能每個小時都來關一次電閘吧？」

陳諾蘭這句話真是一語驚醒夢中人，路天峰和章之奇幾乎同時抬起頭，彼此對看了一眼，驚呼：「糟糕！」

路天峰來不及解釋，一把拉起陳諾蘭的手就往1803房狂奔而去。

可惜他們還是來遲一步，房間的門雖然關著，但一打開門就看到陳諾蘭帶來的那台RT分析儀已經不知所蹤。

路天峰跺了跺腳，「可惡，那麼老套的調虎離山之計，我們竟然還是上當了。」

章之奇則顯得更為冷靜，他蹲下身子，拿出放大鏡，仔細檢查了一遍地毯，卻並沒有發現入侵者留下的痕跡。

「阿峰，我並不覺得對方的這一步棋走得老套。」

路天峰也就是剛才一下子怒火攻心，但他很快就冷靜下來了。沒錯，對方看準了他們一定會去解決「停電」的問題，也能夠推理出他們會去配電間檢查，更準確判斷他們兩個人不會讓驚魂未定的陳諾蘭落單，因此三人會一起前往配電間。

客房區的配電間離1803房還是有一段距離的，全力奔跑大概需要三十秒左右，快步走則要花上將近一分鐘，這一來一回加上檢查配電間設備的時間，至少會有三到五分鐘左右的空檔。

當他們回過神來，發覺對方的真正目標是這台分析儀時，一切都已經太遲了。

「好吧，我收回剛才說的話，對方設置的這個陷阱雖然很簡單，但在心理暗示和誤導方面做得太巧妙了。」

章之奇露出了意味深長的笑容，「放心吧，越強大的對手，越能激發我的鬥志。」

「趕緊查看監視器畫面吧。」路天峰心裡有一種不祥的預感，要是他們動作慢了，可能又會遇到別的狀況。

這時候，門外又傳來了一陣急促的叩擊聲。

4

九月二日，晚上十點三十分。

未來之光號，第一層，保全中心。

黃良才摘下鼻梁上的眼鏡，揉了揉視線模糊的雙眼，心中暗歎一聲，自己這幾年來確實是有點養尊處優了，郵輪上安逸的工作環境讓他的行動力退化不少，只是認真地看了半小時的監視器畫面，就已經感到腰痠背痛，不復當年之勇。

而更讓他忐忑不安的是，他嘗試透過監視器畫面去追蹤之前遇到的那個女生，卻只看見她乘坐電梯到了三樓，然後在畫面轉換之間，他跟丟了目標。這證明對方不但利用了監視器的盲點，應該還進行了變裝，然而他反覆比對了多個角度的監視器畫面後，仍然看不出任何蛛絲馬跡，看來對方的反跟蹤技術確實勝過了他的跟蹤技巧。

一股挫敗感在黃良才的心頭蔓延，他長歎一聲，將監視器畫面切換為九個視窗同時播放的模式，試圖通過全局視角來一探端倪。

但眼前的九宮格畫面看起來卻有一絲詭異，黃良才連續眨了好幾次眼之後，才確定自己並沒有看錯——原本應該是九個不同的畫面，現在卻有三個是完全一樣的。

「怎麼回事？」黃良才敲擊鍵盤，切換成另外九個監視器畫面，其中也有三個畫面是一模一樣的。這下子他終於明白了，一定是有人入侵了他們的電腦，用木馬程式或病毒之類的東西篡改了監視器系統。

跟丟了白衣女子還是小事，黃良才隨即想起稍早之前在賭場ＶＩＰ區洗手間內發生的謀殺案，恐怕那個入侵系統的人，就是真正的凶手吧？

如果白衣女子就是凶手，或者她和凶手是一夥的，那麼現在被關押起來的童瑤，很可能只是代罪羔羊。

黃良才覺得自己再也不能被動地等郵輪靠岸，待警察登船調查，目前的情況太過詭異了，如果不主動出擊，可能會造成極其嚴重的後果。

他站起身，立即吩咐技術人員檢查並重啟監視器系統，務必在最短時間內讓系統復原，然後他整理了一下身上的制服，決定直接去找老闆聊一聊。

九月二日，晚上十點三十分。

未來之光號，第十八層，１８０３房。

房間裡的冷氣很足，但司徒康仍然是紅光滿面，額頭冒著汗，襯衫最上面的幾顆鈕釦解開了，臉上也失去了平日的冷靜神色。路天峰還是第一次看到司徒康如此狼狽的一面，這讓壓在他心頭的那塊大石變得更重了。

「到底怎麼了？」路天峰問。

幾分鐘前，司徒康一個人慌慌張張地跑過來敲門，進門後才剛說了一句「大事不妙」，就發現了房間內的氣氛詭異，於是路天峰先向他簡單描述了陳諾蘭的分析儀被盜一事，隨後才輪到司徒康發言。

「DT Coin 的兌換沒有那麼簡單。」司徒康苦笑起來，「我剛才一時大意，竟然忘記了最基本的交易規則——DT Coin 的交易是雙向的，要有買家和賣家，因此當我下單大量買入的時候，市場上 DT Coin 的成交價會迅速攀升，而一路飆升的價格又讓部分投資者看到獲利空間，選擇繼續持有 DT Coin 而不願賣出。」

「我聽懂了，所以之前預計的二十億美金根本不夠用？」路天峰恍然大悟。

「遠遠不夠，目前 DT Coin 的價格瘋狂上漲，目前成交價已經突破三千美金一枚，而且市場上願意賣出的人越來越少，想要在今晚湊齊五百萬枚 DT Coin 已經成為了不可能的任務。」

「那麼現在你手頭上到底有多少枚 DT Coin？」

「差不多兩百萬枚，但目前拍賣的最新報價已經是兩百萬枚 DT Coin。」

路天峰終於明白了司徒康為何如此失態，「所以你已經失去了競爭力？」

「是的，畢竟其餘幾位競拍者手中也持有大量的 DT Coin，我懷疑市場上流通的 DT Coin 已經少之又少了。」

「我突然想到一個更可怕的可能性。」章之奇冷不防地插話，「你們有沒有想過，賣家明明已經研發出時間機器了，為什麼要拿出來拍賣？留著自己用不好嗎？」

司徒康的嘴角微微抽搐了一下，「為了賺錢。這可是一大筆驚人的財富啊。」

章之奇不以為然地笑了笑，「如果只是為了賺錢，有更好的方法。」

「什麼方法？」司徒康一時沒跟上章之奇的思路。

而路天峰瞪大了眼睛，顯然是想到了一個驚人的結論。而在他開口之前，陳諾蘭已經試探性地說了一句，「更好的方法，就是炒作DT Coin啊。」

這真是一語驚醒夢中人，賣家為什麼指定要使用虛擬貨幣交易？所有人的第一反應就是虛擬貨幣保密性高，不容易被追蹤，但如果只是為了這一點，賣家為何不選擇市場認可度更高，通用性更強的虛擬貨幣，沒必要選擇稍顯冷門的DT Coin。

然而選擇一種冷門虛擬貨幣的最大好處，就是賣家可以提前布局，低價購入大量的虛擬貨幣，當買家決定登船拍賣之後，必然需要在市場上大量收購虛擬貨幣，造成價格一路上漲。

「六個月前，DT Coin的成交價大概是五十美金一枚，即使是在三個月前，價格也只有八十美金一枚……」章之奇很快就翻出了DT Coin的歷史報價。

「所以DT Coin近期的價格上漲，完全就是拜這場拍賣會所賜？」司徒康的臉色更難看了，他意識到如果所謂的「賣家」只是想利用時間機器來牟利，那麼光靠這一波DT Coin價格飆升的利潤已經足夠了，根本不需要真的把時間機器賣掉。

這次交易，難道真的只是一場騙局？

「誤導，又是誤導。」路天峰喃喃自語道，這出神入化的誤導手法，完全戳中了人性的弱點和思維的盲點，連司徒康這種老狐狸也免不了吃了悶虧。

「阿峰，我們現在非常被動啊。」章之奇搖頭歎氣。

童瑤身陷囹圄，無法脫身，陳諾蘭沒了分析儀，等於被廢了武功，司徒康雖說現在算是盟友，卻還是得留神他會不會背後捅刀子。但敵人呢？折騰了那麼久，連影子都見不著，那神出鬼沒的櫻桃到底在不在這艘船上，誰知道呢？

「我想起一件事情……」陳諾蘭怯生生地舉起手，「剛剛不是說過，要透過監視器畫面查一下誰偷走了我的分析儀嗎？感覺相比之下，還是這件事會更容易一點。」

「是的，麻煩奇哥立即動手調查吧。」路天峰深吸一口氣，強迫自己冷靜下來。情況越混亂，自己的思路就要越清晰，有什麼能馬上著手調查的線索，就趕緊去處理，再紛亂複雜的局勢，也一定能理出頭緒的。

「那我們下一步怎麼辦？」司徒康看起來有點心灰意冷。

「諾蘭協助奇哥調查監視器畫面，你們務必要一起行動。而我則會展開追擊，做我最擅長的工作——調查，盡快查出到底誰才是買家。」

「你想主動聯繫其他買家？」司徒康眉頭緊鎖，似乎不太認同。

「對，能登船參與拍賣的人個個都來頭不小，如果這場拍賣真的只是個騙局，你覺得其他買家會就此善罷干休嗎？」路天峰露出了自信的笑容。

司徒康終於心領神會地冷笑起來，他也許已經想好了下一步的行動計畫。

「而我們的首要調查對象，就是丁小刀。」路天峰說。

聽到這個名字時，司徒康露出了狩獵者特有的眼神。

九月二日，晚上十點四十分。

未來之光號，第八層，賭場。

九月二日，晚上十點三十八分。**（第三次時間倒流後）**

未來之光號，第八層，賭場。

路天峰和司徒康兩人站在賭場門外，正要邁步走進去，卻又不約而同地停下了腳步。

「怎麼回事？你讓時間倒流了？」路天峰首先想到的，是司徒康用他的能力逆轉時間從而脫困。

「不，不是我。」司徒康一臉茫然，看起來也頗為迷惑，「我不可能為了這點小事倒流時間，應該是賣家再次啟動了時間機器。」

「但他為什麼要這樣做？」路天峰覺得整件事情都很不對勁。

「不知道，先去找丁小刀吧。」

然而，丁小刀並不在二十一點賭桌旁。路天峰和司徒康四處張望，卻依然找不到他的身影。

「他溜了。」路天峰懊惱地說，現在幾乎可以確定丁小刀也是感知者了。

「這傢伙幹嘛躲著我們？」司徒康咬牙切齒地問。

「我們得找到他。」路天峰開啟了通訊器，呼叫章之奇，「奇哥，你那邊情況如何？」

「我已經進入了船上的監視器系統，正在調查，不過遇到了一些麻煩……」

「緊急任務，你檢查一下最近五分鐘賭場內部的監視器畫面，看看丁小刀跑去哪裡了。」路天峰打斷了章之奇的話。

「丁小刀？」章之奇顯然一下子沒有聽懂是怎麼回事。

「本來我們已經攔截了丁小刀，但時間又倒流了一次，他趁機跑掉了。」

通訊器的那頭沉默了片刻，然後章之奇說：「我知道了，請稍等。」

等待。

路天峰有意識地放緩自己的呼吸，告訴自己要冷靜。

對他而言，等待才是最難熬的。

5

九月二日，晚上十點四十五分。

未來之光號，第二層，船長室。

這艘船真正的主人杜志飛坐在一張氣派的辦公椅上，手裡拿著一根點燃的古巴雪茄，卻一口也沒有抽，只是像靈魂出竅一樣，目不轉睛地看著雪茄前端那冉冉飄散的白煙。

「我明白了，你的意思是，有人故意破壞了監視器系統，布局殺死了沁凌？」杜志飛的語氣平靜得可怕。

「是的。」黃良才站在杜志飛的面前，微微垂下頭，畢恭畢敬地說。

「你懷疑對方有可能是衝著我來的？」

「是的，因此我建議杜總小心為上……」

「光是小心有用嗎？」杜志飛突然話鋒一轉，冷冷地盯著黃良才說。

儘管黃良才經歷過不少大風大浪，但被杜志飛凌厲的眼神這樣一盯，心裡還是有點發毛。他定了定神，挺直腰板說：「那麼，您的意思是？」

「把在幕後搞鬼的人揪出來。」杜志飛彈了彈煙灰，「你以前是警察吧，應該也懂一點現場勘查和法醫知識？」

「這個……」黃良才猶豫了，犯罪現場的勘查和法醫基本知識他當然還是略知一二的，但肯定比不上專業水準，而且聽老闆的意思，是想讓他幫賀沁凌驗屍？

這可真是個燙手山芋啊，要是能查出關鍵線索也罷，萬一查不到什麼，甚至不小心破壞了屍體上的證據，黃良才在杜氏郵輪集團的好日子就算結束了。

「黃主任有什麼難處嗎？」杜志飛將雪茄架在菸灰缸上，緩緩地問。

「現場勘查和法醫知識，我只是略懂皮毛而已，就怕……」

「黃主任，集團高薪聘請你來船上擔任保全主任，就是請你替我們解決問題的。」杜志飛的措辭還是很客氣，但越客氣，反而越顯得咄咄逼人，不留退路。

「那當然。」黃良才唯唯諾諾地點頭。

「要是你的能力不足以解決問題，那我們只能另請高明了。」

「杜總請放心，我會竭盡全力，查明真凶。」

杜志飛的臉上總算露出了半絲笑意，他從懷裡拿出幾張照片，遞給黃良才，「這幾個人是嫌犯。」

黃良才接過來一看，立即認出了這是在賭場ＶＩＰ室裡偷拍的照片，其中還有凶案的頭號嫌犯童瑤。

「這是……」

「案發前後在ＶＩＰ區八號室的所有人，全部要仔細調查。」

「咦？」黃良才發現裡面還混雜著一張在主甲板上用長焦鏡頭拍下的照片，照片上有一男一女牽著手，看來應該是一對情侶，巧合的是，照片上的男人同樣出現在ＶＩＰ室裡頭。

「這是沁凌之前提醒我需要特別留意的一個人，他叫路天峰，是警察。」杜志飛就像看穿了黃良才心裡在想什麼。

「這警察……有什麼問題嗎？」

杜志飛沉著臉，沒有吭聲。

黃良才頓時明白自己問了個錯誤的問題，也不期望能得到老闆的回答，於是欠了欠身子，說：「那麼我立即開始調查。」

這時候，杜志飛才突然開口說：「被關起來的童瑤也是警察，而且在VIP室時，童瑤就站在路天峰身旁，他們倆認識。」

黃良才老臉一紅，這麼明顯的線索，他是不應該忽略的。

「千萬不要再讓我失望了。」杜志飛意味深長地說道。

黃良才連聲應諾，轉身告辭。離開了船長室後，他才察覺到自己的手心全是汗水。

九月二日，晚上十點五十分。

未來之光號，第七層，魔術劇場。

今天晚上魔術劇場並沒有安排表演，只見大門上掛著一把鐵鎖，一片冷清的景象。丁小刀腳步匆匆地來到門外，回頭確認身後沒有人了，才從懷裡掏出一張工作證，熟練地刷卡，推開大門旁的員工通道入口，緊接著再關門，動作如行雲流水般一氣呵成。

劇場內部沒有開燈，一片漆黑，只有靠近地面位置的緊急出口指示燈發出幽幽的綠光，丁小刀順著綠光，不慌不忙地向前走著，不一會兒就來到了放置魔術道具的後台。

「我來了。」丁小刀向著那堆黑黝黝的道具喊了一聲。

叮咚，叮咚——不知道從哪裡傳來了風鈴相互碰撞的聲音。

丁小刀站在黑暗之中，有點不耐煩了，「不要每次都這樣裝神弄鬼的，我一個人來，沒有別人。」

風鈴的聲音停止了，一個嬌滴滴的女聲從一面鏡子後傳出。

「很好，你怎麼被那兩個人盯上了？」

丁小刀轉身面向鏡子說話，而他只能看到鏡子裡的自己。

「我也搞不懂他們為什麼要來找我麻煩。」丁小刀哼了一聲，「也許他們真正想要找的人是妳吧？」

鏡子後安靜了。

丁小刀慢慢地將手放進褲袋，幾乎沒有人知道，丁小刀身上永遠都藏著一把設計精巧的小刀，因為見過這把小刀的人都死光了。

丁小刀往鏡子方向走了一小步，「放心吧，我會信守承諾，反倒是妳，什麼時候才能把約定的尾款給我？」

「咦？你還沒有查帳嗎？尾款大概在兩小時前已經匯入你的帳號了。」

「兩小時前？」丁小刀不禁皺眉，這個時間點實在是太微妙了，「案發時間？」

「嘻嘻。」女子的笑聲清脆悅耳，「你真聰明，正是第一起案件發生的時間點。」

「這不是平白無故加重我的涉案嫌疑嗎？」丁小刀又向鏡子走近了一步，右手緊緊握住了刀柄。

「咦？你的問題好像搞錯了？」

「問題錯了？」丁小刀愕然。

就在這一瞬間，他聽到了耳邊傳來一陣風聲，還沒來得及作出反應，就有什麼冷冰冰的東西劃過他的咽喉。他的感官頓時封閉了，整個人沉沒到黑暗之中，一切都變得如此不真實。

「你應該問，為什麼是『第一起』案件。」這個聲音來自丁小刀的正後方。

「因為現在正在發生的，是第二起案件啊。」然後她來到了丁小刀的耳邊，貼著他的耳朵，溫柔地說。

這是丁小刀這輩子聽到的最後一句話。

九月二日，晚上十一點。

未來之光號，第七層，魔術劇場。

郵輪上的監視器系統畢竟不是警方的天眼系統，章之奇也費了好一番功夫，才確定丁小刀進入了魔術劇場。路天峰和司徒康匆匆趕到，沒料到恰好在劇場門外遇見雷派克。

雷派克一見路天峰就皺起眉頭，「你怎麼在這裡？」

「隨便逛逛吧。」剛才的時間倒流避免了和雷派克的正面衝突，因此路天峰只是隨口應付了一下。

「今天的劇場不開門。」

「那你不是也來了？」

「我是來工作的。」雷派克正色道。

路天峰也不再遮遮掩掩了，說：「你們一直盯著丁小刀，對吧？」

雷派克點了點頭。

「可惜你們的策略不對，光監視他沒有用，要把他抓起來問話。」

「抓起來？他沒犯罪我們憑什麼把他抓起來？」

路天峰失笑，「拜託，隨便找個藉口就可以了。現在我們是在追捕嫌犯，不是請客吃飯，哪有那麼多規矩？」

雷派克聳聳肩，畢竟還有身分不明的司徒康在場，他不想多說什麼，只是拿出了自己的工作證，刷卡從員工通道進入了劇場。

「你們不准跟進來。」雷派克還拋下了一句警告。

「好吧，我在這裡幫你守著，反正這裡只有唯一一個出入口。」路天峰不以為然地揮了揮手。

路天峰已經向章之奇確認過，魔術劇場內部雖然有兩條不同的觀眾疏散路線和一條員工通道，但無論走哪條路，最終都必須經過這道大門才能離開。因此無論是雷派克順利抓住丁小刀，還是丁小刀自己偷偷溜出來，都無法躲過他們的圍堵。

讓路天峰沒想到的是，幾分鐘後雷派克一個人匆匆忙忙地從員工通道跑出來，臉色蒼白，胸前的衣服染上了一大片血跡。

「怎麼回事？」路天峰心頭一緊。

「丁小刀死了……利器割喉，一擊致命。」雷派克大口大口地調整著自己凌亂的呼吸，「還有，死亡現場跟賀沁淩的狀況很像。」

路天峰看著雷派克袖口和褲腿處的血跡，緩緩地說：「請問，你怎麼證明不是你自己動手殺了他？」

「什麼？」雷派克瞪大雙眼，用難以置信的神情看著路天峰。

「丁小刀這起案件，現在開始由我接管了。」路天峰就像變魔術一樣，手裡多了一副手銬，瞬間就銬住了雷派克的雙手。

雷派克還沒回過神來，驚呼道：「路天峰，你腦子有毛病嗎？我可是警察啊！我哪來殺死丁小刀的動機？」

路天峰沒搭話，只是向司徒康使了個眼色，示意他繼續在這裡守著，然後自己押著雷派克，兩人一前一後走進劇場。

九月二日，晚上十一點零五分。

未來之光號，第七層，魔術劇場，後台案發現場。

「現在你明白我的感受了嗎？」路天峰遠遠地看著屍體，用幾乎是耳語的音量對雷派克說。

「什麼……意思？」雷派克驚愕得連中文都不流利了。

「現在的你，就跟兩小時前的童瑤一樣。」

雷派克默然，他在目睹丁小刀死狀的那瞬間，就意識到這兩起凶殺案很可能是同一人所為，但他還沒想好該怎麼跟路天峰溝通，就被當作嫌犯抓起來了。

「我們合作吧。」路天峰說出了他的建議，「跟我一起行動的那個男人叫司徒康，但我信不過他。」

「我還以為你們是朋友。」

「不，他就像一隻狡猾的狐狸，絕對不能信任。」路天峰歎了歎氣，「而且我還覺得他今晚顯得心事重重，一副魂不守舍的樣子。」

其實還有一個原因路天峰沒說，登船之後一直伴隨在司徒康左右的水川由紀，在最近一次時間倒流後就一直不見人影，也不知道躲哪去了。

雷派克又沉默了，他實在想不通路天峰和司徒康到底是什麼關係。

「我們怎麼合作？」既然想不通，雷派克乾脆地問道。

「表面上維持對立，暗地裡聯手查案。還有，等一下我會找個理由放了你，而你也得下令釋放童瑤。」

雷派克尷尬地笑了笑，「我還得假裝不情不願地下令，對嗎？」

「合作愉快。」路天峰一邊說一邊掏出鑰匙，解開手銬，「待會我把我們的內部通訊頻率告訴你，你也可以加入。」

雷派克揉了揉手腕，自言自語地嘀咕了一句什麼。

第三章 亂流

1

九月二日，晚上十一點二十分。

未來之光號，第七層，魔術劇場，後台案發現場。

四周放置凌亂的各種魔術道具，就如同喜歡在街頭看熱鬧的群眾一樣，圍觀著地上那具冰冷的屍體。

戴著橡膠手套，正在檢查屍體傷口的陳諾蘭看起來動作嫻熟，有板有眼，根本不像第一次擔當法醫角色的門外漢。

「諾蘭，妳這法醫還當得有模有樣的嘛。」路天峰忍不住說了一句。

「我剛才不是說過，我讀大學時選修過法醫學嗎？」

路天峰不好意思地撓撓頭，「在我的觀念裡，『選修』等於『沒學過』。」

陳諾蘭狠狠瞪了他一眼，於是他只好閉上嘴，走到一旁繼續檢查那些堆積如山的魔術道具。

「我檢查完了。」陳諾蘭就像是故意在戲弄路天峰一樣，等他剛走遠就冒出這麼一句。

「那麼快？」

「只會一點皮毛，所以檢查得快。」陳諾蘭又白了路天峰一眼，說：「死亡時間在一小時以內，死因是氣管被割破，引發大量出血進而窒息死亡。」

「這不用驗屍我也知道呀。」

當然，這句話路天峰只敢在心裡對自己說，表面上則是用力地點了點頭，接著問：「然後呢？」

「凶器應該是金屬製尖銳器具，切口相當平整，而且切得很深，不是刀刃磨得異常鋒利，就是借助機械的力量做到的。」

機械的力量？路天峰下意識地扭頭望向那堆魔術道具。

「另外，初步判斷丁小刀在被割喉後，曾經用左手捂住脖子處的傷口，因此左手的血污特別集中；而他的右手手指則呈不自然弓起，我猜他在遇襲時右手是拿著某樣東西的，但死後被凶手強行掰開手指，拿走了原本他手中的東西。」

「那會是什麼呢？」路天峰蹲下身子，觀察著丁小刀僵硬的右手。

「可能是武器，也可能是手機之類的？」

「如果是武器，那麼為什麼沒有搏鬥的痕跡？這麼晚一個人來這種地方，丁小刀不可能毫無防備啊。」路天峰注意到屍體胸前微微鼓起一小塊，小心翼翼地伸出手，在西裝外套的內袋裡抽出了一支黑色外殼的手機，「凶手竟然沒有拿走他的手機？」

「你不知道很多男人喜歡同時用兩支手機嗎？也許凶手已經拿走了其中一支。」陳諾蘭說。

「那凶手為什麼只拿走了一支手機？」

「別問我，破案可是你的強項呀，我又沒選修過刑事偵查課程。」陳諾蘭故意用調侃的語氣說道。

路天峰滑動手機螢幕，不出所料出現了輸入手機密碼的畫面，他想了想，嘗試用丁小刀的右手大拇指進行指紋解鎖，成功了。

「這確實是丁小刀的手機。」路天峰看著螢幕上凌亂的各種應用圖示，不禁皺起眉頭。他嘗試查看通話記錄和簡訊清單，裡面最新一條的訊息卻是在郵輪啟航之前的。看來若不是他刪掉了通話記錄，就是真的還有另外一支手機。

走廊處傳來了雜亂無章而又匆匆忙忙的腳步聲，來者應該有好幾個人。路天峰站直身子，很快就看到了童瑤和雷派克並肩走了進來，後面還跟著一個穿著制服，身材略微發福的中年人。

「歡迎歸隊。」路天峰簡單直接地對童瑤說，而童瑤心領神會地點點頭，兩人之間就沒再多說什麼了。

雷派克依照約定，擺出一副滿臉不爽的樣子，沒有繼續走近，他身後的中年人反倒是上前兩步，臉色冷峻地對路天峰說：「我是保全主任黃良才，現在是什麼情況？」

「正在調查，專業的事情就交給我們來處理吧。」

「不行，郵輪航行在公海上，你們又不是正規的海警，並沒有直接的執法管轄權。」

「咦？你知道我的身分是警察？」路天峰敏銳地反問。

黃良才面不改色地哼了一聲，沒回答，而他的心中則是暗暗叫苦，怎麼一開始就被路天峰占了上風？

路天峰也不多說什麼，完全不在乎黃良才的目光，徑直把丁小刀的手機收入證物袋。

「喂，就算要進行調查也應該交給我們吧？」雷派克抓準了時機插話。

「論刑事案件調查還是我們更專業一點，第一起案件你們查得怎麼樣了？」

「還在調查中，相關資訊保密。」

「那乾脆這起案件交給我們，你繼續查之前的案件吧。」路天峰向雷派克擠了擠眼。

雷派克裝作勉為其難地回答：「好吧……」

黃良才這時候才回過神來，這兩個傢伙是在唱雙簧嗎？可惜一切已經晚了，事到如今他還能說什麼，手下的保全人員，能在查案方面做得比警察更專業嗎？

「我也要參與調查！」黃良才拿出自己的底氣，大喊一聲，畢竟自己手下還有荷槍實彈的數十位弟兄，難道就這樣被踢出局嗎？

「非常感謝黃主任！那就麻煩你趕緊調一下監視器記錄，看看在今晚十一點前後有什麼人進出過劇場？」沒想到路天峰一點也不客氣，順水推舟就開始發號施令了。

「這個……」

「有結果了！」章之奇人未到，聲先至，邁著興奮的腳步衝進後台，不過他馬上注意到黃良才和雷派克都在場，於是控制住自己激動的表情，快步走到路天峰身邊，輕聲地彙報情況，「劇場門前的監視錄影檢查完畢，丁小刀進來之後，沒有任何人離開過這裡，當然，雷派克除外。」

「知道了。」路天峰點了點頭，然後向黃良才說：「黃主任，現在我懷疑凶手有可能仍然藏身於劇場之內，拜託你馬上調派人手，封鎖現場，將這裡徹底搜索一遍。」

黃良才不禁瞪大了眼睛，「凶手還沒逃走？怎麼可能！」

路天峰沒有正面回答，畢竟章之奇入侵郵輪監視器系統一事，在郵輪的保全主任面前還是需要禮貌性的掩飾一下。

「另外，我還想見一下在這裡表演節目的魔術師，有些問題要向他請教。」

「你懷疑我們的魔術師也跟案件有關？」

「在查明真相之前，我懷疑所有事。」路天峰不慌不忙地說。

黃良才雖然不想讓路天峰控制大局，但實在是無力反駁，只能悄悄地瞄一眼雷派克，希望他會繼續發言爭奪調查主導權，沒料到雷派克只是淡淡地說了一句：「那我也派人來協助一下路警官吧。」

黃良才也不是笨蛋，這下心裡確信路天峰和雷派克兩人已經祕密達成某種協議，所以他接下來能做的，唯有配合他們進行調查。未來之光號首航之旅已經連續發生兩起命案，如果不能得到妥善解決，杜氏集團的郵輪以後大概沒多少遊客敢光顧了。

「我馬上派人搜查現場，魔術師謝騫也會在十分鐘內到場接受路警官的訊問，另外，我會盡快找到魔術劇場的設計圖和施工圖，相信對調查有所幫助。」黃良才終於恢復了平日的幹練和果斷，展現身為保全負責人應有的專業素質。他決定先想辦法獲取路天峰的信任，同時暗中執行老闆杜志飛交給自己的任務。

盯緊路天峰，這個警察絕對不簡單。

「司徒康還在門外嗎？」路天峰趁著其他人不注意，偷偷問章之奇。

章之奇愕然地回答：「司徒康？剛才我進來的時候沒有看到他啊。」

「呵呵，看來這隻老狐狸果然耐不住寂寞了……」

九月二日，晚上十一點二十五分。

未來之光號，主甲板，露天酒吧。

雖然已經是深夜時分，但對於喜愛夜生活的年輕人而言，他們的一天才剛剛揭開序幕。露天酒吧稍早時一直在播放輕柔的爵士樂，現在也換成了節奏更為明快刺激的搖滾樂。

舞池旁，一對年輕男女緊緊地依偎在一起，兩人耳鬢廝磨竊竊私語著，女生還不時發出低低的笑聲。酒吧裡類似的情侶隨處可見，大家也都心照不宣地和他們保持適當距離，以免破壞了美好的戀愛氛圍。

然而，現在就有一名男子完全無視社交禮儀，舉著酒杯，硬生生坐到了年輕男女身旁的空座位上。

「兩位朋友，我敬你們一杯。」面帶微笑，舉杯敬酒的人，正是司徒康。

原本依偎在一起的年輕男女略微分開了，女生臉上帶著不加掩飾的不快，而男生則是淡淡地說：

「這位先生，你是不是認錯人了？」

「哦？為什麼？」

「因為他這個兒子不是『普通人』啊……」司徒康盯著年輕男生的黑色眼瞳，說：「參與今天晚上這場競拍的人，一定要有驗貨的能力。所以，談朗傑先生，你能感知到時間的異動對吧？」

他笑了起來，雙手十指交叉，像是鬆了一口氣似的，語調歡快地說：「沒錯，我就是談朗傑，司徒先生果然名不虛傳。」

「原來你也知道我是誰。」司徒康並沒有太意外，像談朗傑這種人，事先一定做了很多準備工作。

「多虧了司徒先生，我們對『時間』這門學問的研究才能獲得突破性進展。」談朗傑言語中頗有欣賞之意。

「那麼，我們有機會合作嗎？」司徒康的身體微微前傾，問道。

「你所指的合作是……」

司徒康掏出了那支拍賣專用的手機。

「這場拍賣可能是一個騙局。」手機收到的最後一則簡訊，是最終報價高達三百萬枚 DT Coin，賣家正式宣布成交。但司徒康認為，按照目前的最新市場價，在今天晚上搜集到三百萬枚 DT Coin 的難度極大，搞不好一切都只是賣家設計的騙局而已。

「你的意思是，賣家想透過炒作 DT Coin 賺錢而已？這三百萬枚的報價也是假的？」談朗傑托著下巴說。

「反正我想盡所有辦法，只買到了兩百萬枚 DT Coin，再多一百萬枚根本不可能嘛。」

談朗傑微微頷首，「我知道市場上流通的 DT Coin 一共是一千萬枚，而我們這裡最後出價是兩百萬枚，已經到我們的極限了。」

「還有另外一件值得注意的事情。」司徒康稍作停頓，故意賣了個關子，「據我所知，已經有兩名參與輪盤遊戲的買家死於非命。」

「這是怎麼回事?」談朗傑倒吸一口涼氣，看起來對案件毫不知情。

「我只知道第一名死者是郵輪老闆的女朋友賀沁凌，第二名死者是那個賭棍丁小刀，詳細情況還在調查當中。」

談朗傑沉思片刻後，轉頭問身旁的女生，「小冷，妳怎麼看?」

「我們還是先把賣家找出來吧。」小冷的聲音清冽而溫柔，眼神卻帶著別樣的光芒。

這時候司徒康注意到，小冷那白皙纖細的手指上，戴著一枚樸素無華的銀戒指，戒指上沒有任何鑲嵌的珠寶，但他看出了這枚戒指的形狀是一個莫比烏斯環。

莫比烏斯環象徵著無限迴圈，同時也是天時會的祕密標記之一。

這難道只是巧合嗎?

2

九月二日，晚上十一點三十五分。

未來之光號，第七層，魔術劇場，表演舞台。

黃良才和他手下的保全人員正在對劇場進行地毯式的搜索，但並沒有任何發現。隨著時間的推移，在劇場內能夠找到凶手的機率越來越低了，路天峰的臉色也因此變得越來越嚴峻。

就在剛才，黃良才和章之奇先後向路天峰反應了同一個情況：郵輪的監視器系統遭到了電腦病毒侵襲，船上有大概三分之一的監視器鏡頭無法正常運作，其中包括安裝在賭場ＶＩＰ區出入口的兩個監視器，而缺少了這兩處關鍵的監視器畫面，調查工作變得極其困難。

「病毒會不會也影響了劇場門外的監視器？」路天峰私下詢問章之奇。

「電腦病毒大概在晚上十點三十分左右被清除了，之後所有監視器恢復正常，因此我可以肯定在丁小刀進門之後，就只有雷派克進去過，而且沒有任何其他人進出。」

「把時間再往前推呢？」

「找不到之前的資料，也不知道是被刪除了還是受病毒影響……」章之奇有點無奈地說：「但即使有誰提前進入劇場等候丁小刀，那凶手在殺人之後也總得想辦法離開啊。」

「有一個人可能會幫得上忙。」路天峰一邊說，一邊把目光投向剛剛走進劇場的魔術師。

「我是這裡的魔術師，謝騫。」

「我叫路天峰，感謝你的配合。」路天峰與謝騫客氣地握了握手。傍晚的時候，路天峰已經見過謝騫在甲板上表演瞬間換人加逃脫術，知道他是個水準不錯的魔術師。

「警民合作嘛，應該的。」謝騫笑著說，倒沒有計較執法管轄權之類的問題，「這次是……命案？」

「第二起命案。」路天峰密切觀察謝騫臉上的表情。

「第二起？」謝騫驚訝萬分的樣子看起來很自然。

「具體情況需要保密，我就先直接提問吧，今天晚上你去了哪些地方，做了些什麼？」

「這就是所謂的不在場證明調查嗎?很有趣呢。」謝騫露出了興致勃勃的神情，思索了片刻才說：「今晚因為沒有安排表演節目，所以我大概是在八點左右吃完晚飯，然後就跟我的劇組成員一起來到了劇場，為明天的表演做檢查和準備工作。」

謝騫又認真地回憶了一下，接著說下去，「我們各司其職，分頭檢查了舞台和道具的情況，又整理了一下後台、化妝間等地方，最後大概在九點半左右，一起離開了這裡。之後我就一直留在自己的房間休息了。」

「最後一個離開劇場的人是誰？」路天峰追問了一句。

「我們一起走的，走在最後的人應該是我吧，因為我有個習慣，最後會回頭看一眼各種燈光是不是已經全部關好。」

「所以九點半之後，劇場裡面一個人都沒有？」

「是的。」謝騫非常確定地點了點頭。

「會不會有誰一直藏在劇場裡頭而不被你們發現呢？」路天峰又問。

謝騫似乎有點驚訝，「這個我不敢說絕對沒有，但可能性很低，要知道這裡面積並不算大，能藏人的地方更是沒幾個。因為是開演前的最後一次檢查工作，我們也檢查得比較認真仔細，過程中並沒有發現任何異常。」

路天峰點了點頭，看似接受了這個答案，但卻話鋒一轉，問道：「接下來想問一個關乎商業機密的問題——這劇場的表演專用密道在哪裡？」

謝騫的身子微微一頓，「路警官為什麼會覺得這裡有密道？」

「因為你傍晚在甲板上表演了一個非常精彩的瞬間轉移魔術，然後我就猜想，這可能是你正式表演時的壓軸好戲之一。」路天峰稍稍用力踏了踏腳下堅實的舞台，「如果你需要登台表演類似魔術，應該需要一條密道吧。」

謝騫流露出一副十分為難的表情，魔術竅門絕對不能公開，這可是魔術行業能夠延續數百年，生存至今的基本原則。

路天峰向身旁的章之奇使了個眼色，示意他先迴避一下，章之奇心領神會，隨便找了個藉口離開。

這樣一來，舞台上就只剩下路天峰和謝騫兩個人了。

「謝騫老師，拜託您告訴我吧。」路天峰用上了尊稱，「否則我們還得花時間認真檢查一遍舞台，搞不好還會把密道機關弄壞了。」

謝騫歎了歎氣，說：「好吧，我告訴你密道在哪裡，但如何開啟密道入口不能說，我只能向你保證，除了我之外沒有人能開啟這條密道。」

「可以，我一定會替您保密。」

「就在你身後，已經開啟了。」謝騫指了指路天峰腳下。

路天峰還真被嚇了一跳，一來他並沒有看到謝騫的手中有什麼特別的動作，二來也完全沒聽到密道入口開啟的聲音，這機關真是設計得非常巧妙。

「這條密道可以通往哪裡？」路天峰蹲下身子，探頭往裡觀察，只見密道裡面並沒有燈光，地板上貼滿了螢光貼紙，以便指引方向。

「通往後台道具間，出入口隱藏在一面鏡子之後。」

路天峰愣了愣，「沒有通往劇場之外的密道？」

「沒有，魔術師要是徹底離開了劇場，接下來還能表演什麼？」謝騫忍不住笑了起來，「再說對我而言，從舞台到後台才需要使用密道，從後台離開劇場可就簡單得多了。」

「真的嗎？有辦法不被劇場門口的監視器拍到，然後離開這裡嗎？」路天峰的話裡帶著一絲期待。

「有啊，比如躲在餐車裡頭，讓別人推著出去。」謝騫幾乎立即就給出了答案。

「可是這方法不對……」路天峰看著黑漆漆的密道，突發奇想地說：「我可以試著走一遍這條密道嗎？」

「可以，但你得跟在我後面。」謝騫一口答應。

「沒問題，麻煩您帶路了。」路天峰打開手機附帶的手電筒功能，跟在謝騫身後，跳進了這條魔術師專用的密道之中。

「哎喲！」

「路警官，小心一點。」剛進入密道時，路天峰似乎腳下一時沒站穩，撞上了謝騫的後背，幸好謝騫在黑暗之中依然反應奇快，一把扶住了他。

「謝謝，繼續前進吧。」

九月二日，晚上十一點四十分。

未來之光號，第十七層，1722房，門外。

「叮咚，叮咚，叮咚——」

小冷鍥而不捨地每隔五秒鐘就按一下門鈴，但足足按了一分鐘，還是無人應門。

「房間裡好像沒人。」小冷說。

「剛才跟我們一起玩輪盤的金髮大叔，真的就住在這？」司徒康問道。

談朗傑語氣肯定地說：「沒錯。」

「你怎麼那麼肯定？」

「因為我認識他啊。」談朗傑輕描淡寫地說：「房間號碼也是他自己告訴我的。」

「你們居然認識？」司徒康不經意皺起了眉頭。

「每個人都會有一些小祕密，希望司徒先生不要介意。」談朗傑微微一笑，說：「小冷，我們走吧，換個地方說話。」

「他到底去哪裡了？」小冷幾乎是用自言自語的音量說著。

司徒康也小聲嘀咕著，「那傢伙該不會也被殺了吧？」

「放心吧，『銀行家』不會那麼容易死掉的。」談朗傑對此倒是信心滿滿，「司徒先生聽說過這個綽號嗎？」

銀行家？

司徒康心裡默默重複這個名字。

三人轉身離去後，燈光昏暗的1722房間內的兩個人才終於長舒一口氣。

水川由紀輕輕推開了抱著自己的「銀行家」，埋怨道：「好險，我們差點暴露了，都怪你這傢伙太猴急。」

「銀行家」卻是面不改色，笑嘻嘻地說：「沒錯，沒錯，都怪我。這次全靠我親愛的由紀，才能湊到三百萬枚DT Coin啊。」說話間，他的一雙大手還不斷地往水川由紀的腰間摸索。

水川由紀輕輕拍一下他的手，嬌嗔一聲，「夠了，快去完成交易吧，趁著司徒康還沒發現我偷走了他的錢。」

「別回司徒康身邊了，那個男人很危險。」沒想到外形粗獷豪放的「銀行家」，對水川由紀說話時卻有一種別樣的溫柔。

「我現在得馬上回去了，司徒康的疑心病很重。」水川由紀飛快地吻了吻「銀行家」的臉頰，「等你拿到了時間機器就立刻聯繫我。」

「好的，我明白了。」他正色道：「妳一定要小心。」

九月二日，晚上十一點四十分。

未來之光號，第七層，魔術劇場，後台。

路天峰跟著謝騫，通過密道抵達後台，不得不由衷感歎密道設計之巧妙。以前他印象中的密道應該是狹窄難行的，沒想到除了密道兩端的出入口之外，其餘地方都十分寬敞，利用這條密道從舞台到後台，大概只需要二十秒左右。

當然，路天峰並沒有一路小跑過去，而是仔細檢查了一遍密道內壁，確認密道裡沒有其它的機關和岔路。

「劇場裡只有這一條密道嗎？」路天峰整理了一下衣服，注意到自己身上並沒有沾到多少灰塵，看來密道內部也有定期清潔。

謝騫苦笑，「路警官，身為魔術師，劇場內部能有這樣一條密道已經是非常奢侈的設備了。實際上，我也不是每次表演都需要用到。」

「不用密道也能表演瞬間轉移嗎？」

「這又涉及另外一個商業機密了。」謝騫眨眨眼。

路天峰抱歉地笑了笑，他也很清楚，不可能要求謝騫將自己所有的魔術祕密交待個一清二楚，但密道只能連通舞台和後台，殺死丁小刀的凶手即使知道有密道，也依然無法逃離劇場。

那麼，還有其它可能性嗎？

這時候，黃良才拿著一卷圖紙走進了後台，他看到路天峰和謝騫，有點意外地說：「路警官，原來你在這裡，我正到處找你呢。」

「怎麼了？」路天峰自然而然打住了關於密道的話題，信守承諾，替謝騫保守祕密。

「這是劇場的設計圖，你看看，舞台建造得比較高，下面其實是有一定空間可以進行改造的。」

看來黃良才也不是等閒之輩，光看設計圖就猜出了大概，「當時的設計方案是為了預留足夠的空間安裝升降裝置，可是再比對一下施工圖，上面並沒有升降裝置的安裝記錄。」

「所以證明下面的空間並沒有利用吧？」路天峰故意裝糊塗。

「不，這證明可以做手腳的機會很多啊。」

「黃主任，這可是新郵輪的首航，能夠在你們劇場裡做手腳的人，屈指可數吧？」

「這個……」黃良才發現按照自己的思路推理下去，真正可疑的不就只有自己的老闆杜志飛嗎？除了他之外，還有誰有能力在這艘郵輪上提前做好布局？

路天峰再仔細看了看設計圖，說：「就算舞台下方有一定空間，也不可能藉此離開劇場範圍啊……劇場的正下方和正上方分別是什麼？」

「第六層是購物中心和ＫＴＶ，第八層是娛樂區域，包括賭場。」黃良才立即回答。

路天峰抬頭看著天花板上的空調出風口，若有所思地說：「我之前看過一篇科普文章，說空氣循環系統是郵輪的核心系統之一，越是高級的郵輪，就越重視這個部分的設計。這個說法到底可不可靠？」

黃良才說：「沒錯，因為整艘郵輪與外界之間的空氣流通程度不高，大部分情況下是靠著強力的循環清潔系統來補充新鮮空氣的，所以我們這艘船同樣是不惜成本，打造出國際一流水準的空氣循環系統。」

「我想知道這些通風管道裡面，能不能容納一個成年人。」路天峰說出了自己的推測。

黃良才想了想，回答道：「這還真的很難說……」

「立刻召集所有人，徹底檢查一遍劇場內部所有的通風口和通風管道，看有沒有被破壞或者入侵的痕跡。」

路天峰從來不相信推理小說裡面的密室殺人事件，真相一定是極為簡單合理的，只是他們暫時沒有發現而已。

沒關係，遲早會發現的。

九月二日，晚上十一點五十分。

未來之光號，主甲板，船首觀光台。

此時此刻的茫茫大海看起來一片漆黑，無邊的黑暗似乎能夠吞噬一切光芒與希望，人若在這裡站久了，難免會意興索然，因此觀光台上也幾乎沒有遊客，司徒康就站在這裡，一言不發地聽完了談朗傑對「銀行家」的介紹。

「銀行家」，沒有人知道他的真實姓名，圈子裡都稱他為「Banker」，是個專門替人洗黑錢的地下錢莊老闆。他與其他同行不一樣的地方在於，無論接多大的生意，跟什麼人見面談判，永遠都是孤身前往，連一個保鏢都不帶；而且據說無論金額多大，他都能以最快的速度把黑錢洗白，乾淨得任誰都查不出一丁點瑕疵來。正因為如此，別人開的地下錢莊只敢叫「錢莊」，他開的地下錢莊卻敢叫「銀行」，他也大言不慚地自稱為「銀行家」。

當然了，「銀行家」的服務既然那麼好，收費也高得驚人，但想請他提供服務的人，根本不會在乎價錢的問題。至於他到底靠這門生意累積了多少財富，那就真的只有天知道了。

「據說那傢伙曾經單槍匹馬闖入東京勢力最大的黑幫老巢，一路上沒人攔得住，他徑直衝進老大的房間，硬是談完一筆一百億日元的生意後再瀟灑離開。這種人嘛，你根本不用擔心他會被別人害死。」談朗傑總結道。

司徒康冷冷一笑，說：「當時一起玩輪盤遊戲的，總共應該是五方買家：現在丁小刀和賀沁凌死了，這兩家很可能已經失去了競爭力，而你和我這兩家都是無功而返。如果『銀行家』真如你說的這般神通廣大，那麼花了三百萬枚 DT Coin 競拍到時間機器的人會不會就是他？」

「假設真的是『銀行家』競標成功，那麼他們會選擇哪裡進行交易呢？」談朗傑似乎胸有成竹，拋出這個問題，只是為了聽聽司徒康的答案。

司徒康沉吟片刻，說：「我會選擇一個足夠隱密、但又屬於公眾場合的地方，比如餐廳的包廂之類的，絕對不會選擇在某人的房間裡交易。」

「船上的餐廳雖然是二十四小時營業，但深夜時分的顧客比較少，在那裡交易還是容易引人注目。」談朗傑拍了拍手邊的欄杆，「還有另一個地方更適合——KTV。」

KTV人多嘈雜，但進入包廂關起門來卻也自成一體，出於安全和實際情況考量，KTV的包廂大多不會安裝門鎖，雖然會安裝監視器，但只有畫面而不收音，方便密談，可以說是一個既私密又公開的場所，確實是交易地點的理想選擇。

「沒想到郵輪上還有KTV，這年頭大家都那麼喜歡唱歌嗎？」司徒康半開玩笑半認真地說。

「如果我競標成功，也會選擇KTV作為交易地點。所以我還事先做了一點準備工作。小冷，現在的情況怎麼樣？」

「就在一分鐘之前，『銀行家』大搖大擺走進了KTV，並說一位朋友替他預訂好包廂了。」小冷細聲細氣地說。

司徒康心下豁然，原來談朗傑早就在KTV裡安插了眼線，沒想到這招守株待兔還歪打正著，真的逮到了獵物。

談朗傑大笑著說：「那麼我們也去唱歌吧！」

3

九月二日，晚上十一點五十分。

未來之光號，第七層，魔術劇場，後台。

搜查工作還在進行中，但依然沒有任何發現，空氣循環系統的大部分管道其實還是比較狹窄的，人絕對無法通行，而幾條直徑較大的主要管道也都檢查過一遍，近期並沒有人進去過。

路天峰把陳諾蘭、章之奇、童瑤三人召集到後台，準備開一個簡單的搜查會議，商量接下來的調查策略，雷派克當仁不讓地受邀參加，而黃良才卻是厚著臉皮站在原地，擺出一副非要旁聽不可的姿態，路天峰也只是笑笑，沒說什麼。

然而在路天峰發言之前，雷派克卻搶先舉起手來，「路警官，我這邊有新情況彙報。」

「請說。」

「之前在賭場ＶＩＰ區八號房參與輪盤遊戲的其餘幾個人，身分已經確認了。」雷派克將一份列印好的檔案資料遞給路天峰。

章之奇懊惱地歎了歎氣，搜集資料本應是他的強項，沒想到在他分心處理監視器系統時，被別人捷足先登，實在太可惜。

路天峰接到資料，第一頁就讓他大吃一驚。

「剛才那年輕人，居然是億萬富翁談武衡的兒子？」

談朗傑，二十五歲，從未在公開場合和媒體上露面，童年經歷不詳，沒有小學、中學階段的相關資訊，而大學階段也只是簡單寫了美國一所高中的名字，連就讀科系都沒有，可謂是披著神祕光環的豪門之子。職業上寫著「無業」，這可能是世界上最有錢的無業遊民了。

路天峰翻到下一頁，這個人的資料就更少了。

于小冷，女，中國籍，二十二歲。父母身分不明，在孤兒院長大，十年前被談武衡收養，但並未改姓，保留了原姓氏「于」，其餘細節不詳。

「這女生又是什麼情況？」路天峰不禁發問。

「不清楚，談武衡膝下共有九個孩子，照理說並不需要收養一個毫無血緣關係的女孩。」雷派克也答不上來。

「這件事曾經轟動一時，網路上有各式各樣的猜測，有人說于小冷其實是談武衡的私生女，也有人說她是談武衡的小情人，但無論哪種說法，都沒有任何實質的證據支持，所以看熱鬧的圍觀群眾也就很快散去。」一提到這種豪門八卦，章之奇就特別興致勃勃，「現在看起來，于小冷更像是談武衡特別為談朗傑挑選的童養媳。」

路天峰暫時不知道該說些什麼，只能翻開資料的下一頁，讓他哭笑不得的是，這一頁資料雖然寫得密密麻麻，但同樣夾雜著一大堆疑問。

男，白種人，姓名不詳，年齡不詳，國籍不詳，綽號「銀行家」。地下錢莊經營者，專事洗黑錢，業務範圍以亞洲地區為主；一直獨來獨往，與任何人洽談生意都是單獨出現，從來不帶任何下屬，讓客戶分外放心；其洗黑錢業務背後需要一整套專業流程和人力，但沒有人知道他背後的勢力到底有多大，又如何操控業務運作。「銀行家」曾被列入國際刑警的重點觀察名單，但連續跟蹤調查了兩年都無功而返，只好不了了之。

「這種人你竟然沒在第一時間認出來？」路天峰問雷派克。

雷派克尷尬地攤攤手，「我又不是電腦，難道還自帶人臉識別系統嗎？對『銀行家』的調查工作我並沒有參與過，不認得他也不奇怪吧。」

「好吧……」路天峰剛想說點什麼，就看到孫映虹心急火燎地衝了進來，她先是環顧全場，然後快步走到雷派克身旁，貼著他的耳朵小聲地說了一句什麼。

雷派克的神色立刻變得嚴肅起來，他看了看路天峰，沉聲說道：「剛剛收到的消息，『銀行家』一個人去了六層的『如歌』KTV。」

「他去那裡幹嘛？」

「反正不是去唱歌的。」雷派克和路天峰交換了一下眼神，兩人幾乎同時點了點頭。

「我先去『如歌』KTV看看那邊的情況，奇哥你看能不能深挖一下這三個人的資料？現在的資訊實在太空泛了。」

「沒問題！」章之奇一口答應。

「我想回賭場的案發現場看看。」童瑤憋了好幾個小時，心中一口悶氣想要一吐為快，於是主動請纓。

路天峰想了想，現在把全部人力集中在這裡意義也不大，於是吩咐陳諾蘭跟隨著童瑤，先返回第一起案件的案發現場重新勘查一遍，然後簡單驗一下賀沁凌的屍體。雖然陳諾蘭只是業餘水準，但應該也能判斷兩起案件的殺人手法是否一致。

大家分頭領命，各自散去，而理論上是郵輪保全工作負責人的黃良才，卻被有意無意地忽略了。他冷冷地哼了一聲，重新拿出魔術劇場的設計圖，一邊看一邊口中念念有詞。

突然之間，黃良才的嘴角不由自主地翹了起來，似乎是看出了一些並沒有被其他人發現的奧妙。

九月二日，晚上十一點五十五分。

未來之光號，第六層，如歌KTV。

燈紅酒綠的裝潢，閃爍不定的霓虹燈，處處透露出一種不合時宜的過分熱情和深度透支的歡愉，但這不也正是ＫＴＶ愛好者所追求的感覺嗎？

即使「銀行家」已經在亞洲生活了那麼多年，也依然無法理解亞洲人對ＫＴＶ獨有的熱切喜愛之情，對他而言，選擇這裡作為交易地點的唯一原因，就是環境足夠嘈雜和混亂，方便逃跑。

剛才在前台處，他先是刷了刷自己的智慧型手環，笑容甜美的服務生告訴他預訂的是十六號包廂，順著走廊往洗手間方向一直走即可。但他一點都不著急，拖拖拉拉地在ＫＴＶ裡面四處閒逛了好幾分鐘，然後才走向十六號包廂，卻又像是偶爾路過的樣子，徑直往洗手間走去，只是不經意地用眼角餘光瞄了一眼十六號包廂內部。

沒有人。

「銀行家」在洗手間內轉了一圈，再次回到十六號包廂門外，這時候他已經確認了四周一切正常，並沒有什麼陷阱，才放心地推開十六號包廂的房門，走了進去。

江湖傳言把他塑造成一位膽識驚人的勇士，而只有他最清楚，自己真正的安身立命之本是冷靜和謹慎，當然，他還有另外一件祕密武器——身為時間感知者的能力。

再三確認安全後，「銀行家」站在包廂的正中央，拿出手機撥打了某個網路電話的號碼。他沒有坐下來，也沒有觸碰包廂內的食物和飲料，在打電話的同時，目光緊緊鎖定了包廂的房門。

「我到了。」

「很好，你看一下沙發底下，有個密碼箱。」電話的另一端用了變聲器，而且不知是出於惡趣味還是別的原因，對方把聲音設定為童聲，又尖又細，聽起來特別詭異。

「看到了。」在彎腰拖出沙發下面的密碼箱之前，「銀行家」還不忘先戴上橡膠手套。

「我的朋友，沒必要那麼小心翼翼吧？」對方笑著調侃了一句，因為變聲器的緣故，那笑聲特別讓人不寒而慄。

「銀行家」沒有答話，只是靜靜看著箱子上的電子密碼鎖，等待對方的下一步指示。

「打開箱子吧，密碼是739192。」

「銀行家」輸入這個密碼，順利地打開箱子，裡面是一台乍看有點像筆記型電腦的儀器，但尺寸明顯大些，無論是螢幕、鍵盤還是上面的電子元件，都透露著一股陌生的高科技氣息。

「這就是時間機器？」

「沒錯，剛才我們已經驗了好幾次貨了吧？」

「但我怎能確認這台就是真正的時間機器呢？」

「銀行家」的擔心不無道理，畢竟他並不知道時間機器應該長什麼樣子，也根本認不出眼前這個玩意兒到底是什麼。

電話那頭的人似乎早就料到了他會有此顧慮，不慌不忙地說：「沒關係的，你可以試著啟動一次。」

「可是……我不會操作。」

對方又發出了讓人毛骨悚然的笑聲，「很簡單的，我教你。」

先按那個鍵，叫出功能表，設定時間，嗯，很好，你想設定多久都可以，不過最好不要超過十五分鐘……「銀行家」一步接一步依次操作著，有種自己已成了一具傀儡的錯覺。

他將時間設定為五分鐘。

「設置完畢後，就按一下紅色的啟動鍵。」

「就那麼簡單嗎？」他覺得這操作未免容易得過頭了。

「試一試不就知道了嗎？」對方意味深長地說。

「銀行家」心想，反正現在自己一分錢都沒給，就算是騙局也沒關係，難不成按下去還會整艘郵輪爆炸嗎？

他咬咬牙，按下了啟動鍵。

好像有那麼半秒鐘的延遲，緊接著，「銀行家」就出現在洗手間裡面。他連忙看了一眼手錶，沒錯，時間倒流了——確認了這一點後，他立即大步飛奔向十六號包廂。

這一次，他沒有任何猶豫，直接撲向沙發，從沙發底下拖出那個價值連城的密碼箱。

739192。

密碼錯誤。

「銀行家」對自己的記憶力相當有信心，這區區六位數的密碼怎麼可能記錯？

他又認真地輸入了一遍，密碼箱還是沒打開。

「怎麼回事？」他略略思索就想明白了，這個箱子的密碼是可以透過遠端控制修改的。

這時候，「銀行家」懷裡的電話嗡嗡嗡地振動起來。

「不會以為我用的還是同一個密碼吧？」電話那頭換成了一個蒼老的男聲，「立即將三百萬枚DT Coin轉給我，我就會把箱子的密碼告訴你。」

「五分鐘內轉帳給你。」他果斷地拿起箱子，離開了十六號包廂，同時也離開了賣家的監視範圍。

「別耍花樣，箱子裡面可是有自毀裝置的。」電話那頭提醒道。

「銀行家」沒再說話，掛斷了電話，提著手中那沉甸甸的箱子，他覺得自己似乎已經擁有了整個世界。

但整個世界，都比不上水川由紀……

九月三日，凌晨零點。（**第四次時間倒流後**）

未來之光號，第六層，如歌KTV。

路天峰和司徒康幾乎同時來到了如歌KTV的前台接待處，路天峰身旁是雷派克，而司徒康身後還有談朗傑和于小冷。兩人相互使了個眼色，司徒康搶先說：「路警官，怎麼那麼巧，來唱歌嗎？」

「是啊，你呢？」路天峰故意無視了站在司徒康身後的談朗傑和于小冷。

「我也是來唱歌的。」司徒康語畢，還真的請前台服務生幫他開了一個包廂。

「司徒先生是第一次來這裡？」

「不，第二次。」兩人通過這簡單的一問一答，確認了剛才確實又發生了一次短短五分鐘的時間倒流。

談話間，路天峰特別留心觀察著談朗傑和于小冷，想從他們臉上的表情判斷出兩人之中誰是感知者。只可惜談朗傑總是一副玩世不恭的花花公子模樣，于小冷又小鳥依人一般嬌滴滴地纏在他身邊，即使明知道兩人未必是真正的情侶，但仍然不得不佩服他們的演技高超。

這時候，「銀行家」泰然自若地出現在走廊上，手裡提著一個可疑的大箱子，眾人的目光不約而同投向了他。即使是並不了解內情的雷派克，也憑著職業本能判斷出那個箱子非同小可，而路天峰等人更是馬上就斷定「銀行家」已經拿到了時間機器。

說來也奇怪，雖然每個人都想搶奪這台機器，但畢竟是大庭廣眾，眾目睽睽之下，沒有人願意先動手。

「銀行家」早就注意到前台的狀況有點莫名其妙，也認出了好幾張熟悉的面孔，自然猜到了其他買家並未輕易放棄。不過看到司徒康的表情還相當自然，應該是尚未發現水川由紀已經叛變。

「銀行家」知道，此時絕對不能輕舉妄動，只有維持著各方勢力之間的微妙平衡，才有機會順利脫身。於是他攥緊密碼箱的把手，不慌不忙地向KTV的出口走去。

路天峰上前一步，攔住「銀行家」。

「先生，對不起，請問你手裡拿著的是什麼？」

「銀行家」神色自若地反問：「你是什麼人？」

「警察，正在查案。」

「你的證件呢？郵輪現在在公海範圍，不是只有各國海警才有執法管轄權嗎？」

「銀行家」看準了路天峰並沒有第一時間出示證件，由此判斷他肯定不是正規的海警，只不過沒想到，路天峰也不按常理出牌。

「我們懷疑這箱子裡面是毒品，可以先行扣押調查，後補手續。」路天峰說罷，伸手就要把密碼箱拿過來。

「銀行家」護住箱子，退後兩步，警覺地說：「你別亂來！」

路天峰當然不會讓「銀行家」輕易脫身，正在兩人僵持不下之際，談朗傑卻主動上前打圓場，「這位警官，你大概是有點誤會。」

「你又是誰？」路天峰明知故問，就想看看談朗傑如何應對。

「我只是個生意人，這位先生是我的朋友，一貫誠信守法，絕對不可能販毒。」談朗傑避重就輕地說。

「沒有販毒就再好不過了，但箱子還是得打開讓我檢查一下，這是我的職責所在。」

談朗傑笑著說：「我朋友既然說裡面是商業機密資料，就不適合在公開場合檢查了吧？在下有個小小的提議，可否找一個包廂，讓無關人員迴避，然後我們再開箱檢查？」

路天峰不解地問：「我們？」

「在下可以在旁做個第三方見證人，相信我的朋友會願意的。」談朗傑說完，微笑著望向「銀行家」。

「銀行家」現在是進退兩難，如果繼續強硬下去，路天峰畢竟是警察，非要動用武力開箱檢查，自己抵擋不住；而讓談朗傑摻和進來自然不是什麼好事，但總比讓司徒康這種人也加入戰局要好一點。更何況，他自己還沒轉帳給賣家，連箱子的密碼都不知道呢，乾脆先回到包廂裡頭，三個人之間的談判會比較好處理。

「好吧，那我們回去十六號包廂，這位警官只能一個人進來檢查，而你……」

「我自然也是一個人進去。」

小冷聽了這句話，嘴唇動了動，似乎想說點什麼，然而談朗傑提前用目光阻止了她。她不方便說話，只好做了一個「小心」的口型。

司徒康和雷派克對這個安排雖然不算滿意，但一時之間也無話可說。在路天峰等三人進入包廂後，他們自然而然地守在包廂門外左右兩邊，確保「銀行家」插翼難飛。

門外的氣氛劍拔弩張，小小的包廂內更是風起雲湧。

九月三日，凌晨零點十分。

未來之光號，第六層，如歌ＫＴＶ，十六號包廂。

「銀行家」將密碼箱擺在正中央的小桌子上，開門見山地說：「坦白說，我還沒辦法打開這個箱子。」

「怎麼回事？」路天峰和談朗傑同時皺起了眉頭。

「我正在和別人做交易……而交易還沒有正式完成。」「銀行家」說話的時候，下意識看了看包廂內的監視器鏡頭。

他希望賣家能看到目前的狀況，並不是他不想給錢，而是被這個警察纏住了——你可千萬不要啟動箱子裡的自毀系統啊！

「你們交易的東西到底是什麼？」

「一台……儀器，絕對跟毒品沒有任何關聯。如果你同意，我現在就可以完成交易，然後拿到打開箱子的密碼。」

路天峰盯著「銀行家」的臉，覺得他不像是在說謊。

「請便。」

於是「銀行家」掏出手機，進入DT Coin的轉帳介面，在輸入轉帳金額時，經歷過大風大浪的他，手指還是難免微微顫抖起來。

這可能是他一輩子最重要的交易啊。

「咣噹噹。」隨著一聲模擬金幣掉進錢袋的提示音，轉帳完成了。如今也只有使用虛擬貨幣，才能在轉瞬之間完成如此巨額的交易。

一分鐘過去了，兩分鐘過去了，「銀行家」的手機一直沒有任何動靜。

他終於按捺不住，嘗試用網路電話聯繫賣家，然而在撥打那個虛擬號碼後，卻只收到了「對方帳號不存在」的訊息。

「聯繫不上了？」談朗傑的臉色變得凝重起來，如果這真是一場騙局，那麼居然連「銀行家」這種老江湖都會上當，實在是不簡單。

但之前明明發生過好幾次時間倒流啊？

就在「銀行家」為無法聯繫賣家而急得團團轉的同時，路天峰注意到密碼箱上的特殊設計，他嘗試轉動幾下數位密碼盤，突然開口說：「這個箱子可以遠端解鎖嗎？」

「銀行家」用不太確定的語氣回答：「它可以遠端設定密碼，那應該也可以遠端解鎖吧……」

「可以的，因為箱子已經解鎖了。」

「什麼？」

隨著「銀行家」的一聲驚呼，路天峰動手掀開了密碼箱。看著箱子裡的東西，「銀行家」激動得幾乎要哭出來了，而談朗傑露出了困惑的神情，這東西樣子和他心目中的時間機器差別太大了。

路天峰則是滿臉愕然，幾乎無法相信眼前的一切。

因為密碼箱裡並不是什麼「時間機器」，而是陳諾蘭之前失竊的那台ＲＴ分析儀！

這到底是怎麼一回事？

4

九月三日，凌晨零點三十分。

未來之光號，第八層，賭場ＶＩＰ區，一號休息室。

郵輪上當然不可能有專門停放屍體的地方，所以賀沁凌的屍身被搬到這間配備齊全的豪華休息室內——這裡有一個足夠大的冰櫃，原本放滿了五花八門的冰鎮飲料，現在則把飲料全部搬了出來，雜亂無章地堆放在一旁，好騰出空間來安置屍體。

奢華的陳設，高雅的家具，垃圾堆一樣的飲料瓶子，加上冰櫃內的女屍，這幾個奇異的元素結合在一起，如同一幅充滿黑色幽默的後現代藝術作品。

陳諾蘭仔細檢查完賀沁凌脖子上的傷口，又打開手機裡丁小刀傷口的照片認真比對一番，才對身後的童瑤說：「雖然都是被利器割喉，但兩具屍體上的傷口有明顯的差異。你看，賀沁凌的傷口深淺不一，切開皮肉的地方也稍微有點不平整，這是持刀傷人的常見傷口型態，畢竟無論你用再鋒利的刀刃，想要一刀順利地割開喉嚨還是很有難度的。」

「但丁小刀身上的傷口更加平整，也切得更深？」童瑤接過陳諾蘭遞給她的手機，放大圖片觀察著傷口。

「是的，我懷疑殺死丁小刀時，凶手使用了額外的輔助工具，而殺死賀沁凌的人，應該是手持利刃作案的。」

童瑤把手機還給陳諾蘭，想了想，又說：「在賀沁凌的死亡現場，我們找到了行凶的刀具；而在丁小刀的死亡現場，凶器不知所蹤。從犯罪心理學的角度來分析，對凶器的處理手法反映了凶手的個性，因此這兩起案件真不像是同一人所為。」

陳諾蘭又細心地檢查了一遍賀沁凌的雙手，輕輕地搖搖頭，說：「賀沁凌的身上完全沒有掙扎和搏鬥的痕跡，但一個人在洗手間內被陌生人突然襲擊，尤其又是女生，總會下意識地反抗吧？」

「咦？這樣說來，凶手應該是女性，甚至有可能是賀沁凌認識的人？那還是應該繼續深入調查賀沁凌的人際關係，看看船上有哪位女性跟她的關係比較密切。」

「不過，從刀傷形成的角度分析，凶手的身高應該比賀沁凌要高一截，大約有一米七五以上，更可能是男性。」說到這裡，陳諾蘭歎了口氣，「不過這方面的專業，我所知有限，判斷準確率肯定很低，僅供參考吧。」

「諾蘭姐，妳已經很厲害了……」童瑤的話剛說到一半，兩人的耳機裡就同時傳來了路天峰的呼叫。

「各位，請立刻到魔術劇場集合。」

「收到，馬上來。」童瑤並沒有浪費時間去思考，服從命令已經是她的職業本能。

而陳諾蘭卻情不自禁想著，今天晚上他們自始至終就像是被人牽著鼻子往前走一樣，一步一步陷入了現在這種全盤被動的局面。

不找出偵查過程中的錯誤，就無法逆轉形勢。

「我們想錯了什麼……又做錯了什麼？」陳諾蘭在心裡反覆地問著自己。

她希望路天峰已經找到了這個問題的答案。

九月三日，凌晨零點三十五分。

未來之光號，第七層，魔術劇場。

路天峰把自己代入了魔術師的角色，坐在表演舞台邊緣處，雙腳懸空，在他前面幾公尺開外，是坐在觀眾席第一排的章之奇。

如果說魔術師必須在觀眾的注視之下完成不可思議的表演，那麼這場關於時間機器的拍賣會，就是一場無比華麗的魔術。

「賣家」一次又一次成功套利，先是通過虛擬貨幣的價格波動低買高賣，大賺一筆，然後又從老奸巨猾的「銀行家」口袋裡拿到了價值數十億美金的 DT Coin，而一直到了最後，那台時間機器還好端端地留在自己手中——整個過程已經不能用「騙局」來形容了，完美得如同犯罪史上的一件藝術品。

藝術品？

路天峰突然抬起頭，這個詞讓他想起了一個人，傳說中的「櫻桃」。

在每一起可能與她相關的案件之中，「櫻桃」都沒有留下一絲一毫可供追查的線索，可以稱之為完美犯罪領域的「藝術家」。

「難道是這樣嗎？」路天峰站了起來，在空無一人的舞台上不停地來回踱步。

「你想到什麼了？」章之奇好奇地問。

「想到了另外一種被我們忽略了的可能性。」路天峰看著剛剛走進劇場的陳諾蘭和童瑤，「正好人到齊了，一起說吧。」

路天峰依舊站在舞台上，對著台下的三名「觀眾」說：「在這一連串的事件當中，我們犯下了一個最基本，也是最致命的錯誤——我們一直想知道『誰是櫻桃』，但卻忘記了應該花時間精力去思考一下『櫻桃是什麼人』。」

「這不是同一件事嗎？」陳諾蘭聽得一頭霧水，於是舉手提問。

「不一樣，我的意思是，我們應該想一下『櫻桃』在這場拍賣活動中到底是什麼角色。」路天峰停頓片刻，觀察著眾人的反應，「大家都知道，拍賣活動當中的角色只有兩種，買家和賣家，但為什麼我們一直會覺得『櫻桃』是買家呢？」

「因為丁小刀，還有那個曾經和丁小刀接觸的神祕女人……」章之奇一邊說，一邊露出了恍然大悟的神色，「從來不留下任何痕跡的『櫻桃』，為什麼偏偏在接觸丁小刀的時候留下了線索？難道她是故意這樣做的？」

「沒錯，因為丁小刀出現在只有買家參與的輪盤遊戲中，因為我們覺得『櫻桃』和丁小刀是盟友，所以我們自然而然認為，『櫻桃』就是隱藏在丁小刀背後的真正買家。」路天峰拿出了一張不知道從哪裡找到的撲克牌，上面印著黑白的「小鬼」圖案，「就像這張撲克，大家看到的那一面是『小鬼』，就會覺得另外一面是牌背，但實際上呢？」

路天峰翻過牌面，台下三人看到的不是牌背，而是一張色彩斑斕的「大鬼」。

章之奇吸了吸鼻子，說：「阿峰你的意思是，『櫻桃』其實就是隱藏在背後的賣家，而不是參與競拍的買家？有這種可能性嗎？」

「我們來歸納總結一下吧，『櫻桃』這個人有三大特點，第一，凡事使用代理人，從不公開現身，第二，對金錢的極度渴望，只賺大錢，第三，心狠手辣，事後會殺人滅口。」路天峰豎起三根手指，「這次拍賣當中的『賣家』完全符合這三點特徵，第一，利用丁小刀當代理人，他吸引了我們全部的注意力；第二，在整個拍賣的過程中，追求最大的利益，賺取了巨額的財富，第三，賀沁凌和丁小刀都很可能見過她的樣子，因此相繼被殺死。」

「但如果『櫻桃』是賣家，丁小刀為什麼要假裝成買家呢？」童瑤問。

「一來為了誤導我們，讓我們深信『櫻桃』也是買家，二來丁小刀混入買家之中，也正好替『櫻桃』當暗樁，可以煽動買家情緒，也可以幫忙哄抬價格。」

「我有疑問。」章之奇似乎還不太能接受這個假設，「如果時間機器已經落入了『櫻桃』這種狠角色手裡，她何必演這麼一場大戲來賺錢呢？她是個聰明人，加上控制時間倒流的能力，還會為錢發愁嗎？根本犯不著上船舉行什麼拍賣會，還得大費周章去殺人啊。」

路天峰怔了一下，他剛才沉浸於終於找到突破口的喜悅之中，有點被勝利衝昏頭腦的感覺，但被章之奇這樣一說，頓時覺得自己的推論暫時還無法站穩腳跟。

確實，如果只是為了錢，擁有了時間機器，就擁有了無數的可能性，「櫻桃」又何必用這麼複雜的方式來賺錢呢？

真相的拼圖，目前仍然缺了關鍵的幾塊。

路天峰長長地歎了一口氣，將那張魔術道具撲克重新收回口袋之中。

「對了，剛才一直賴在我們身邊不肯走遠的那個胖大叔呢？」陳諾蘭像是突然發現了新大陸似的，問道。

「船上的保全主任黃良才？」路天峰仔細回想一下，確實是好一段時間沒有看到他了，而且連剛才在場幫忙搜索的保全人員也全部撤退了。

這是不是意味著，黃良才已經發現了什麼重要線索？

九月三日，凌晨零點四十分。

未來之光號，第二層，船長室。

只見房間內煙霧瀰漫，充斥著濃烈的菸草氣息，而菸灰缸裡已堆滿了雪茄殘骸。杜志飛又點燃了一根新的雪茄，透過煙雲，呆呆地看著放在桌面上的相框。

相框裡，是他和賀沁凌的甜蜜合影。

杜志飛還記得，那天是在一個朋友舉辦的酒會派對上，他們第一次見面。當時賀沁凌拿著一杯雞尾酒，從他的身前走過，而他恰好點燃了一根雪茄，想要在其他女生面前裝酷。

只是他第一眼看到賀沁凌後，目光就再也移不開了。

賀沁凌也注意到他，微笑著走上前。

「我可以告訴你一個祕密。」她湊到杜志飛的耳邊，輕聲細氣地說。

雖然是一個頗有新意的開場白，但經常混跡於聲色犬馬場所的杜志飛只是禮貌地笑了笑，問：「是嗎？什麼祕密？」

「等會兒你將會帶我回酒店，去你的房間。」

杜志飛呵呵一笑，沒接話。他不喜歡太露骨的挑逗，賀沁凌這句話令他對她的印象分大減。

「我還知道你今天開了一輛紅色的寶馬，沒有帶司機，所以你今晚滴酒不沾；你住在H酒店頂層的總統套房，房間內有個智慧型大浴缸，出門前你已經預設好時間，今晚十點鐘左右會自動替浴缸裝滿溫水；你明天一大早要坐飛機去西雅圖出差，為了不耽誤時間，你提前收拾好行李箱，身上穿的是幾件已經不太喜歡的衣服，今晚洗澡後，你就會扔掉現在這身衣服——即使它們實際上還能繼續穿，但是你這個人啊，超級怕麻煩。」

杜志飛愣住了，她是從哪裡得知這些資訊的？如果說開什麼車，住什麼酒店，乘坐哪個航班出差等資訊，還能透過跟蹤的手段獲知，那麼自己出門前將浴缸設定幾點鐘加滿溫水，她又怎麼可能知道？更何況，自己身上的這套衣服看起來還很新，按常理根本沒有任何扔掉的理由，但她卻偏偏說出了他內心深處的想法。

「妳怎麼會……」杜志飛驚訝得連話都說不完了。

「因為我有未卜先知的能力。」賀沁淩向他眨了眨眼睛，「這就是我的祕密。」

杜志飛當然不相信什麼未卜先知，但他不得不承認，自己對這個女人頓時充滿濃厚的興趣。接下來，就如同她預言的一樣，杜志飛開著那輛臨時借來的紅色寶馬，把她帶到了H酒店的總統套房。站在房間的落地窗旁，賀沁淩硬是要杜志飛站在自己身旁，以燈光璀璨的城市夜景作為背景，兩個人一起拍了一張合照——就是現在放在桌上的這張照片。

杜志飛原本只想逢場作戲，沒料到，賀沁淩卻為他打開了一扇通往新世界的大門。

時間感知者……

「杜總！你沒事吧？」杜志飛的回憶被打斷，他回過神來，驚覺黃良才站在自己面前，也不知道已經進來多久了。

「在想一些事情而已，怎麼了？」杜志飛故作平靜地說。

黃良才看了看身前的椅子，好像是想坐下來，但最終還是放棄了，站著說道：「案件的調查有了進展，我來向您彙報一下。」

「哦？什麼進展？」杜志飛將手裡的雪茄架在菸灰缸上。

「剛才在魔術劇場內，發現了一具男屍……」黃良才把丁小刀之死的調查工作簡略地說了一遍，在彙報的過程中，他一直留意觀察著杜志飛的臉色。畢竟一趟航程死了兩個人，無論發生在哪艘郵輪上都是極其晦氣的負面新聞，更別說這還是未來之光號的首航了。

杜志飛一言不發，直到黃良才結束長篇大論，才冷冷問了一句：「你確定第二起案件跟沁凌的死有關聯嗎？」

「同樣是銳器割喉的殺人方式，我覺得很有可能是同一個凶手所為。」黃良才停頓了一下，深吸一口氣，才說了下去，「而且關於第二起案件凶手的身分，我已經掌握了一些關鍵的線索。」

「說吧，乾脆俐落一點。」杜志飛聽出了黃良才話語之中暗含著賣關子的意味，略有不快地催促道。

但黃良才的神色顯得更加猶豫不定了，他深深地吸了幾口氣，才說：「可是我想先向您提一個有點唐突的問題。」

「那就問吧。」杜志飛更加不耐煩了。

「杜總，您是不是有什麼事情一直瞞著我？」這一刻的黃良才，不再唯唯諾諾，而像是換了個人似的，眼中露出了當年當警察時的犀利目光。

杜志飛愕然，他沉默了好一陣子，才慢慢地拿起菸灰缸上的雪茄，說：「你為什麼會這樣問？」

「因為我大概猜到了凶手是怎麼從魔術劇場離開，卻沒有被門口的監視器拍到的。」黃良才拿出了劇場的設計圖，平攤在桌面上，「在某些年輕人追捧的推理小說裡，這好像叫什麼『不可能犯罪』

吧？但實際上，答案簡單得不能再簡單了。既然凶手沒有從正門離開，那就一定存在另外一條路。」

路在哪裡？

黃良才的手，指向了設計圖上的某處。

5

九月三日，凌晨零點四十五分。

未來之光號，第七層，魔術劇場。

路天峰坐在舞台的地板上，手裡拿著一台平板電腦，螢幕上顯示著劇場的平面設計圖——和黃良才手中的一模一樣，不過這份電子版是章之奇剛剛透過「技術手段」從杜氏集團的伺服器上拷貝下來的。

「黃主任一直拿著這張圖紙看個不停，我覺得這上面一定沒有標注其它出入口，否則他根本不需要找那麼久，一眼就能發現了。」路天峰低頭看了看設計圖，又抬頭四顧，「那麼他到底找到了什麼呢？」

陳諾蘭也好奇地湊過來，邊看邊問：「那些通風管道已經全部檢查過了嗎？」

「檢查過了，所有通風口和通風管道內都沒有發現。另外通風管道內部每隔十幾二十公尺就裝有一層空氣過濾網，如果想要藉由通風管道離開劇場，起碼要破壞四層過濾網，但現在管道內所有的過濾網都是完好無損的。」

章之奇也補充了一個資訊，「船上的這套空氣循環系統非常先進，如果過濾網損壞會立即向維修部門發送警報訊號，但根據系統運行日誌，警報從未觸發。」

「真是怪了，凶手難道還能飛走嗎？」童瑤同樣是百思不得其解。

「等等，你剛才說『飛走』？」路天峰眼睛一亮，立即認真再看了一遍設計圖，「天啊，因為我們正身處一艘郵輪之上，所以導致搜查工作出現了盲點！」

「什麼意思？」另外三人面面相覷，一時沒搞明白。

「奇哥，童瑤，如果這起案件發生在陸地上的某座建築物裡頭，那麼迄今為止的搜查行動缺少了哪一個步驟？」

章之奇和童瑤相互看了看，不約而同地開口說：「周邊勘查！」

「沒錯。」路天峰怕陳諾蘭聽不懂，耐心地解釋道：「如果案件發生在建築物內部，按照正常流程，警方還應該檢查建築物的周邊，看四周有沒有可疑的腳印，外牆上有沒有攀爬的痕跡，窗戶有沒有異常情況等等，從而判斷凶手是否從外部侵入的。」

「但我們的『外面』什麼都沒有，只有茫茫大海啊。」陳諾蘭說。

路天峰將螢幕上的設計圖放到最大，然後指著邊緣部分說：「你們仔細看這裡吧。郵輪在建造的時候，預留了足夠多的窗戶位置，而且窗戶之間的間隔距離是固定的，這樣從外面看起來才會整齊美觀。」

「然而實際上，魔術劇場並不需要那麼多窗戶。」章之奇也發現了問題所在。

「是的，但為了避免破壞郵輪外觀，也為了日後裝修改造時更靈活方便，施工人員不會將已有的窗戶全部拆卸下來，而是選擇了低成本且方便的方案——在內部用一面裝飾牆，把窗戶全部遮擋住。」

路天峰信步走到表演舞台的斜後方，輕輕地敲著那裡的木製裝飾牆，按照設計圖所示，裝飾牆的後面應該就是一排窗戶。路天峰走走停停，不斷地敲打著，終於聽到了某處傳來不一樣的回音。

「應該就是這裡了。」

眾人很快就在牆上找到了一個凹槽位置，路天峰伸手進去，用力一拉，牆身出現一條小小的縫隙，再一拉，一扇隱蔽的「門」就出現了。門後的空間非常狹小，僅僅可供一個成年人勉強容身，而在這小小的空間內，恰好就有一扇裝有強化玻璃的窗戶。

路天峰試了試，窗戶並沒有上鎖，可以向外推開，而船上的窗戶原本應該全部安裝了保護裝置，確保僅能打開一小半，防止意外摔落事故，但現在這扇窗上的保護裝置卻不翼而飛，窗戶可以完全推開，路天峰慢慢地扶著窗邊，把整個上半身探出窗外，用實際行動證明了凶手完全有可能從這裡離開。微微的引擎轟鳴聲和海浪不斷拍打船身的聲音，傳入路天峰的耳中，跟眼前的黑暗搭配在一起，形成一首彷彿來自地獄的奏鳴曲。

「峰，小心點。」陳諾蘭趕緊上前，扶住了路天峰的身子。

「放心吧，我不會掉下去的。」路天峰瞇起眼睛，試圖在郵輪外壁上尋找人力攀爬過的痕跡，但燈光照不到船身之外，今晚的天色也不好，沒有月光，視野範圍內就是黑忽忽的一片模糊，什麼都看不清楚。

「這種事情，真的能做到嗎？」童瑤雖然沒有探身去窗外看，但也能腦補出大概的情況。她知道有些極限運動員能徒手攀爬到摩天大樓的樓頂，甚至能爬上幾乎與地面呈九十度直角的峭壁，但都需要經歷日復一日的魔鬼式訓練，並擁有過人的勇氣和毅力。而在光滑的郵輪外表面攀爬，恐怕會是一件更加困難的事情。

「我正在思考的是另外一個問題——有誰會知道這扇暗門的存在呢？」路天峰把身子縮回船內，說道。

這個問題的答案似乎是顯而易見的。

九月三日，凌晨零點五十分。

未來之光號，第二層，船長室。

杜志飛耐心地聽完了黃良才的彙報，才將手中那幾乎燃盡的雪茄摁滅，這一次，他沒再繼續點菸。

「按照你的推理和發現，魔術師謝騫不就是嫌疑最大的人嗎？」

「沒錯，所以我特意去查閱了謝騫的人事檔案，發現他是在一個月前才入職杜氏集團的新人，我懷疑他是帶著特定目的前來應聘，於是又看了一下他的招聘流程——他的簡歷未經人事部門正常流程，而是直接由總部推薦給未來之光號，當時在總部負責面試謝騫和拍板同意他入職的人，正是杜總你。」

黃良才默默地把謝騫的人事檔案放在了桌面上，不再說話。

「你這是什麼意思？你懷疑我？」杜志飛一臉不快。

黃良才不卑不亢地說：「不敢，我只是想搞清楚杜總是不是還有什麼事情瞞著我，如果有，直接說出來可能有助於我盡快破案。」

「你想知道為什麼我會招聘謝騫來船上當魔術師？」

「是的。」

黃良才注意到杜志飛的神色明顯是在猶豫，他不禁更加好奇了，要知道杜志飛就是杜氏集團未來的接班人，在某艘郵輪上指定一位魔術師入職根本就是小事一樁，幹嘛還一副閃爍其詞的樣子呢？

杜志飛思索了好一陣子，才緩緩地說：「是沁凌極力推薦謝騫入職的。」

「賀小姐為什麼要推薦謝騫？」黃良才其實更想問的是，賀沁凌和謝騫兩人之間到底有什麼關係？但他還沒有傻到會在杜志飛面前這樣問。

杜志飛又沉默了。他不禁回想起賀沁凌跟他說過的那些匪夷所思的事情——她說她是時間感知者，能夠感知到時間洪流之中的迴圈和回溯，也正是憑藉著這種超能力，她才可以做到未卜先知。

杜志飛一開始只是將信將疑，他只覺得賀沁凌可能聘請了非常厲害的私家偵探透過全方位的跟蹤調查，掌握了自己的一些隱私資訊，然後裝神弄鬼假扮預言家而已。不過賀沁凌一次又一次用事實證明，她真的具有超出科學常識的超能力。

她預言過股票的漲跌，飛機的失事，甚至還有彩票的中獎號碼，杜志飛覺得如果她真能預知這些事，就根本不用費盡心思接近他和欺騙他了。

所以杜志飛很快就無比信任她，而她也三番兩次利用超能力，替杜志飛賺了幾筆大錢，於是杜志飛對她更是言聽計從。賀沁凌的超能力需要透過杜志飛的財力才能獲得更大利益，於是兩人自然而然組成一個利益共同體，然而在外人眼中，看到的是這位花花公子竟然超過三個月沒換女朋友，還以為兩人之間肯定是真愛呢。

關於未來之光的首航，賀沁凌其實只提出了兩個要求，第一，需要謝騫成為駐場魔術師，第二，緊盯路天峰這位警察的一舉一動。杜志飛其實不知道賀沁凌真正的計畫是什麼，但這也是她一貫的辦事風格，很多細節上的東西，需要屆時才確定下來，而杜志飛只需要相信和配合她即可。

賀沁凌跟他說過，這一次的行動如果成功，可能會成為他們這輩子最關鍵的一筆生意，所以要更加小心謹慎，航程的第一天不需要做任何特別的事情。可是他萬萬沒想到的是，郵輪才離港幾個小時，賀沁凌就遭遇不測，而她生前的最後一項吩咐，就是要求他到賭場ＶＩＰ區八號室裡頭玩輪盤遊戲。

這一切，又怎麼可能告訴黃良才？即使說了，他又怎麼可能會相信？

所以最終杜志飛只是很敷衍地說了一句：「因為她喜歡看謝騫的表演。」

「什麼？」黃良才對這個回答非常不滿意，但不能直說。

「她曾經看過一次謝騫的魔術，對他的精彩手法念念不忘，於是就拜託我想辦法請他到船上來表演節目。」

「就這樣？」

「有什麼問題嗎？」杜志飛反問。

黃良才露出了苦澀而勉強的笑容，「原來如此，我明白了……」

現在黃良才雖然站在杜志飛面前，但兩個人之間的距離卻非常遙遠。

九月三日，凌晨一點。

未來之光號，第六層，如歌ＫＴＶ，十六號包廂。

「銀行家」狠狠地灌下了面前的那杯冰啤酒，啤酒本身是麥香濃郁的德國黑啤，但現在喝到他嘴裡的，卻只餘下苦澀一種味道。

圈內人都知道他有錢，有管道，有膽識，有謀略，但只有他自己最清楚，「銀行家」的名聲完全是靠背後幾位深藏不露的老大哥支撐起來的。那幾個人全部是有頭有臉的重量級人物，絕對不能和洗黑錢扯上半點關係，因此聯手打造了「銀行家」這個神祕而又有故事的狠角色，替他們賣命。

沒錯，「銀行家」的命根本不屬於自己，他的錢更加不屬於自己。

這次的拍賣會，老大哥早就吩咐過了，安全第一，資金不能丟，要是有人出價太高搶走了時間機器，那也只能認命，千萬不能頭腦發熱做出不理智的判斷。

他有點不以為然，自己行走江湖那麼多年，何曾毛毛躁躁，頭腦發熱？他對自己非常有自信，這反倒成為了最大的死穴。

在改變時間的魔力面前，他終於還是糊塗了一次。錢沒了，時間機器也沒買到，他根本再無顏面回去跟那些老大哥交待。除非，他能夠想辦法揪出藏在背後的賣家，奪回那一筆鉅款。

但有可能嗎？

他不禁苦笑，拿起酒杯時，才發現整整一大杯啤酒已經不知不覺間喝了個精光。就在這時，一名服務生敲了敲門，禮貌地問：「先生，包廂時間到了，請問您還需要繼續嗎？」

「繼續，然後再來一壺啤酒。」他晃了晃手中的手環，頗為諷刺地想，沒想到資金周轉都是數以億計的自己，最後一次豪爽結帳時竟然只能包個 KTV 喝啤酒而已。

唉，只能怪自己聰明一世，糊塗一時啊。

「銀行家」將苦澀得有點變味的啤酒送入喉嚨內，卻突然整個人愣住了，眼睛瞪得大大的，嘴巴張開，發出「咯咯」的低聲呻吟。

他臉色一變，想要站起身來，雙腳竟然不聽使喚，全身力氣被人抽走似的，眼前一陣頭暈目眩，跌倒在地板上。

「啤酒裡……有毒……」當他想到這點時，一切都太遲了。

剛才來送啤酒的服務生，似乎打開門看了他一眼，但沒有做出任何反應，只是冷冷哼了一聲，然後退出門外，將門緊緊關上。

「銀行家」絕望地看著天花板，視線漸漸模糊，身體的抽搐也越來越慢。

他用最後的力氣，將右手擺到自己的胸前，西裝的內袋放著他的皮夾，皮夾裡沒有多少錢，卻有一張水川由紀送給他的照片。

「很抱歉……」他腦海裡閃過這個念頭，然後就斷氣了。

包廂內的投影螢幕上，正好播放著一群穿著和服的女子載歌載舞的畫面。

九月三日，凌晨一點十分。

未來之光號，第十七層，1734房。

房間內擺放著兩張單人床，小冷坐在其中一張床上，神情落寞，私下的她完全沒有在人前的那種硬朗和銳氣，反而更像一個楚楚可憐的小女生。

「哥，對不起，我們又失敗了……」小冷的眼角掛著淚花。

談朗傑輕輕地坐在她身旁，手自然而然地搭上了她的肩膀，把她整個人摟入懷裡，動作卻不帶一絲一毫的情愛意味，只是如同兄妹之間的親切體貼。

「小冷，別擔心，我們一定能找到破除時間魔咒的辦法。」

「我實在無法繼續忍受這種非人的生活，我只想做一個普普通通的正常人，可以嗎？」小冷說著說著，泣不成聲。「我總是時不時就會在夢中回到那棟可怕的孤兒院宿舍，日復一日，時間迴圈，我無法逃離那棟房子……」

「放心吧，妳早就成為我家的一份子，永遠不會再回到那冷冰冰的鬼地方了。」談朗傑斬釘截鐵地說：「我們這一次要盡全力把時間機器拿到手！」

「但現在看來，所謂的時間機器很可能只是一場騙局……我們真的有機會跳出時間感知者的閉環嗎？」

「時間機器可能是假的，但那位賣家卻是真實存在的。」談朗傑神祕地笑了笑，「根據之前搜集的資料顯示，時間機器的研發即使還不算完全成功，但總算離解開時間迴圈的奧祕又接近了一大步，只要找到賣家，我們就還有機會。」

「但賣家隱藏得太深了，誰都找不到那傢伙的下落……」

「不，我找到了。」談朗傑臉上流露出傲視一切的自信，「那傢伙以為將手機改裝成特殊的訊息收發裝置，別人就沒辦法找到他了嗎？真是太小看我談朗傑了。」

「哦？」小冷終於止住了眼淚，充滿期待地看向談朗傑。

「在收發訊息時，那支改裝手機會發出特別的電子訊號，這個訊號當然是非常微弱的，而且一瞬即逝，幾乎無法追蹤，但我用最笨的方法，追蹤到了賣家的位置。」

「什麼方法？」

「人海戰術。這艘郵輪上有三十多名我一開始就安排好的檢測人員，分布在船上的不同位置，而每當我收發訊息時，他們都會用手持感應儀檢測周邊特定頻率的電子訊號強弱。雖然開始的一、兩次檢測無法鎖定賣家位置，但每次收發訊息，都可以讓目標範圍逐漸縮小——」談朗傑用雙手比劃了一個圓圈，然後手勢慢慢合攏，「當嘗試足夠的次數後，就能夠鎖定賣家的確實位置了。」

「還能有這種方法？」小冷瞪大了眼睛，雖然臉上淚痕還沒乾，但她低落的情緒已經一掃而空，取而代之的是躍躍欲試的興奮。

「是的，那傢伙現在就在十二層的味魂日本料理包廂裡，我派出去的人已經將餐廳團團包圍，他這次可是插翅難飛了。」談朗傑倏地站了起來，換了一種嚴肅認真的語氣，「小冷，做好戰鬥準備，那傢伙可能會很難對付。」

「沒問題。」小冷也站了起來，快步走到洗手間裡，僅用十秒鐘就洗乾淨淚痕，再擦掉臉上水珠，整個人恢復如常。

「很好，我們走吧。」談朗傑向她伸出了右手。

兩人的手十指緊扣，如同情侶一般親密地走出了房間。

6

九月三日，凌晨一點十五分。

未來之光號，第七層，魔術劇場。

路天峰和章之奇一左一右蹲在暗門的兩旁，兩人都是一副若有所思的模樣。

「奇哥，在想什麼呢？」終於還是路天峰首先開口發問。

「在想和你一樣的事情。」

路天峰笑了，「你怎麼知道我在想什麼。」

「你在思考整個事件當中缺失的那一環。」章之奇指了指自己的腦袋，「而我也發現了，有些人應該在這艘船上，我們卻一直沒發現他們的蹤跡。」

路天峰眼前一亮，他和章之奇果然是心有靈犀。

「天時會，那麼熱鬧的場合怎麼可能少了他們？」根據路天峰的認知，天時會一直以維護時間運行的「裁判官」自居，那麼這場時間機器的拍賣會等於是公開宣稱要打破他們組織的壟斷，他們絕不可能坐視不管。

然而現在形勢已經混亂不堪了，天時會的人還是連一點動靜都沒有，似乎這場拍賣會的結果對他們而言一點也不重要，為什麼會這樣？

這正是讓路天峰百思不得其解的問題。

章之奇說：「我倒是有個大膽的猜想，如果天時會沒有任何行動，會不會是他們一開始就確認了這場拍賣會只是個騙局？」

「還有一種更可怕的假設——這場騙局就是天時會搞出來的，他們以『時間機器』為誘餌，把那些擁有足夠財力的感知者集中到郵輪上，然後逐一擊破。」路天峰沉聲說道，這恐怕是他能夠想像到的最壞情況了。

「連『櫻桃』也心甘情願地為天時會賣命嗎？憑什麼？」章之奇對路天峰的推測將信將疑。

「天下熙熙，皆為利來，天下攘攘，皆為利往。」路天峰難得掉了一次書袋，「天時會利用『時間機器』將目標聚集到郵輪上，而『櫻桃』則利用這個機會大賺一筆，然後交給天時會殺人滅口，最後，雙方還能平分利潤，何樂而不為？」

章之奇正想開口，就看到童瑤急匆匆地跑了過來，說道：「糟糕，我們找不到那位魔術師謝騫了。」

「他是擔心這裡的機關暴露，事先躲起來了吧？」章之奇說。

「別擔心，如果他想躲著我們，那正好就中計了。」路天峰拿出了自己的手機，在螢幕上熟練地操作著，很快就進入了一個跟蹤定位程式的介面。

「你還在他身上安裝了追蹤器？」章之奇不禁嘖嘖稱奇，謝騫畢竟是位專業的魔術師，在他身上搞這些小動作，不就等於班門弄斧嗎？

「的確有點難度。」路天峰笑著回想起一個多小時之前，自己在舞台密道之內跟謝騫的鬥智交鋒。

當時路天峰假裝自己在剛進入光線昏暗的密道後站立不穩，撞上了謝騫的後背，同時將一個微型追蹤器貼在謝騫的衣領下方。然而謝騫的身體感覺相當敏銳，他注意到路天峰動的手腳，雖然一直裝作若無其事，但在離開魔術劇場後，就立刻扔掉了追蹤器。

只是謝騫沒留意到，路天峰同時將另外一個微型追蹤器扔到了密道的地面上，謝騫的鞋子一踩上去，就自然而然地粘住了——這才是路天峰真正的撒手鐧。

因此現在在路天峰的手機螢幕上，可以看到兩個追蹤器的訊號，其中一個離他們很近，應該就在魔術劇場的門外，這是被謝騫發現和扔掉的那個；另外一個訊號比較遠，根據距離和相對位置來判斷，目標在第十二層的餐廳附近。

「奇哥，分析確定一下確切位置，我們立刻趕過去看看。」

九月三日，凌晨一點二十分。

未來之光號，第十二層，味魂日本料理。

作為郵輪上平均消費最高的餐飲店，「味魂」和其餘幾家餐廳一樣都是二十四小時營業，而且各種料理一應俱全，新鮮生魚片依然能夠現切現賣，但畢竟凌晨時分選擇日本料理店用餐的客人並不多，一眼看過去，店裡的座位幾乎都是空的，大部分的包廂也關著燈，好不冷清。

而目前唯一有客人在內的包廂，卻同樣是燈光昏暗。

這個最多能夠容納二十位賓客同時進餐的榻榻米房間裡，只有兩個人，一男一女。男人面前的桌子上擺放著一盞煤油燈，搖曳的火光照亮他的臉龐，這男人的相貌看起來最多四十歲出頭，但頭髮卻已經全部變成銀白色，要是有生物醫學領域的專家在場，也許就能認出這位曾經登上業內知名雜誌封面的泰斗，在警方資料檔案中標記為神祕失蹤多年的ＤＮＡ技術專家，周煥盛。

長桌子的另一端，坐著一個女生，她身穿一件明顯尺碼過大的長袖襯衫，頭戴一頂草帽，即使在室內，也依然戴著墨鏡和口罩，讓人根本無法分辨她的年齡和容貌。她面前同樣有一盞煤油燈，煤油燈的旁邊放著一個方方正正的盒子，看起來和玩具魔術方塊很像，只不過上面並沒有五顏六色，而是通體散發著銀白色的金屬光芒。

女生輕輕用手指觸碰了一下銀色盒子，金屬材質的表面居然泛起了水波一樣的漣漪，波紋飛快地擴散，布滿盒子表面，然後又很快消失不見，歸於平靜。

周煥盛目不轉睛地盯著這個盒子，開口說道：「這東西到底是用什麼製成的？」

他的聲音聽起來有點乾澀，彷彿來自另外一個時空。

「我不知道，你可以拿回去認真研究一下。」女生竟然發出了機器人一般的電子合成聲音，原來她的口罩下方還藏著一個變聲器。

說罷，她還真的把這個盒子用力一推，順著桌面一直滑到了周煥盛的面前。

周煥盛的嘴角微微抽搐，說：「妳知道這是什麼嗎？」

「傳說中的時間機器，我從某東歐小國的科學家身上『拿』回來的。」

「據說製造出這個機器的人，已經死了？」

「沒錯，很可惜，我拿到手才發現，這玩意兒根本不知道應該如何啟動。」女生咯咯地笑著，經過電子變聲之後不禁讓人毛骨悚然，「早知如此，我就應該留個活口的。」

周煥盛用手指輕輕撫摸著這奇特的金屬外殼，一陣微涼的觸感傳來，而盒子表面也同樣出現了那超乎想像的波紋圖案。

「沒想到光憑著司徒康公布的那些資訊，就有人能把時間機器研究到這個地步了。」他似乎自言自語般感慨了一句。

「所以說，它真能影響時間嗎？」女生似乎對這價值連城的時間機器漠不關心，純粹是出於好奇才發問。

周煥盛沒有回答，而是拿起盒子，問：「妳真的願意交給我們？」

「我小櫻桃行走江湖那麼多年，從來都是說一不二，一諾千金。」女生又發出了刺耳的笑聲，原來她就是只聞其名，不見其人的「櫻桃」，「但我也希望周老師和天時會能夠信守承諾，放小女子一條生路。」

「放心吧，誰願意惹上你呢？」周煥盛笑了笑，這時候，他面前的手機響了起來，他看了一眼訊息提醒，接通電話，「小鄧，有急事嗎？」

電話那頭，是鄧子雄略顯焦躁的聲音，「周老師，突然有一群來歷不明的人聚集在味魂餐廳門外。」

「到底是什麼人？」周煥盛大吃一驚，他對保密工作非常重視，也深信不可能有人能跟蹤到自己，沒想到會在這裡被人截住。

「我切換監控看看……啊，是談朗傑。」

「那傢伙又是怎麼找到我的？」周煥盛眉頭緊鎖，下意識攥緊了手中的時間機器。

與此同時，桌子另外一端的煤油燈突然熄滅了，房間頓時昏暗不少，周煥盛只覺得眼前一花，十秒鐘之前還好端端坐在那裡的「櫻桃」，現在已經不知所蹤。

真是個可怕的女人。

周煥盛一點都不擔心眼下被包圍的狀況，身為一名干涉者，他隨時都可以啟動時間倒流，回到安全的時刻。他只是很想知道，談朗傑到底是用什麼方法鎖定自己的位置的，好在時間倒流之後盡快填補上這個漏洞。

算了，還是先倒回一段時間吧。

雖然啟動時間倒流並不需要任何動作或者流程，但周煥盛卻有專屬於自己的儀式感。他閉上雙眼，默念倒數著「三，二，一」。

也正因為他閉著眼睛，所以沒看到手中那台時間機器的表面，出現了一個以逆時針快速轉動的光斑漩渦。

周煥盛突然感到自己的靈魂被狠狠地抽離出體外，這可是他經歷過無數次時間迴圈和時間倒流之中，從來沒有出現過的情況。

他想重新睜開眼睛，卻發現自己做不到。

時間，在瘋狂地反覆跳躍著。往前，往後，再往前，再往後……即使是萬裡挑一的干涉者，在這種未知的力量面前也完全無計可施。

「不可能，這到底是……怎麼回事！」

周煥盛痛苦地慘叫起來，他彷彿看到自己的身體分裂成無數碎片，散落在時間長河的不同片斷之中。

「這……不……可……能……」他一字一頓地說著，彷彿說出每一個字都要耗盡所有的力氣。

整個世界的時間線，在他的眼前化為一個巨大的漩渦。

第四章 漩渦

1

時間不明。
地點不明。
路天峰突然發現自己踏入了一個時間漩渦。
「這是……怎麼回事！」
上一秒，他還在郵輪的魔術劇場內與章之奇說著話，下一秒，他就看到了整艘郵輪陷入熊熊火海之中，甲板詭異地傾斜著，四周哀嚎不斷。
然而這個場景只持續了短短一秒鐘，眼前又變成了一個黑忽忽的房間，一具老年男人的屍體癱倒在椅子上。
路天峰還沒來得及看清死者的樣貌，又瞬間穿越到另外一個時空——他從來沒有經歷過這樣的體驗，每個時空只停留一秒左右，然後立即切換到下一個時間地點。
初遇陳諾蘭，呼嘯而至的子彈，狙擊槍的槍口，側翻燃燒的汽車，定時炸彈，犧牲的同伴，被抓獲的罪犯，審訊室內的對質……一個又一個熟悉的場景，彷彿讓他重溫了一遍自己的人生。
但與此同時，也有許多他從來沒見過的景象浮現眼前：醫院的產房，破落的山村小學，大雪紛飛的荒原，乾旱的沙漠，倒塌的高樓，甚至還有一場追悼會，會場內高掛著自己的黑白照片……這一切他不可能經歷過的東西，感受是如此真實，無論是喜怒哀樂，都深深觸動著他的心靈。

路天峰的腦袋快要炸裂開來了，他起碼經歷了上百次時空跳躍，之後有許多場景，都無法辨認了，此時他已經頭痛得眼淚直流，視野一片模糊。全身的力氣像是被抽乾一樣，軀體不由自主地倒下。

「碰！」

這是腦袋與地板相碰撞發出的聲響。

頭好痛——路天峰知道自己倒在地上，卻完全不知道現在是何時何地。有人將他攙扶起來，關切地在他耳邊說著些什麼，但他的耳朵一直嗡嗡地轟鳴著，過了好一陣子，才恢復正常，勉強辨認出陳諾蘭和章之奇的聲音。

「我在哪……」路天峰吃力地吐出這幾個字。

「我們一直在魔術劇場裡面啊，難道是……時間又發生倒流了？」章之奇扶著路天峰的身子，略帶不安地問。

「峰，你沒事吧？剛才你突然之間就變得臉色蒼白，毫無徵兆地摔倒了。」陳諾蘭焦灼萬分地說著，伸出手來摸了摸他的額頭。

「現在幾點？」路天峰沒有回答，卻是追問了一句。

「零點五十分。」

「我……剛剛經歷了上百次時間跳躍……」說完這句話，路天峰兩眼一黑，暈倒過去。

九月三日，凌晨零點五十分。

未來之光號，第十七層，1734房。

談朗傑癱坐在沙發椅上，上半身的襯衫已經被汗水濕透，額頭和臉上也全是豆大的汗珠，但他連擦一下的心思都沒有，只是不停喘著大氣。而于小冷則是四肢攤開，呈大字型躺在床上，雙眼微張，無神地望著天花板，好像是剛剛跑完了一場馬拉松似的，呼吸急促，滿臉通紅，脖子上全是汗水。

片刻過後，還是于小冷首先恢復了力氣，勉強坐起身來，「剛才……到底發生了什麼？」

談朗傑有氣無力地苦笑著，好不容易才開口說：「我看到了過去……和未來。」

于小冷跳下床，雖然腳步有點不穩，但還是站了起來，伸手去拉談朗傑。

「沒錯，我也是。」她的神色有點黯然，「我甚至看到了死亡。」

「死亡沒什麼可怕的，我們每個人的結局都一樣。」談朗傑在于小冷的攙扶下，終於站了起來，只是腳步還有點踉蹌。

原本他已經帶領手下包圍了味魂日本料理，正要揪出拍賣會的幕後黑手，沒料到時間線突然像發了瘋的公牛一般，連續不斷地跳躍著，讓他的身體承受能力超過了極限，差點以為自己就要一命嗚乎。而當這股莫名波動平靜下來之後，他發現時間大概倒流了半個小時左右。

「哥，難道這是幕後黑手在搞鬼？」利用時間倒流逃出困境，對感知者而言並不陌生，于小冷會這樣想也不奇怪。

談朗傑的臉色蒼白，似乎還沒從剛才的一連串衝擊之中恢復過來，他眉頭緊鎖，一言不發，下意識拿起手機，然後又放下。

他覺得，剛才之所以發生了一次極其異常的時間倒流，很可能是因為自己一口氣召集了太多人手，結果反而暴露了行蹤，打草驚蛇。

「時間機器也許真的存在……」談朗傑正色道：「但很可能出現了一些未知的故障，否則我們不會經歷如此詭異的時間跳躍。」

于小冷的神情有點沮喪，「接下來，我們該怎麼辦？」

「再去一次味魂日本料理，看看那裡到底發生了什麼事。」

「但……對方應該趁機逃跑了吧？」于小冷愕然地說。

「人可以溜掉，但證據和線索會留下來。」談朗傑笑了起來，臉上重新浮現出胸有成竹的表情，「我們只需要認真做一下現場勘查，就一定能發現關於賣家的線索。」

看著談朗傑的樣子，于小冷的心裡也稍微安定了一些。

「可是我們並不會什麼現場勘查啊？」

「妳和我確實不會，但某人也許會嘛。」談朗傑眨眨眼。

于小冷頓時醒悟過來，她想起了這艘郵輪上至少還有一位專業的警察——路天峰。

九月三日，凌晨一點。

未來之光號，第六層，如歌ＫＴＶ。

身穿服務生制服的鄧子雄推著餐車，來到十六號包廂門外。在天時會的幫助下，他跑到國外做了整容手術，也換了一個假身分，如今胸前戴著的那張工作人員名牌上赫然印著中文名「高朋」和英文名「Gooden」。

他來到十六號包廂門外，輕輕地敲了敲門。

「先生，包廂時間到了，請問您還需要繼續嗎？」

然而包廂內沒有任何反應。

「先生，我進來了。」鄧子雄等了片刻，心裡有點不耐煩，於是輕輕一推，包廂的門隨之滑開。

一股異樣而濃烈的臭味湧入鄧子雄的鼻內，他幾乎要嘔吐出來了。

原本鄧子雄來這裡是為了殺人，他準備了有毒的啤酒，想趁著「銀行家」失魂落魄，騙他喝下毒酒，但萬萬沒料到，打開門之後他竟然只看到了「銀行家」倒在地上的屍體。

「這……怎麼回事？」鄧子雄明明透過監視器看到「銀行家」還在埋頭喝悶酒，才開始動手準備毒酒，再推著餐車趕過來的，他很確定十五分鐘之前的「銀行家」還活得好好的。但現在，「銀行家」不僅已經死了，而且屍體都已經開始腐爛，散發出陣陣惡臭，看起來死亡時間可能超過一天了。

如此匪夷所思的景象，卻沒有讓鄧子雄過於驚慌失措，他雖然不是感知者，但好歹為天時會賣命多年，還是有點基本判斷力的。這具腐敗狀況不正常的屍體，很可能是因為在時間線上遇到了某些奇怪問題而導致。

鄧子雄立即退出包廂，掏出懷裡的手機聯繫周煥盛。在這一次天時會的「狩獵任務」當中，鄧子雄是負責衝鋒陷陣的戰士，而周煥盛才是那個穩居幕後運籌帷幄的真正獵人，之前的每一次時間倒流，也都是由周煥盛看準時機啟動的。

有時候，鄧子雄覺得自己只是組織內部的工具人，但他絲毫不介意，畢竟這個社會上的絕大部分人都是工具人，只不過他們並沒有意識到而已。能夠成為天時會的「工具」，已經比許多人更加幸運。起碼，他們擁有將時間玩弄於股掌之中的超能力。

可是周煥盛一直沒有接聽電話，話筒內空洞的電子響鈴聲，讓鄧子雄不禁莫名焦躁起來。不正常的事情實在有點太多了，從昨晚到今天凌晨，周煥盛每次都會第一時間接通電話，畢竟對他們這次的任務而言，隨時保持聯繫非常重要，一著不慎就可能滿盤皆輸。

電話那頭仍然沒有回音，鄧子雄的手心開始滲出汗水。

「還是過去看看吧。」鄧子雄終於放棄了通話的念頭，收起手機，隨手把餐車往旁邊一推，三步併作兩步地小跑起來。

按照原來的計畫安排，這時候周煥盛應該正在味魂日本料理與那個神祕女人「櫻桃」會面，難道是會面過程中發生了什麼意外嗎？

鄧子雄的臉抽搐了一下，他可從來沒有想過，如果光憑自己一個人，該如何面對當下的局勢。

九月三日，凌晨一點零五分。

未來之光號，第七層，魔術劇場。

路天峰睜開眼睛，發現自己坐在魔術劇場的觀眾席座位上，在他身邊，是神情焦灼的陳諾蘭、一臉嚴肅的章之奇和略顯緊張的童瑤。

「我怎麼了？」路天峰只覺得口乾舌燥。

「峰，你終於醒了。」陳諾蘭努力克制著不安的情緒，「剛才你突然就暈了過去。」

「我沒事，那只是不斷穿越時間所帶來的副作用……」

「不，沒那麼簡單。」一個冷冰冰的聲音從背後傳來，路天峰聽出了這是司徒康在說話，但回過頭時，卻只看到一位白髮蒼蒼，滿臉皺紋的老人家，感覺起碼有六十多歲了，唯有那一雙帶著垂垂暮氣的眼睛內，還能依稀辨認出熟悉的目光。

「你是……司徒先生？」

那老人冷笑起來，這笑容果然是司徒康特有的招牌，「路警官，大事不妙了，我相信你剛才也經歷過一段非常混亂的時間跳躍。」

「是的，你知道這是怎麼回事嗎？」路天峰的直覺告訴他，司徒康是知道內情的人。

司徒康長歎一聲，「其實我也是第一次遇到這種情況……不過想當年，我還在天時會內部接受培訓時，曾經接觸過相關的知識。」

司徒康停了下來，深吸一口氣，雙手微微顫抖著，似乎是因為剛才說了這兩句話，就已經累得不行了。

休息片刻後，他繼續說：「我們現在陷入了時間鎖死之中。」

「時間鎖死？」這個聞所未聞的新詞彙，讓路天峰一時之間陷入了迷茫。

司徒康舉起滿是皺褶的雙手手掌，十指交叉合攏，「這是一種非常特殊的情況，簡單來說，就是在一個範圍較小的空間內，同時有兩位干涉者發揮超能力，試圖影響時間線時，就會產生意想不到的衝突。」

司徒康一邊說，一邊將手腕扭曲起來，雙手擺成一個奇怪的姿勢。

路天峰問：「正是因為這場衝突，我才會在過去與未來之間來回跳躍，甚至還能看到一些根本沒有發生過的事情？」

「你所看到的那些沒有發生過的事情，其實發生在另外一條時間線上，也就是我們俗稱的平行世界。」

「平行世界？這東西真的存在嗎？」路天峰不禁發問。

「當然了，一條時間線就是一個平行世界，只不過在正常情況下，時間線相互之間絕對不會產生交集，平行世界的存在也是人類無法感知和證實的事情。」司徒康攤開了雙手，說道：「但如果有兩位干涉者同時啟動影響時間線的能力，不同的時間線之間就會互相干涉影響，其引發的後果難以預測，最極端的情況下，可能會導致某條時間線和相應的世界徹底崩潰。」

「崩潰的意思是？」一直在旁靜靜聽著的陳諾蘭打了個冷戰，忍不住問了一句。

「意思是整個世界都不存在了，啪，灰飛煙滅。」其實司徒康還想打個響指的，但他那老邁的手指已經無法發出清脆的響聲。

「別擔心，畢竟我們的世界依然存在。」路天峰安撫著陳諾蘭。

「但很可能有其他一些世界就此終結了。」司徒康淡淡地補充了一句。

陳諾蘭上前一步，緊緊抓住了路天峰的手，這樣可以讓她覺得安心一些。

「可你為什麼會變成這樣子？」路天峰看著司徒康的那一頭白髮，心中的困惑不減。

「這就是時間鎖死現象，因為郵輪上有多位感知者存在，因此每個人都代表著一條不穩定的時間線，各人的時間線相互影響，導致這個世界的時間線陷入了閉環。據我所知，在時間鎖死的無限迴圈之中，即使時間倒流，感知者本人的狀態也不會隨之重置，也就是說如果你受傷了，你會帶著傷口經歷時間迴圈，如果你在某次迴圈之中死了，那麼時間倒流也不會讓你復活——我之所以變得如此蒼老，正因為我經歷的時間迴圈次數要比你多得多，而在這些迴圈之中，我會不斷地變得更老。」

路天峰有點不太理解，「難道我們所經歷的時間迴圈次數並不一樣嗎？」

「沒錯，對你而言，這可能是你感知到時間鎖死之後的第一次經歷，但對我而言，卻已經度過了二十多年這樣的日子……」

「真的嗎？」路天峰大吃一驚，他無法想像在同樣的時間迴圈之中不斷地老去，到底是一種怎麼樣的感覺。

「是的，這段鎖死的時間，長度大概為三十三分鐘，從九月三日的凌晨零點四十五分開始，到一點十八分結束，然後時間又會重返到零點四十五分。」司徒康唏噓地歎息道：「其實以上這一段解釋，我也已經跟你說過無數次了。」

路天峰愣了愣，「可是在我的記憶當中，這確實只是第一次。」

「是的，時間線的衝突就是那麼玄妙，有些人經歷了二十年，有些人只經歷了兩天，甚至兩個小時，但可能對某人而言，就已經經歷了上百年的時光……」

路天峰能感到，陳諾蘭抓住自己的手，下意識地加重了力度。

「是誰經歷了上百年？」

「你遲早會知道的。」司徒康的臉色冷峻起來，「現在，我還有另外一件更重要的事情得告訴你。」

「說吧。」

「理論上是有辦法打破時間鎖死的，需要滿足的條件是讓時間線中的感知者數量盡可能地減少。如果出現時間線衝突的這個空間範圍之內，只留下唯一一條時間線，那麼鎖死狀態就一定會解除了。」

「唯一的時間線？」一種不祥的預感籠罩在路天峰的心頭，「如果照你所說，每位感知者代表著一條時間線，豈不是需要確保郵輪上只剩下唯一一位感知者？」

「路警官實在是聰明，一點就通。」

路天峰苦笑道：「難道你是在慫恿我去殺人嗎？」

司徒康沒有回答，只是輕輕地搖搖頭，「每一次，你都會說出同樣的話，看來無論經歷了多少次時間迴圈，有些東西還是永遠不會改變的啊。」

路天峰沉默了，他還在心裡暗忖著到底要不要相信司徒康的話，畢竟這一切都可能只是司徒康編造出來的謊言。

然而司徒康的老態龍鍾，卻不可能是利用化妝技術製造出來的效果，這又該如何解釋呢？

「我累了，不多說什麼了，希望這一次，會是一個新的開始吧。」司徒康說完，默默地閉上了眼睛，一副想要睡覺的樣子，「我已經這樣祈禱過千百次，卻從未實現。」

路天峰看了一眼陳諾蘭，只見她也陷入了沉思之中。

九月三日，凌晨一點十分。

未來之光號，第十二層，味魂日本料理。

談朗傑特意吩咐他們的手下四處散開，盡量不要引人注目，他則跟于小冷兩人手牽著手，如同情侶般邁進餐廳大門。

「先生您好，請問有訂位嗎？」站在門外的服務生立即殷勤地上前招呼。

「我們有一位朋友，事前預約了包廂。」

「包廂？」服務生臉上露出了困惑的神色，他低頭看了看手中的記錄本，「對不起，我們這裡並沒有預約的記錄……」

「可以讓我們進去看一下嗎？」談朗傑說得很客氣，動作卻非常強硬，一隻腳已經邁開了步子。

在這種高級餐廳，服務生阻攔客人的情況是不可能發生的，於是那年輕的服務生連忙後退一步，把路讓給談朗傑和于小冷。

二人徑直走到包廂門外，只見每個包廂都是一片漆黑，根本不像有人在裡面的樣子，談朗傑和于小冷交換了一下眼神，都看出了彼此眼中的迷茫。

「真的沒人來過嗎？」

談朗傑和于小冷連續查看了幾個包廂，裡面都是空無一人，直到談朗傑推開最後一個包廂的門時，一股涼意撲面而來，他不禁打了個寒顫。

這個包廂裡同樣也是安安靜靜的，沒有一絲生氣，但在昏暗之中，能隱約看到一個人形的影子，靠在包廂的角落處。

「是誰？」于小冷眼明手快，按下了門邊的電燈開關。

包廂內一下子變得明亮起來，兩人也同時看清楚了剛才那個影子——原來是一具已經變成古黃色的骷髏骨頭，歪歪斜斜地倚牆而坐。骷髏的頭骨與脖子之間扭成了九十度角，好像腦袋隨時要掉下來似的，而在原本眼睛位置那兩個黑忽忽的空洞，就像在死死盯著談朗傑和于小冷。

「啊呀呀呀！」談朗傑和于小冷畢竟經歷過不少事情，還勉強沉得住氣，而跟在他們身後，生怕鬧出什麼事端的那個服務生，頓時嚇得慘叫起來。

「到底是什麼情況？」談朗傑一半是驚愕，一半是不滿地回頭望向服務生，這包廂內出現了一具骷髏，服務生總不可能裝作不知情吧？

「我我我不知道啊……」沒想到那服務生還真是臉色煞白，渾身顫抖，結結巴巴地說了兩句話後，雙眼一翻，竟然嚇得暈死過去。

「哥，他還真不是裝的。」于小冷快步上前，翻開服務生的眼皮看了看，又摸了摸他的脈搏，確定人確實是暈過去了。

「船上可能發生了一些超出我們理解的怪事……」談朗傑的話剛說到一半，眼角餘光就瞄到了一個男人。那人同樣是穿著郵輪工作人員的制服，但動作鬼鬼祟祟的，原本似乎想要走過來這邊，但一看見談朗傑的身影，就立刻回頭逃跑了。

「小冷，追上去。」

于小冷抬起頭，立即鎖定了目標。她與談朗傑早就建立了良好的默契，也根本不需要多問，第一時間就拔腿衝了過去。

九月三日，凌晨一點十六分。

未來之光號，第七層，魔術劇場。

路天峰休息了一會兒，感覺身體狀況大致恢復了正常。如果司徒康所言非虛，那麼兩分鐘之後，時間就會倒流，重新回到零點四十五分。

路天峰從懷裡拿出了一支簽字筆，打開筆蓋，猛地在自己的手背上戳了一下。輕微的刺痛感傳來，手背頓時出現了一個小小的傷口。

「我是第幾次這樣做了？」

「數不清了。」司徒康乾巴巴地苦笑著。

「如果我還陷在時間漩渦之中，我的一切都會重置？」

「是的，只有兩種可能性，第一，你的一切會徹底重置，失去這三十三分鐘內的所有記憶，身上的傷口不會存在，那就證明時間漩渦還在影響著你；第二種可能性就是你終於突破了時間漩渦，但走進了時間鎖死，那麼你的記憶就會持續，身體上受到的傷害也不會復原。」司徒康答道。

「真有意思，如果我是不死之身，那麼我將一無所知；反之，如果我還記得關於時間鎖死的一切，我也就隨時可能面對死亡。」

「嗯，大概就是這樣子。」

路天峰看了看陳諾蘭，又問：「司徒先生，在你陷入這十多年的時間鎖死之中，難道你就沒有嘗試過殺死我嗎？」

「殺死一個還在時間漩渦中的感知者是沒有意義的，因為這個人會復活。」司徒康露出了詭祕的微笑，「對了，我是個科學家，當然是實驗過後才能得出結論。」

「我明白了……」路天峰話音未落，眼前突然一花，就像電視切換頻道一樣，時間悄然無聲地倒流了。

九月三日，凌晨一點十七分。

于小冷很快就要追上跑在她前面的那個工作人員了。她的工作任務之一，就是保護談朗傑的人身安全，日復一日的專業體能鍛鍊和格鬥技巧學習，讓她的體能不但遠勝普通的女孩子，就連那些看起來肌肉健碩的男人也未必是其對手。

她覺得自己就是為了這種時刻而活著的。

「停下來！」離男人還有一步之遙時，于小冷猛地一蹬腿，原本已經很快的速度，竟然還能再提升一個層次。

她如同離弦之箭一般，撲向那個驚慌失措的男人。

男人大喝一聲，狠狠地往正後方來了一記踢腿。

但在于小冷的眼中，這只是毫無意義的困獸之鬥。

她微微側身，舉起手臂硬接了男人一招，然後順勢反手抓住他的腳踝，狠狠地用力一拉，把他整個人拉倒在地。

但就在小冷準備上前壓住男人的一瞬間，她的眼前先是一黑，短暫的黑暗之後，她發現自己回到了三十三分鐘之前的房間裡。

2

九月三日，凌晨零點四十五分。

鎖死狀態，第二迴圈。

未來之光號，第七層，魔術劇場。

路天峰眨了眨眼，腦海裡快速檢索了一下，確定自己依然擁有之前的記憶，他再看了一眼手背，墨水的痕跡和筆尖刺穿所造成的小小傷口，歷歷在目。看來司徒康所說的三十三分鐘鎖死迴圈，正式開始了。

「峰，你還好嗎？」耳邊響起陳諾蘭關切的問候。

「我很好……然而事情有點棘手。」

「棘手？」一直在旁的章之奇也不禁發問。

「一言難盡，簡單來說，我們陷入了一個只有三十三分鐘的時間鎖死裡頭。」路天峰環顧四周，司徒康還沒出現，但也差不多了，「所以我必須在這三十三分鐘之內解決問題，否則整個世界又會重置。」

路天峰故意略過了感知者無法隨著時間倒流而重置這點，因為他不希望陳諾蘭過於擔憂。

「時間鎖死？那要怎麼解決？」章之奇聽得一頭霧水，陳諾蘭也好不了多少，滿臉茫然。

但其實路天峰也不知道答案，他只好把目光投向劇場的入口處，一分鐘之內，那個也許可以給出解決方案的人，馬上就會出現。

九月三日，凌晨零點四十五分。

鎖死狀態，第二迴圈。

未來之光號，第十七層，1734房。

于小冷用力地眨了眨眼，彷彿身處夢境之中，而坐在她身旁的談朗傑，臉上同樣掛著極其困惑的表情。

「小冷？這是怎麼了？」

「時間倒流了吧……但感覺有點不一樣。」于小冷皺著眉頭，一時說不出心底那股不安的感覺到底從何而來，直到她察覺到右手的手臂隱隱作痛，然後抬起手臂一看，上面有一道新鮮的紅印。是鞋印，于小冷立即想起了剛才用右臂擋下的那一記飛腿攻擊。

「怎麼可能？」她輕輕地撫摸著肌膚上這道詭異的印記，手指接觸到印記的時候，輕微但清晰的痛楚傳遞到她的大腦處，告訴她，這是真的。

「時間倒流了，但身體狀態並沒有重置？」一貫穩健沉著的談朗傑，臉色頓時變得嚴肅起來，他溫柔地抓住于小冷的手臂，仔細地觀察起來。

「哥，你之前聽說過這種現象嗎？」

談朗傑搖搖頭，「並沒有，這根本是不可能發生的事情吧……」

但他們很清楚，事情的確發生了，再加上在「味魂」日本料理包廂內發現的那具骷髏，這艘郵輪上發生的所有事，都透露著一股前所未有的神祕氣息。

「要不我們再去一次『味魂』吧！」于小冷咬咬牙，站了起來。

「我建議我們得先搞清楚狀況。」談朗傑思索片刻，說：「如果貿然行動，可能會有危險。」

「那該怎麼辦？」于小冷早就習慣遇事不決就聽從談朗傑的意見。

「我想知道其他人的情況。」談朗傑知道，越是關鍵時刻，就越是要保持冷靜，因此他強迫自己靜下心來，認真分析眼前的局勢，「我們還是先去找那個警察路天峰吧。」

「不知道他會不會也遇上了類似的事情？」

談朗傑苦笑道：「我猜，很有可能……」

九月三日，凌晨零點五十五分。

鎖死狀態，第二迴圈。

未來之光號，第七層，魔術劇場。

司徒康坐在劇場的觀眾席上，一臉怡然自得的表情，也許是因為他發現路天峰終於還是捲入了時間鎖死之中，這就意味著原本無解的局面，終於出現了一絲曙光。

路天峰和司徒康首先花了幾分鐘時間，向陳諾蘭等人簡單扼要地解釋了目前的狀況，雖然僅有的三十三分鐘時間非常寶貴，但這個解釋還是必要的——而且以後每當閉環開始時，都得重新解釋一遍，實在是無奈。

「所以我們的目標就是排除所有干擾因素，打破時間鎖死？」章之奇和童瑤都露出了左右為難的神色，畢竟他們和路天峰一樣，無法接受這個需要殺人才能自救的方案。

而陳諾蘭想到了另外一個問題，「時間鎖死真的能被打破嗎？我們會不會永遠被困在這三十三分鐘裡面？」

「即使是這樣，普通人也不會有任何感覺的。」司徒康說，「如果時間鎖死無法打破，這無盡的痛苦只會由感知者承受。而且我認為，當這裡只留下唯一一名感知者，鎖死局面就一定能打破。」

陳諾蘭不由自主打了個冷戰，「這到底要犧牲多少人？」

「我們可以詳細統計一下。」司徒康似笑非笑地說：「但同時也可能遇到最樂觀的情況，就是不需要殺死那麼多人，只需要消滅一到兩個感知者即可。」

「那麼，這艘郵輪上到底有多少名感知者？」章之奇問。

路天峰答道：「我和司徒先生，然後再加上那神祕的『櫻桃』，還有那一對年輕人，談朗傑和于小冷……」

「我好像聽見了我的名字。」就在這時候，談朗傑大步流星地走進了劇場，他的身後跟著的人正是于小冷，「看來我也有資格出席這次會議吧？」

「歡迎二位。」路天峰向談朗傑點了點頭，算是打了個招呼。

「有人能告訴我，到底發生了什麼事嗎？」談朗傑的目光落在了蒼老的司徒康身上。

路天峰愣了愣，一時之間不知道該不該把司徒康的猜想告訴談朗傑。照實說吧，說不定接下來他們就會兵戎相見；要是瞞著對方不說，又似乎意味著他跟司徒康這條老狐狸達成了心照不宣的同盟關係，這也並非路天峰的本意。

「我們在統計這艘郵輪上的感知者人數。」司徒康巧妙地岔開了話題。

「哦？然後呢？」

「然後我們目前所遭遇的困難，需要所有的感知者通力合作，才有可能解決。」

「我想知道，具體要怎麼樣做？」談朗傑可不是那麼容易糊弄過去的，他一直都牢牢抓住核心問題不鬆手。

「先把所有感知者找出來，再討論下一步吧。」司徒康的臉皮也是夠厚，明知道自己答非所問，卻還是若無其事地說著。

「司徒先生閃爍其詞的態度，讓我想起了一則古老的傳說。」談朗傑的聲音沉了下去，「雖然我條件有限，但這些年來也竭盡所能去瞭解關於時間的祕密。我曾經在一本古書裡面看過一段話，說這個世界的時間線之所以會發生混亂，正是因為有感知者的存在，如果能夠把所有感知者都消滅，時間的流逝將會永遠恢復正常。」

不知道為什麼，于小冷似乎倒吸了一口氣。

談朗傑繼續說：「那時候我只把這個傳說當作無稽之談，更何況，我根本不知道這個世界上有多少感知者，又怎麼可能把他們全部找出來呢？不過，如果只是將一艘船上的感知者全部找齊並消滅，那還是有機會成功的。」

司徒康嘿嘿地怪笑一聲，「年輕人，不要那麼衝動，難道你會為了這個毫無根據的猜想就準備去殺人嗎？」

「那就得請司徒先生為我指點迷津了，我們到底遇到了什麼情況？為什麼我們剛才經歷了成千上百次瘋狂的時間穿越？最近一次時間倒流發生後，我們身上的傷口為何依然存在？你為什麼要尋找郵輪上所有的感知者？找到之後又準備做些什麼？」

這一連串的問題，讓司徒康難以招架，路天峰更是重重地歎了一口氣。

「我說，既然我們擁有足夠多的時間，那麼乾脆把事情攤開來討論吧。」路天峰直視著談朗傑的眼睛，真誠地說：「也許我們最終會成為敵人，但在此之前，我想先努力嘗試一下，看大家能否交個朋友。」

談朗傑聽了這話，不自覺地翹起了嘴角，「這可是我的榮幸。」

司徒康卻只是冷冷地哼了一聲。

九月三日，凌晨一點。

鎖死狀態，第二層，第二迴圈。

未來之光號，船長室。

房間內的沉默和尷尬，終於被黃良才腰間別著的呼叫器響聲所打破。

「什麼情況？」黃良才接通呼叫器，語氣壓抑地問了一句。他很清楚下屬沒事不會直接驚動他，因此每當呼叫器響起，都意味著有一個難以處理的壞消息。

「黃……黃主任……」

「是我，說吧！」對方慌慌張張的語氣，讓黃良才越發不安。

「死……死人了……」

「在哪裡？」又一起死亡事件，黃良才看向杜志飛，後者卻顯得心不在焉。

「如歌KTV……但……現場好奇怪……」呼叫器的那頭，依然是吞吞吐吐，畏畏縮縮的聲音。

「等我過去再說。」黃良才對自己下屬的能力還是有一定的把握，遇到重大問題時保持鎮定，是身為郵輪保全人員的基本素養，不知道到底是什麼樣的狀況竟讓他們方寸大亂。

黃良才關掉呼叫器，向杜志飛打了個招呼，「杜總，我先過去看一看。」

杜志飛點了點頭，送走了黃良才後，才長歎一口氣，站起身走到船長室的門邊，反鎖上鐵門。然後他又走向船長室的另外一端，打開了一道做工考究的木門。

這道木門的背後，就是杜志飛的專用豪華臥室——為了工作和起居便利，身為郵輪主人的他當然不會虧待自己，船長室和臥室之間有這扇門相互連通，來往方便，而兩個房間又各自都有一道門通往外部走廊，必要時可以作為完全獨立的兩個空間使用，互不干擾。

杜志飛只感到疲累萬分，他攤開四肢，重重地躺倒在床上，仰面看著天花板，心情依舊沉重。

一旦閉上眼睛，他就會想起賀沁凌……

「杜總。」

是賀沁凌的聲音，杜志飛嚇得一個激靈，狼狽地從床上爬起來，同時右手胡亂地在床上摸索著，似乎想隨便抓點什麼東西在手中當作武器。

「杜總，不要喊，不要慌張，我在這裡。」

從浴室裡走出來的，是身穿黑色夾克和深藍色牛仔褲的賀沁凌。

杜志飛瞪大眼睛，似乎一時之間失去了思考能力。

賀沁凌笑了，這正是他非常熟悉的笑容，充滿自信和魅力。

「你是不是聽他們說我已經死了？」

杜志飛呆呆地點頭。

「你有親眼去確認過屍體是我嗎？」

杜志飛搖頭。

「是不敢去？還是不忍心去？」女人臉上的笑容越來越燦爛。

「我……」杜志飛好不容易才擠出一個字來，僵硬地坐到了床上。

「幸虧你沒有去現場，否則你很可能會發現，那個人並不是我。」女人一邊說，一邊脫下黑色夾克，穿在裡面的是一件白色短袖運動T恤。

杜志飛的嘴角在抽搐，他幾乎可以百分百肯定這個人才是真正的賀沁凌，那麼之前死在賭場洗手間裡的那個人又是誰？

女人邪魅一笑，輕輕拉起了T恤下擺，露出了雪白光潔的腰肢肌膚。她的肚臍旁邊，有一小顆黑色的痣。

杜志飛當然認得這顆痣。

「所以……那個女人是誰？」

「她是我的替身，不，嚴格來說，我是她的替身。」女人走到床邊，伸出手，輕輕地撫摸著杜志飛的臉頰。杜志飛只覺得渾身上下沒有一丁點力氣，想避開卻又不敢避開。

「妳……為什麼……」他結結巴巴地問。

「她才是真正的賀沁凌，而我只是借用了她的身分。」女人突然縮回了手，變得一臉嚴肅，「杜總，幫我一個忙，暫時把我藏在這個房間裡面好嗎？」

「好……好的……」杜志飛並沒有想到任何拒絕的理由，事實上，他的腦海裡只有一團理不清的亂麻。

「你真棒。」女人捧起他的臉，重重地親了一口他的額頭。

杜志飛這時候才意識到，自己的額頭上全是汗水。

「妳……到底是誰……」

「噓。」女人將手指放在嘴唇上，做了一個噤聲的手勢，「千萬不要問我這個問題，因為所有知道答案的人，都已經死了。」

一顆豆大的冷汗，緩緩滑過杜志飛的鼻尖。

九月三日，凌晨一點十分。

鎖死狀態，第二迴圈。

未來之光號，主甲板，露天酒吧。

魔術師謝騫就這樣靜靜地坐在角落裡，面前的酒杯始終是滿的，而他的手指則一直有節奏地輕輕敲打著桌面，旁人並不知道，他可以憑藉著這個動作精準推算出時間流逝的速度。

那個女人還是沒有來，她也許並不是遲到，而是永遠不會出現了，無論是在當下的時間線，還是其它時間線內——沒錯，謝騫也是一位感知者，他經歷了剛剛那場可怕的時間漩渦後，對自己身處的時間感到了強烈的不安。

謝騫心裡有種莫名的失落，雖然從她第一次神祕地出現在他眼前開始，他就知道這一定是個沒有好結局的故事。

他不禁回想起兩人第一次見面時的情景——

「我還知道很多關於你的事情……今天我是特地來邀請你和我一起，共同演出一場超華麗的魔術。」

那時候她發出的邀請充滿了危險的氣息，但這沒有嚇倒謝騫，反而激起了他的好奇心和好勝心。

「哪一種超華麗的魔術？」

「改變整個世界。」她的語氣一本正經，讓人很難不相信是真的。

「我……能夠為妳做些什麼嗎？」

她笑了，「很簡單，一切聽我安排即可，不過首先，你要招攬這個人來當你的魔術助手。」

她遞給他一張照片，照片上的年輕女子，和眼前的女人有八、九分相似，乍看起來就像是同一個人。

謝騫愕然，「這人和妳有什麼關係？魔術助手可不是誰都能當的，需要一定的天賦和身體條件……」

「你覺得我不懂魔術嗎？」她嫣然淺笑，讓他心神不免蕩漾，「放心吧，所有事情我都安排好了，你只需要走個流程，讓她成為你的助手即可。」

「我要去哪裡找她？」

「你不用找她，她會來找你。另外，你要準備一下，下個月離開美國，回國去面試一份郵輪魔術師的工作。」

謝騫的眉頭緊皺起來，「這……我總不能糊裡糊塗，說走就走吧？你能把事情的來龍去脈向我解釋清楚嗎？」

「不，一無所知就是你的最大優勢。我會再聯繫你的。」她將一支手機塞給謝騫。

「但我不可能單憑妳這幾句沒頭沒腦的話，就放棄現在的生活啊……」

「現在的你，哪有什麼生活可言。」她輕描淡寫地揭穿了他的偽裝，「在異國他鄉隱姓埋名，就算你有再高超的魔術手法，也只能在酒吧哄小女生，而且還窮到快吃土了。」

「這個……」謝騫一時啞口無言。

「我會給你一百萬美金，今晚就入賬，跟我走吧。」

「一百萬美金？」謝騫瞪大眼睛，懷疑自己聽錯了。

「這只是訂金，事成之後，我會再給你五百萬美金。」

「妳是要走私軍火，還是販毒？」謝騫知道這個價錢不可能是聘請他去表演什麼魔術，簡直想要買下他的命了。

「放心吧，只要你聽我指示，你不會有任何危險的。」

「我……」

「我知道關於潔茹的事情。」沒有等待謝騫的回答，那女人就瀟灑地站了起來，向他揮揮手，消失在熙熙攘攘的人群之中。

他最終沒有拒絕她，既是因為他無法拒絕如此巨額的金錢誘惑，也是因為對方說出了那個宛如魔咒的名字。

「她怎麼會認識潔茹……」

一個月後，謝騫按照她的指示，回國通過了未來之光號郵輪的魔術師面試，同時也聘請了照片上的女孩小凌作為他的魔術助手。有意思的是，小凌似乎也不清楚那名神祕女子的底細，謝騫唯一能夠打聽出來的消息，就是小凌同樣收到了一筆巨額報酬，其中一個條件是她得擔當謝騫的魔術助手，另外一個條件，則是小凌要把自己的真實身分和姓名「借」給那個奇怪的女人。

於是那個女人就大搖大擺地使用了小凌的真名，以「賀沁凌」的身分出現在眾人面前。謝騫自始至終不知道她的名字，而在心裡，他會默默稱呼她為「魔女」。

魔女信守著她的承諾，並沒有讓謝騫做任何違法犯罪的事情，雖然指定了他的工作和助手，但郵輪魔術師的工作壓力並不大，小凌也是個合格的魔術助手，因此對他而言，這次奇遇除了讓他的荷包一下子鼓起來之外，並沒有任何的負面影響。

但謝騫在心底裡一直暗暗提防著，他知道事情不可能那麼簡單，魔女是個非常聰明，甚至應該說是無比狡詐的人，她怎麼可能平白無故地送錢給他？

謝騫很清楚，自己捲入了一個非同小可的漩渦之中，然而他別無選擇，與其在美國的小酒館裡蹭一輩子，倒不如趁著還有幾分雄心和鬥志，放手一搏，反正他已經沒有什麼東西可以失去了。

這看似風平浪靜的日子，終於在昨天戛然而止。先是傍晚時分，他按照魔女的吩咐，和小凌在主甲板上演了一場近身逃脫的魔術，雖然當時他不知道這場魔術的用意何在，但後來他猜到了，那應該是為了試探路天峰的底細。

然後是昨天晚上，魔女讓他利用一輛改裝過的手推車，將小凌神不知鬼不覺地送進賭場ＶＩＰ區。對一位魔術師而言，這是簡單得不能再簡單的小把戲了，他一開始還以為魔女只是想在賭場裡為貴賓表演一場即興魔術而已，沒想到半小時後，他聽到了「賀沁凌」被殺害的消息。

魔女哪有那麼容易死掉，死者應該是小凌吧……如果真是這樣，那麼謝騫就是殺死小凌的共犯。

可惜的是，謝騫並沒有合理的藉口去接觸案件調查工作，所以只能暫時將這份疑惑藏在心裡，默默觀察著事態的發展。沒過多久，下一名死者丁小刀出現了，而且是死在他所負責的魔術劇場之內，就在那一刻開始，他覺得自己很可能會成為魔女的棄子。

不過謝騫還是竭力保持鎮定，硬著頭皮跟路天峰周旋了一番，反正人不是他殺的，無論再怎麼懷疑他，也不可能找到所謂的犯罪證據。好不容易才從魔術劇場脫身，謝騫立即按照之前和魔女約定的暗號，試圖聯繫上她，但一直沒有回音。

魔女的回覆遲遲未到，那一場前所未見的時間漩渦卻毫無徵兆地降臨。他只覺得整個人都要被時間洪流撕成碎片了，他的過去，他的孤獨，身為感知者經歷過時間迴圈之後，他變得敏感和多疑，懷疑世界上的一切，每天都感到極度不安，而身邊人只會認為他是個神經兮兮的怪胎，幸虧遇到了那些不可思議的魔術，才帶給他一點點溫暖的安慰。

他以為自己早就走出了那個孤寂的漫漫長夜，只是沒想到，剛才那一連串不可思議的時間跳躍，讓他再次重溫了一個又一個難受至極的場景。

尤其是，他又見到了潔茹，他的初戀。

他們是同一所大學的學生，在校園裡因魔術而結緣，時常一起研究和練習各種複雜的魔術手法。潔茹說，她的目標是要成為全國第二厲害的魔術師，而第一厲害的位置，當然是留給了謝騫。

他曾經以為，他們會天長地久，她會永遠愛他，永遠信任他。

直到他鼓起勇氣，向她坦白了自己內心深處的最大祕密——他是一個能夠感知時間迴圈和時間倒流的人，所以內心總會有一種不安定的感覺，生怕今天好不容易爭取到的幸福，轉眼之間就會回到原點。

那一刻，潔茹看他的眼神，就像看一個瘋子。從此以後，潔茹總是有意無意地勸他去看心理醫生門診，而他總是口頭答應，實際上根本不想去。

他們的戀情漸漸冷卻，幾個月後，潔茹提出了分手，他雖然萬分不捨，也只能忍痛答應，沒料到的是，兩人分手才不到一星期，潔茹就有了新的戀情，而且根據同學之間的各種流言蜚語推測，潔茹在和謝騫正式分手之前，已經跟新男友關係極其曖昧。

那時候，被妒火蒙蔽理智的他，做出了一個瘋狂的決定：他利用某天發生了時間迴圈的機會，在第二、第三和第四迴圈內，用三種不同的手法殺害了潔茹。當然了，在第五迴圈時，他什麼都沒做，但殺死潔茹的快感刺激非常強烈，而他似乎迷戀上這種感覺了。

接下來，他多次趁著時間迴圈的機會，一次又一次殘忍殺害了潔茹，直到最後一次，他的情緒徹底崩潰了，在第五個迴圈之中，犯下了不可饒恕的罪行。

他真的徹徹底底殺死了潔茹。諷刺的是，在不存在的時間裡已經多次殺人的他，練就了相當成熟的偽造現場技巧，最後潔茹之死被警方以「意外死亡」結案，而他也不願意繼續留在那座城市，選擇了遠走高飛，到美國闖蕩。

這就是謝騫人生之中，最危險也最華麗的一場魔術表演。

那麼多年過去了，謝騫好不容易才淡忘的回憶，卻在這洶湧無情的時間漩渦中，接二連三地反覆重溫：溫柔的愛意，無情的背叛，妒忌的怒火，絕望的復仇，殘忍的罪行……

謝騫痛苦地按住自己的太陽穴。

那個冷酷奸詐的魔女，將他引入這場可怕的時間大災變之中，自己卻準備隱身幕後，坐收漁翁之利，哪有那麼便宜的買賣？

雖然謝騫依然摸不清魔女的計畫是什麼，但他覺得一定有辦法從中作梗。

「背叛我的人，都不會有好下場。」

謝騫一口喝完了杯子裡的烈酒。

九月三日，凌晨一點十五分。

鎖死狀態，第二迴圈。

未來之光號，第七層，魔術劇場。

聽完司徒康講述眼下的狀況後，于小冷的臉色蒼白，不由自主拉著談朗傑的手，肩膀微微顫抖著。她當然明白，如果司徒康所說的一切都是真的，那麼她和談朗傑兩個人就不可能同時活下去。

陳諾蘭同樣是握緊了路天峰的手，跟上一迴圈時一樣，但不知道為什麼，路天峰感到這次陳諾蘭手中的力度好像變得更大了。

「然而這一切，都只是你的推測。」談朗傑看著司徒康，心裡飛快思考著這些話的可信度。

「但目前所有已知的事實，都印證我的推測是正確的。」司徒康淡淡地回了一句。

「或者你只是希望煽動我們自相殘殺。」

「我沒必要在這裡跟大家爭辯什麼。」司徒康歎了口氣，「反正時間轉瞬即逝，你們很快就會知道到底有沒有辦法打破時間鎖死的局面。」

說完這句話後，司徒康果真沉默下來，只是低頭看著手腕上的手錶。

一點十六分三十秒，再過一分半鐘，整個世界又將重置到零點四十五分時的狀態。唯一不會重置的，就是幾名感知者的身體和記憶。

「不管怎麼說，我們都得先把謝騫和『櫻桃』找出來。」路天峰說。

然後呢？然後應該怎麼樣做，他確實沒法回答。殺人當然違背了他的良心和原則，但如果殺死那幾個人，是解救這個世界的唯一辦法呢？明明擁有打破時間鎖死能力的他，就這樣袖手旁觀，眼睜睜地看著屬於全人類的時間不斷在這三十三分鐘之內不斷迴圈嗎？

陳諾蘭溫暖的聲音在他的耳邊響起：「峰，不管你作出什麼決定，我都會支持你。」

真的嗎？路天峰在心內反問了一句，但他沒說出口。

如果我因此需要殺害無辜的人，妳也會支持我嗎？

路天峰看著陳諾蘭，而她的眼中只有堅定的信念和純潔的目光。那一瞬間，他懂了，她是相信自己永遠不會做出違背良知的事情來。

「如果接下來再發生時間迴圈，我們就不來這裡打擾各位了。」談朗傑似乎已經打定了某個主意，「我們會用自己的方法，去嘗試解決問題。」

路天峰從談朗傑的神色裡，讀出了一種充滿危險的氣息，但他無法出言勸阻。因為時間已經來到了凌晨一點十八分，新一輪的鎖死迴圈開始了。

3

九月三日，凌晨零點四十五分。

鎖死狀態，第三迴圈。

未來之光號，第十七層，1734房。

上一秒還在魔術劇場的談朗傑和于小冷，此刻重新出現在自己的房間內。談朗傑幾乎沒有半點停頓，邁步就向門外走去，而于小冷突然張開雙臂，攔住了談朗傑的去路。

「哥……」

「怎麼了？」即使是一向擅長隱藏自己情緒的談朗傑，也不由得露出了驚訝的神色。

「你想去哪裡？」于小冷微微抬起頭，直視著談朗傑的眼睛。

「想辦法打破這個閉環的局面。」談朗傑看著于小冷，在她的眼眸裡看到了罕見的決絕與堅持。

「你想要去殺人嗎？」于小冷向前走了一小步，這時候兩人之間的距離不到半公尺了。

「小冷，我們並沒有太多選擇的餘地。」

「哥，難道我們要為了自己的生存而不惜去犯罪嗎？」

「對於世界上的普通人而言，無限閉環的這段時間並不存在，因此我們無論做了什麼，都沒有違反任何法律。」談朗傑看著于小冷，面不改色地說：「包括殺人，也不是犯罪。」

「那麼，我呢？」于小冷的眼眶裡閃著光芒，「我們都是感知者，如果你需要殺了我才能打破閉環局面呢？」

談朗傑的嘴角微微抽搐了一下，然後很快恢復正常。

「我絕對不會傷害妳的。」

「那麼閉環還會繼續存在啊，除非……」于小冷突然想到了一種更加殘酷的可能性，臉色突然變得煞白。

除非她和他之間，只有一個人能活下來。

如果談朗傑不準備傷害自己，他所能做出的唯一選擇，就是犧牲自己。

「哥，你需要冷靜一下。」于小冷一把抓住了談朗傑的上臂，「千萬不要衝動。」

「我很冷靜，需要冷靜的人是你。」談朗傑試圖掙脫于小冷的手，然而她那看似纖細的玉手卻有著不可思議的強大力量，不管談朗傑如何用力，于小冷的手就是完全紋風不動。

談朗傑似乎是認輸了，歎了一口氣，「那麼妳說，我們該怎麼辦？眼睜睜看著這個世界就困在這半小時內不斷重覆嗎？」

「一定還有其它解決方案的……」于小冷嘴裡是這樣說，但她的心裡連一點把握都沒有。

「小冷，我們不可以那麼自私。」

「自私？」于小冷一時沒反應過來。

「為了自己所謂的善良、底線和原則，甘願讓整個世界成為我們的陪葬品。」

于小冷瞪大了眼睛，她從來沒試過從這個角度去考慮問題。

「現在我們最需要的是一位冷酷無情的劊子手，用他那沾滿鮮血的雙手，打破時間鎖死的局面。如果我們願意成為『惡人』，世界就能得救；反之，如果沒有人願意犧牲自己的聲譽，最終受害者就是全人類。」

于小冷的手不禁鬆開了一丁點。

談朗傑看著于小冷，滿懷深情地笑了笑，「如果這艘船上只能留下一位感知者的話，我當然希望那個人是妳。」

「我……憑什麼……」于小冷啞口無言。

「妳看，我還有那麼多兄長和姐姐，我爸的武衡集團根本不缺繼承人，但這個世界上唯一一位真正能夠懂我，可以代替我活下去的人，就是你呀。」談朗傑輕輕掙開了于小冷的束縛，反過來以十指緊扣的方式，握住了她的雙手，「我們必須殺死其他人，然後讓妳活下去。」

「哥……」

「別說了，我們的時間有限。」談朗傑將手指抵在于小冷的嘴唇之上，「這些年來，我們一直在假扮情侶，出雙入對，但妳知道我為什麼從來沒有逾越之舉嗎？」

「因為……在你心裡，只把我當作真正的妹妹看待……」于小冷的臉倏地紅了。

談朗傑連連搖頭，打斷了于小冷的話，「不，是因為我真心喜歡妳，所以不想輕易表白，怕給妳帶來不必要的壓力。」

「你？喜歡我？」于小冷的大腦一片空白。

「嗯。」談朗傑猛地將她拉入懷中，然後深深地吻了下去。

于小冷失去了思考能力，她彷彿看見了一片無邊無際的雪原，視線範圍之內只有白茫茫的無盡曠野。

如同當年趴在孤兒院的窗戶邊，遙望窗外那片孤獨寂寥的雪白。

而當年打破這份孤獨的人，正是談朗傑。

九月三日，凌晨零點四十八分。

鎖死狀態，第三迴圈。

未來之光號，第七層，魔術劇場。

路天峰言簡意賅地向大家總結了目前的情況，並且制定出下一步的作戰目標。

「先找到魔術師謝騫，然後才有機會找到『櫻桃』，而『櫻桃』身上可能有解開時間鎖死迴圈的鑰匙——那台真偽莫辨的時間機器。」

路天峰拿出了自己的手機，追蹤器的追蹤定位程式正在運作，可以看到代表謝騫所在位置的紅點離他們並不遙遠。

「然而現在的問題是，我無法確定謝騫到底是在郵輪的哪一層……」

追蹤器是透過ＧＰＳ訊號定位目標的，雖然路天峰所使用的追蹤器性能已經非常先進了，定位誤差不超過五公尺，但依然只能定位目標的經緯度，無法確定更具體的位置。

章之奇伸手拿過路天峰的手機，嘿嘿一笑，「這時候，就該輪到我登場表演了。」

「你有辦法確定樓層數？」童瑤也是這方面的專家，自然對章之奇那信心滿滿的態度感到好奇。

「只要多動腦子，一定有辦法的。」章之奇將路天峰的手機透過傳輸線連接到自己的平板電腦上，然後在螢幕上運指如飛操作了一番，不知怎的就將郵輪的整體樓層導覽圖和追蹤器訊號整合到同一介面上了。

「大家先看看這個資料，GPS訊號強度，滿格爆表，證明謝騫所在的位置一定在郵輪最高的幾層；然後再分析一下，這個紅點的位置，如果是高層客房，應該有可能是這幾個房間……但結合入住登記資訊看來，這幾個房間住的客人都沒有可疑之處，謝騫跟他們串通，躲在房間裡的可能性極小。所以結論就是——」

章之奇點擊螢幕，調出了郵輪最頂層，也就是主甲板的導覽圖。

「再假設謝騫如果是在主甲板上，那麼他現在所處的位置就是露天酒吧——顯而易見，這個推論非常合理。」

路天峰面露喜色，重重地一拍章之奇的肩膀，說：「走，我們馬上行動！」

「喲，兄弟，你好歹先誇我一句呀。」章之奇雖然口中念念叨叨，但動作可是一點都不慢，緊跟著路天峰一路小跑起來。

童瑤和陳諾蘭相視一眼，不禁苦笑。

九月三日，凌晨零點五十二分。

鎖死狀態，第三迴圈。

未來之光號，主甲板，露天酒吧。

謝騫靜靜地喝完了手中的那杯酒，腦袋竟然有點發暈，眼前的杯子也產生了輕微的疊影。他頓時心生警覺，這是怎麼回事？雖然他在之前兩次的時間迴圈裡都喝了酒，然而他的身體理應隨著時間迴圈而「重置」，恢復為滴酒未沾的狀態，可是現在的自己明顯已經帶著醉意。

他搖搖頭，站起身，深吸一口氣，凌晨時分海面上的冷風灌入肺部，讓他的頭腦清醒了一些。四肢確實變得沉重了，這絕對不是錯覺，而是真的受到了酒精影響。

「不可能，怎麼可能會這樣呢？」謝騫自言自語著，他已經意識到這一段只有半小時左右的時間迴圈，也許跟之前自己經歷過的都完全不一樣。

必須盡快找到魔女。

魔女一直對她的行蹤和真正目的守口如瓶，而且有意識地和謝騫保持距離，但這並不代表謝騫就沒有辦法找到她——魔術師永遠會有一些祕密，是連身邊人都不知道的。

謝騫向酒保擺擺手，又指了指自己手腕上的智慧型手環，示意結帳。就在這時候，他眼睛的餘光不經意地看見兩位快步走進酒吧的男人。

是剛才打過交道的路天峰和他的同伴。

謝騫大吃一驚，殘留在腦袋裡的醉意一下子消失得無影無蹤，他立即轉身，向酒吧另外一端的出口走去。之前魔女曾經讓他背下未來之光號的設施分布圖，因此他對整艘郵輪各處的設施，通道和出入口都瞭若指掌，也很清楚露天酒吧到底有多少個出入口。

謝騫聽到身後傳來一聲含糊不清的叫喊，他假裝沒聽到，加快了腳步。離出口只有一步之遙時，有個年輕的女生突然從旁邊跳出來，差點撞到他身上。

「小心！」謝騫側身閃避。

不料那個女生右手一伸，直接就要扣住謝騫的手腕。他立刻明白了，這並不是什麼偶然事件，而是警方正在對自己進行圍捕呢！

攔住謝騫去路的人，正是童瑤，她特意選擇了另外一個出入口來伏擊謝騫，要的就是這「請君入甕」的效果。眼見謝騫果然因為要躲開路天峰而往自己的方向走過來，童瑤心裡暗暗偷笑，覺得這下突襲一定可以手到擒來。

「嗯？」

謝騫的手是被她抓住了，但手感怎麼不太對？

童瑤用力一拉，才發現自己抓住的哪裡是謝騫的「手臂」，而是一截模特兒身上的假肢！她只稍微愣了幾秒鐘，就已經反應過來，拔腿追上去，眼前卻只看到一大片黑影撲面而來。

「討厭！」童瑤手忙腳亂地接下這塊黑布，幸好黑布裡沒什麼奇奇怪怪的東西，就只是一件黑色的披風而已。

「路隊，他逃了！」

「趕緊追上去！」路天峰的聲音似乎並不特別急切，聽起來是胸有成竹。

謝騫頭也不回，快步離開露天酒吧，然後選擇離自己最近的安全樓梯前往客房區域。路天峰會來找他，他並不驚訝，真正讓他困惑不解的是，這位警官是透過什麼方法找到他的呢？

難道自己被算計了？謝騫不禁回想起在魔術劇場密道之內兩人的鬥法，那時他明明已經將追蹤器拆掉了啊？

謝騫邊走邊想，完全沒有注意到在樓梯的拐角處，有兩個黑影正等待著他。當他反應過來，已經被一男一女合力壓在身下，動彈不得。

「放開我！你們是什麼人！」謝騫的聲音裡帶著怒氣。

「國際刑警。」雷派克將證件翻開，在謝騫眼前晃了晃，魔術師一下子就意識到，這是路天峰設下的圈套。

九月三日，凌晨一點。

鎖死狀態，第三迴圈。

未來之光號，第二層，船長專用臥室。

杜志飛將保全主任黃良才打發走後，心情鬱悶地回到自己的臥室。

連續發生多起命案，看來未來之光這趟首航結束之後，要回到船塢裡重新裝修一遍，改個名字才能再次出海了。

想到這裡，杜志飛心裡不禁苦笑起來，暗暗嘲笑自己，都這種時候了，腦子裡冒出的念頭竟然還是怎麼樣做對公司更好。

公司和生意，真有那麼重要嗎？此時此刻的他，應該為失去女朋友而難過才對吧？

恍惚之間，他甚至在自己的房間內看見了賀沁凌的身影。

不，不可能。

杜志飛揉了揉眼睛。

站在臥室床邊，對著他微笑的那個女子，確實就是賀沁凌——不是什麼女鬼幽靈，是個活生生的人。

「沒把你嚇著吧？」她柔聲地說。

「妳……為什麼……怎麼回事……」杜志飛的大腦陷入一片混亂，徹底失去了語言的組織表達能力。

「賀沁凌」的眉頭輕輕一皺，「哎呀，每次都要重新解釋一遍有點麻煩呢。人家只是想找個地方安安靜靜呆著啦。」

「什麼？」杜志飛當然聽不懂她在說什麼，畢竟他並沒有經歷過時間迴圈，眼前所發生的一切，對他而言都是第一次發生。

「算了，沒什麼。」女人張開雙臂，做出一個想要擁抱的姿勢。這姿勢似乎有一種說不出的魔力，杜志飛不由自主地上前，略帶僵硬地抱住了她。

溫熱的軀體散發著熟悉的香味，那是一股充滿誘惑的氣息。

「真的……是妳嗎？」

「當然是我。」女人貼著杜志飛的耳朵說。

杜志飛百感交集，正不知道該說什麼的時候，後頸處突然傳來一陣輕微的刺痛。

「哎喲——」他忍不住喊了出來。

「對不起，親愛的，可能有點痛，但很快就沒事了。」女人一邊說，一邊將針筒裡面的液體悉數送入杜志飛的身體。

「妳在……做什麼……」杜志飛的身體顫抖起來，痛楚確實很快就消失了，但強烈的麻痺感迅速傳遍他的四肢，頓時令他連呼吸都顯得相當費力。杜志飛努力地張了張嘴，不過嘴唇也不受控制了，他瞪大雙眼，絕望地看著懷中的女人，眼神流露出恐懼與無助。

「沒關係，反正不會真正傷害到你。」女人輕輕一推，杜志飛就仰面朝天，跌到床上，他的目光已經失去了焦點，無神地盯著天花板。

「現在終於可以好好休息一下了。」女人跳上床，踢掉了腳下穿著的高跟鞋，大字型攤開四肢，舒服地躺在那鬆軟的床墊上，絲毫不介意身邊還有一具死不瞑目的屍體。

她閉上眼睛，既是在休息，同時也在靜靜思考對策。如今這種時間鎖死的局面，連她也不知道該怎麼處理。

九月三日，凌晨一點零五分。

鎖死狀態，第三迴圈。

未來之光號，主甲板。

謝騫的雙手分別被手銬鎖在欄杆上，而且兩個手銬之間還特意相隔了將近一公尺的距離，以免這位魔術師玩出什麼新花樣來。

「路警官，這陣仗也太過誇張了吧？」謝騫勉強擠出了一個笑容來。

「謝先生，我們進入主題吧，『櫻桃』到底藏在哪裡？」

「誰？」謝騫臉上的困惑不像是裝出來的。

「你的同夥。」

「我沒有什麼同夥。」謝騫一口否認。

路天峰無奈地聳聳肩，「你還沒有意識到，我們都被困在這一小段時間之中了嗎？」

「你說什麼？」謝騫的目光變得銳利起來，他首先看向的是在場除了路天峰以外的其他人，然後對路天峰使了使眼色。

「反正他們也不會記得這場對話。」路天峰看到雷派克準備發問，但他不想浪費時間做解釋，於是對雷派克打了個「別說話」的手勢。

謝騫也是聰明人，他笑著說：「路警官，看來我們之間可能有點誤會。」

「難道你想說，發生在郵輪上的這兩起命案跟你沒有關係？」

「我沒有殺人，而且我可以幫你抓住真正的犯人。」

「哦？」路天峰萬萬沒料到謝騫會那麼輕易地說出這句話來。

「但有一個條件，你不能把我當作從犯處理。」

「那就得看你能提供什麼線索了。」

謝騫嘿嘿一笑，說：「當然是價值連城的線索，但我可不喜歡在被銬住雙手的情況下和別人談交易。下次時間迴圈開始之後，我們在賭場見面吧，記住，你只能一個人來。」

「不，我不會和你單獨見面的。」路天峰搖搖頭，又指了指身後的同伴，「我和你的不同之處，就在於我的背後還有他們的支持。」

「那麼我們之間可能談不攏了啊。」謝騫臉色一沉，冷冷地說。

「我覺得還能試著繼續談談。」路天峰說完前半句之後，湊到謝騫的耳邊，用只有他能聽到的音量說：「你一定能感覺到，現在我們所處的時間迴圈模式，是前所未有的。」

「嗯。」謝騫不知道路天峰到底想說什麼，就只是嗯了一聲表示聽到。

「在這長度為三十三分鐘的時間迴圈之中，我們感知者的身體狀態並不會重置。」路天峰向謝騫展示了自己手背上的傷口，「這就是證據。」

謝騫心頭一驚，但依然不動聲色地說：「路警官，你是在耍我吧？誰知道這個傷口是什麼時候造成的？」

「難道你就沒有察覺到自己的身體狀況有什麼異常嗎？」

「沒有。」謝騫終於明白了自己為什麼只喝一杯酒就會有醉意了，如果路天峰所言非虛，那麼他剛才是連續喝了好幾杯啊。

「你很快就會知道答案。」路天峰眼明手快，從褲袋裡掏出一支簽字筆，狠狠地戳在謝騫的手背上。

謝騫痛得皺起了眉頭，但忍住沒吭聲。

路天峰拍了拍謝騫的肩膀，「如你所願，在下次時間迴圈開始之後，我們在賭場門口見面吧。」

謝騫沒有回答，他還在思索著路天峰剛才所說的話。

「千萬別耍花樣，否則你很可能會害死自己。」路天峰冰冷而嚴峻的語氣之中，沒有半點開玩笑的意思。

於是謝騫用了他最大的努力，在臉上擠出一個職業性的微笑。

當一位魔術師要竭盡全力才能笑出來，眼前這個魔術表演多半是搞砸了。

九月三日，凌晨一點十分。

鎖死狀態，第三迴圈。

未來之光號，第十七層，1734房。

「滴滴滴——」一陣清脆的電子音響起，門鎖大開了，然後有人試圖用力推開客房的門，卻只聽見「咔噠」一聲，談朗傑隨手掛上的安全門鏈發揮了作用。

而在房間內纏綿擁吻著的那對戀人立即如同觸電一樣，彼此分開，同時從床上跳起來，于小冷紅著臉，迅速整理好凌亂的衣衫，心裡暗自慶幸他們剛才只是接吻而已。

「誰啊？」談朗傑的語氣裡帶著一絲怒氣，他覺得應該是某個實習的新手服務生，用萬能房卡直接開門進入客人的房間。然而不管出於什麼理由，這都絕對是違反職業操守的舉動。

門外沒有回答，但緊接著，一把大鉗子伸入門裡，乾淨俐落地夾斷了安全門鏈。

談朗傑和于小冷頓時明白，這不可能是毛毛躁躁的實習生，而是有備而來的敵人。

門開了，水川由紀冷笑著走進房間，然後順手將門關上。她收起手中的鉗子，雙手各拿出一把銀光閃閃的刀刃，凜冽的殺意撲面而來。

「妳想幹嘛？」談朗傑伸手去拿放在床邊的檯燈，他雖然考慮過司徒康會對自己動手的可能性，但沒想到是那麼簡單粗暴的方式。

水川由紀瞄了一眼于小冷，眼中笑意更盛，「喲，小姑娘的臉色真紅，你們倆終於假戲真做了吧？」

「胡說什麼呢？」于小冷微微彎下腰，從枕頭下方拿出一把小巧玲瓏的匕首。

水川由紀哼了一聲，「小孩子就別玩這種危險的武器了。」

「看誰才是小孩子？」于小冷二話不說，竟然搶先發難，匕首直刺水川由紀的胸前。

水川由紀出招格擋住匕首，冷冰冰地說：「司徒先生猜得不錯，年輕人一旦開始談戀愛，就會出現弱點。妳看妳這一招，瞻前顧後的，一點也不果斷。」

「少廢話。」于小冷根本不管水川由紀說什麼，身形一動，匕首直取水川由紀的咽喉。

「哼！」水川由紀身子一側，竟然放棄了防守，直往前衝，左手的刀刃刺向于小冷的腰間，右手的刀刃則劈向她的脖子。

電光火石之間，于小冷有點走神了，她很確信自己的匕首可以先刺中水川由紀，但她不明白對方為什麼要使用這種玉石俱焚的拚命打法。

不，不是玉石俱焚，她會死，我可不會。

于小冷咬緊牙關，匕首用力一劃，鋒刃處傳來一陣異常清晰的感覺，她知道水川由紀的喉嚨已經被割破了。

鮮血四濺，除了水川由紀的血之外，還有于小冷的血。

「嗚！好痛！」

于小冷雖然竭力扭腰閃開了水川由紀左手的攻擊，刀子只恰恰劃開了她的衣服，但依然避不開那一記不要命的右手劈砍。鋒利無比的刀刃先是砍中于小冷的左肩，然後又在她的肩部到肋部之間留下了一道長長的傷口，鮮血一下子湧了出來。

水川由紀的脖子處帶著一道可怕的傷口，而她竟然還有力氣舉起刀子，想上前繼續攻擊于小冷，但只換來了檯燈底座的一記重擊。

談朗傑將檯燈狠狠地砸在水川由紀的臉上，將她砸得滿臉是血，頹然倒地，她的四肢微微顫動了幾下，然後就徹底沒了動靜。

「哥……」于小冷的臉色蒼白，無力地坐在床邊上，一副隨時要暈倒的樣子。

「小冷！」談朗傑摟住于小冷的身子，拉過身邊的床單，用力撕扯成布條，然後迅速但溫柔地脫去她的衣服，替她緊急包紮傷口。

「還好……總算解決掉了這女人……」于小冷勉強地笑了起來，失去血色的雙唇抖動著。沒想到自己第一次在心愛的男人面前脫掉衣服，居然是這樣的處境。

然而談朗傑一言不發地包紮著傷口，臉色變得越發陰沉。包紮完畢後，他也沒開口說話，只是又愛又憐地看著于小冷。

「哥？怎麼了？你別擔心我，這些都只是皮肉之苦，沒有傷到要害位置……」也許是害羞的緣故，她蒼白的臉上浮起了淡淡的紅雲。

「小冷，妳流了很多血……」

于小冷痛得呲牙咧嘴，但還是倔強地說：「沒關係的，不礙事。」

「妳還記得嗎，我們的身體狀態不會因為鎖死迴圈而恢復。」談朗傑又低頭看了一眼水川由紀的屍體，「但這個女人應該不是感知者，所以等一下她會健康完好地復活。」

于小冷也是聰明人，她終於想明白了談朗傑到底在擔心什麼。

在時間鎖死的迴圈當中，他們會受傷，會死去，但一個普通人反而可以無所畏懼，捨命向他們發動瘋狂的攻擊。

水川由紀用一條命換于小冷身上的一處傷口，看似虧大了，實際上卻是相反——下一個鎖死迴圈開始之後，水川由紀沒有付出任何真正的代價，但于小冷的傷卻會影響她的身體狀態和行動能力。

下次兩人要是再面對面格鬥，死的人可能就是于小冷了。

「那我們在下一次迴圈開始之後就趕緊逃跑吧？」

「妳可別忘了，在下一迴圈開始時，妳身上包紮傷口的這些布條全部都會恢復原狀，因此妳的傷口馬上就會大出血，我們得花點時間重新包紮……」談朗傑的聲音越來越壓抑，「再這樣反覆幾次，妳會因為失血過多而死的。」

「哥……對不起……」于小冷終於明白了，剛才水川由紀是故意用性命來引誘她出手，導致她和談朗傑兩人跌入了萬劫不復的陷阱之中。

這個女人實在是太可怕了，而更可怕的人是司徒康，他竟然可以讓水川由紀這樣心狠手辣的女人對他言聽計從，即使在需要付出生命代價的時刻，也沒有絲毫猶豫和懷疑。

「我一定會親手殺死司徒康。」談朗傑咬牙切齒地說。

「哥，我漂亮嗎？」這時候，于小冷卻說了一句風馬牛不相及的話。

談朗傑愣了愣，才意識到自己懷裡的她正在以最原始、最純潔的姿態，向自己展示著女人絕對不會輕易示人的驕傲和祕密。

鮮豔的血跡，雪白的肌膚，還有那充滿期待，含情脈脈的眼神。

「非常……漂亮……」

「吻我。」

談朗傑照做了，這個吻還帶著血的味道，死亡的氣息，但同時也能更真實地感受到于小冷體內那股熊熊燃燒的愛火。

他忘情地閉上了眼睛，不知道吻了多久。

直到時間再次跳回了零點四十五分。

4

九月三日，凌晨零點四十五分。

鎖死狀態，第四迴圈。

未來之光號，主甲板，露天酒吧。

滿滿的酒杯重新出現了，謝騫終於恢復了自由，情不自禁地活動了一下發疼的手腕——還好手銬真的沒了，剛才那種冷冰冰的感覺讓人難受。

難受的還有他的胃和腦袋，酒精正在侵蝕著他的清醒，而右手手背上那一個被簽字筆戳穿的小傷口，更是確切無誤地證實了路天峰所言非虛——感知者的身體狀況不會隨著時間迴圈而重置。

手背的傷口雖然很小，但不知道為什麼，感覺特別痛，就好像有無數螞蟻在噬咬著他一樣，更討厭的是，這些螞蟻沿著他的手臂，一路往心臟位置爬過去，想要鑽入他的胸腔。

謝騫抖了抖手臂，那股酥麻的感覺稍微減退了一些，但傷口處還是隱隱作痛，像是在反覆提醒他，記住路天峰的警告，乖乖跟他合作吧。

「反正有些事情，必須在賭場那邊解決。」謝騫咬咬牙，放下酒杯，大步離開。

九月三日，凌晨零點四十五分。

鎖死狀態，第四迴圈。

未來之光號，第十七層，1734房。

原本相擁熱吻的談朗傑和于小冷終於分開了，談朗傑重新回到了沙發椅上，而于小冷坐在床邊，身上的衣服穿戴整齊，有那麼一瞬間，談朗傑多麼希望一切都能回溯到小冷受傷之前的狀態，但下一秒鐘，于小冷的上半身頓時變成一片血紅，她的臉色也蒼白得可怕，額頭上泛起豆大的冷汗。

「小冷，堅持住！」談朗傑一個箭步衝上前，手忙腳亂地開始替她包紮傷口。

「哥，沒用的，你快走吧……」于小冷的聲音斷斷續續，氣若游絲，看起來隨時都會暈倒。

「別說話，保存體力。」談朗傑心急如焚，連手都開始顫抖了。

「哥，謝謝你。這些年我過得很開心。」于小冷的眼神突然亮了起來，彷彿想起了什麼讓她快樂的事情。她用冰涼的小手，握住了談朗傑的手臂。

「我也很開心……」

「別浪費時間了。」于小冷話音剛落，她的右手已經抽出了藏在枕頭下面的匕首，然後狠狠地插入自己的左胸。

談朗傑連阻止她的機會都沒有，只能眼睜睜地看著那把銀色的匕首，刺入于小冷的心臟要害位置。

于小冷的身子左右晃了晃，然後她看著談朗傑，笑了笑，嘴唇微微張開，似乎想說一句最後告別的話語。

但她什麼都沒有說，就這樣安靜地閉上雙眼，慢慢倒在談朗傑的懷裡。

「小冷……」談朗傑覺得自己渾身上下的血液都在沸騰，這是他摯愛的人，他的同伴，是世界上唯一一個真正理解他，關心他的人。

他們手牽手，經歷了無數次時間迴圈的折磨，幸好還能在彼此的身上，找到以「異類」身分堅強生活下去的理由。

他好後悔，為什麼直到最後一刻才第一次告訴她，他喜歡她。不對，告白的時候不應該說「喜歡」的，這可不僅僅是「喜歡」而已。

「小冷，我愛妳。」

談朗傑終於說出了他最想說的那句話。

他相信已經永遠沉睡的女孩，一定能夠感受到他的心意。

談朗傑親了親于小冷的唇邊，然後將她的身子輕輕放下，再拔出那把奪命的匕首。他很清楚，現在沒有時間停下來傷心哭泣了，水川由紀隨時可能發動襲擊。

接下來他需要做的事情，是想盡一切辦法活下去，絕不能讓小冷白白犧牲。

門外，傳來了腳步聲。

九月三日，凌晨零點五十分。

鎖死狀態，第四迴圈。

未來之光號，第八層，賭場入口。

凌晨時分的賭場絕對是郵輪上最熱鬧的地方，客人在一張張賭桌旁，透支著自己的體力、金錢甚至性命，試圖去實現那個名為「不勞而獲，一夜暴富」的虛無之夢。

沒有多少人知道，在幾個小時之前，這裡發生了一樁命案，就算知道了，他們也只會流露出漠不關心的眼神，而將目光鎖定在即將揭曉的賭局結果之上。

謝鶩來到賭場門外時，路天峰已經在這裡等候了，而站在他身邊的只有陳諾蘭一個人。

「喲，路警官，怎麼這次只帶了一個人？」謝鶩故意用一種輕鬆愉快的語調向路天峰打招呼。

「既然已經談好了合作條件，就不需要那麼多人了。」路天峰只是淡淡地一笑，沒有多說什麼。

「另外那幾位警官去哪裡了？」

「他們各忙各的去了，畢竟時間有限嘛。」路天峰答道。

謝騫的目光情不自禁地投向陳諾蘭，並不是感知者的她，應該完全不明白他和路天峰之間的對話到底在說什麼，而且這次迴圈僅僅過了五分鐘，相信路天峰也很難向她解釋清楚一切。

然而讓謝騫驚訝的是，陳諾蘭的臉上神情自若，這場缺少邏輯關聯的事件和對話，並沒有造成她絲毫的困擾。她只是安靜地站在路天峰身旁，用行動表明了立場——她不需要任何解釋和理由，就可以無條件地支持路天峰。

「知道我為什麼要約你在這裡見面嗎？」謝騫又問。

「我猜，是因為你想檢查一下賀沁凌的屍體？」路天峰停頓了一下，從謝騫的表情判斷出自己說對了，「不過我倒是想問你另外一個問題，你怎麼知道屍體在賭場裡面？」

「出於某種原因，我記熟了郵輪上的所有設施分布圖，很清楚這船上並沒有多少適合安置屍體的地方，而湊巧在賭場的ＶＩＰ休息室裡就有一個足夠大的冰櫃。這同時還能避免在搬運屍體的過程中驚動到某些神經過敏的客人，確實是最明智的選擇。」

「邏輯滿分，我們走吧。」路天峰似乎對謝騫的這段推理興趣缺缺，輕輕碰了一下陳諾蘭的肩膀之後，兩人轉身走進賭場。

這下子謝騫可有點沉不住氣了，「路警官，能再問你一個問題嗎？」

「邊走邊說。」

「你為什麼要帶上這位……陳諾蘭小姐？」

「哦？你知道她的名字？」路天峰稍稍提高了語調。

謝騫沒回答，路天峰繼續說：「因為我覺得你想要再次檢查賀沁凌的屍體，而諾蘭有相關的專業知識。」

謝騫愣了愣，他萬萬沒想到，路天峰竟然已經提前看穿了自己的想法和目的。

「另外還有一個問題，我應該從來沒告訴過你賀沁凌在賭場裡面被害的消息。」路天峰輕描淡寫地說，彷彿這只是一件微不足道的小事情，也不需要謝騫做出正面回答。

謝騫張口結舌，只能心裡暗暗叫苦。

這傢伙，真是個難纏的對手。

九月三日，凌晨零點五十分。

鎖死狀態，第四迴圈。

未來之光號，第十七層，1734房。

「叮咚——」

門鈴聲響起，站在門後的談朗傑，緊緊握著匕首的把柄，手指的關節已經因為用力過度而開始泛白。

但他不敢有半點鬆懈，因為他很清楚，于小冷的格鬥能力遠勝自己，即使是這樣，她也沒能在水川由紀身上占到多少便宜。現在輪到他面對這位可怕的日本女殺手了，想要活下來的唯一辦法，就是拚盡全力，在開門的瞬間發動突襲，搶得先機。

如果一擊不中，他很可能沒有第二次出手的機會了……不，不能有「假如失敗」這種懦弱退縮的念頭，他只能成功，一定能成功！

「叮咚——叮咚——」

電子門鈴繼續響個不停，水川由紀並沒有像上一個迴圈那樣，直接用萬能房卡和鉗子闖進來，而是很有耐心地按著門鈴。

談朗傑隱約察覺到有點不對勁，於是屏住呼吸，將眼睛湊近房門上的貓眼。

門外的人，竟然不是水川由紀，而是章之奇和童瑤。

談朗傑那緊繃的神經終於鬆開了，這時候他才發現，自己的後背全是冷汗，而胸前沾滿了一大片血漬，狼狽不堪。

「談先生，你在嗎？」章之奇在門外喊道。

談朗傑努力控制住自己不停顫抖著的手，解下門鏈，打開房門，然後後退了幾步，讓門外的兩人進入房間。

他依然握著那把閃著寒光的匕首，雖然理性告訴他，現在暫時沒有危險了，但他就是鬆不開自己的手。

「發生什麼事？」剛進門的章之奇顯然被談朗傑身上的血污嚇了一跳，然後他馬上注意到躺在床上，一動也不動的于小冷。

章之奇正想上前查看于小冷的情況，卻被談朗傑厲聲喝止，「別碰她！」

章之奇和童瑤對視一眼，還是由後者開口柔聲問道：「談先生，可以告訴我到底發生什麼事情了嗎？」

「你們……根本不會懂！」談朗傑腦海裡一片混亂，根本不知道從何說起，再加上這兩人應該是對時間迴圈一無所知的普通人，解釋起來就更費勁了。於是他乾脆什麼都不說，沒好氣地反問：「你們怎麼跑來這裡了？」

童瑤想了想，說：「其實我也不知道前因後果，剛才路隊突然跟我們說，這個世界的時間進入了一種奇怪的閉環模式，而你們兩位在上一次迴圈之中完全沒有現身，他擔心你們遇到了什麼麻煩，所以派我們來幫忙……」

「難道你們不覺得事情正在變得莫名其妙，亂七八糟嗎？」談朗傑突然大笑起來，「你們這些普通人什麼都不知道，什麼都感受不到，卻只是盲目聽從路天峰的指令，真是傻到家了啊。」

「即使發生了許多不合邏輯的事情，我們依然信任路天峰。」童瑤又忍不住看了一眼于小冷，只見她渾身是血，在左胸位置更是滲出了一大片鮮紅，眼看是沒救了。

「信任，哼，信任……」這個詞刺痛了談朗傑的心，他突然很嫉妒路天峰，憑什麼他就能獲得章之奇和童瑤的信任，我就不行呢？

談朗傑甚至也在嫉妒司徒康，畢竟水川由紀真的願意為司徒康賣命。

而願意將生命託付給他的那個人，已經不在了。

他這時候才察覺到，于小冷交給他的愛，是如此珍貴，也如此沉重。

談朗傑鬆開了一直緊握著的匕首，跪在地上，抱著頭不說話。

章之奇看著童瑤，用口型無聲地問了一句：「怎麼辦？」

童瑤同樣是無聲地回答：「不知道。」

如果光看現場狀況，兩人第一反應就覺得是談朗傑殺死了于小冷，房間拴著門鏈，沒有別的人能進來；于小冷身上沒有搏鬥的跡象，死得很平靜，就像是被心甘情願殺死的那樣；更關鍵的證據是，談朗傑手裡拿著一把疑似凶器的匕首，衣服上也全是血。這可是標準的凶手在作案現場落網，證據確鑿，罪無可赦。

但路天峰交給他們的任務是前來保護談朗傑和于小冷的人身安全，無論發生了什麼奇怪的事情，都不要驚慌失措，只需要在一點十五分之前，將現場情況詳細地彙報給他即可。

所以，還是得想辦法從談朗傑的口中，問出他所知的真相。

「談先生……」

章之奇上前一步，正想說點什麼，談朗傑就猛地抬起頭來，緩緩開口說話了。

「你們不會明白的，但務必請將我說的話轉告路天峰。」

語氣那股低沉肅殺的氣勢，讓章之奇也不禁認真起來。

「請說。」

「第一，司徒康是個極其可怕的對手，千萬不能輕視他；第二，在這個鎖死迴圈之中，最強大的人不是感知者，而是不怕死的普通人；第三，于小冷是被水川由紀殺死的，而且我覺得那個日本女人，還會去殺更多的人。」

章之奇和童瑤雖然沒完全聽懂談朗傑的話，但畢竟只有短短三句，還是能死記硬背下來的。

「最後，我還要感謝你們，也感謝路天峰。如果這一次你們沒來，我可能已經被水川由紀殺死了。」

「可是我們什麼也沒做啊？」面對談朗傑的謝意，章之奇覺得自己受之有愧。

「有時候你覺得自己什麼都沒做，但已經徹底改寫了另外一個人的命運。」談朗傑看向于小冷，換了一種幽怨的口吻說著，「但有時候你認為自己一直在努力，結果卻是什麼都改變不了。」

談朗傑的腦袋，再次低垂下來。

九月三日，凌晨一點。

鎖死狀態，第四迴圈。

未來之光號，第八層，賭場ＶＩＰ區，一號休息室。

謝騫原本認為，檢查和辨認屍體並不是一件特別困難的事情，畢竟他已經做好了各種心理準備。然而親眼目睹屍體容貌的那一刻，他的心裡還是猛然一驚。

五官因痛苦而扭曲變形，死氣沉沉的面孔彷彿蒙上了一層薄霧，讓他竟然有點看不清楚這具屍體到底是魔女還是小凌。

「需要仔細檢查哪些部位嗎？」路天峰看出了謝騫的表情有點迷茫，於是開口提醒道。

「呃……這個……」

謝騫用力眨了眨眼，鼓起勇氣，仔細辨認女屍的樣子。魔女和小凌的相貌原本就高度相似，謝騫完全是靠著對方的說話語氣，神態和氣質等微妙細節來區分她們，然而屍體不會說話，更失去了原有的氣質，這讓謝騫覺得躺在面前的只是一名素不相識的陌生女子。

「其實我懷疑死者並非賀沁凌，而是我的助手小凌。」謝騫發現自己的喉嚨乾澀，聲音沙啞。

「哦？賀沁凌和小凌，兩個名字很相似嘛。」

「她們兩人的相貌也很像，應該有微整容過。」打開了話匣子之後，謝騫說話流暢了不少，「招聘魔術助手時，我認真看過小凌的簡歷，上面很多細節都語焉不詳，她的過去就如同一團迷霧。」

「所以呢？」路天峰聽出了謝騫的話中有話。

「我感覺小凌是被賀沁凌安排和設計好的替死鬼。」謝騫一邊說，一邊用微微顫抖的手去輕撫屍體的右手手肘部位，「小凌表演某些魔術時，需要用到軟骨功夫，因此她的右臂手肘和右腿膝蓋都落下了舊傷……」

然而屍體的手肘部位並無任何異常。

謝騫愣了好一會兒，才慌張地查看屍體的另外一邊手肘，那裡同樣沒有舊傷的痕跡。他不甘心，又再俯身檢查屍體雙腳的膝蓋位置，結果仍然一無所獲。

他的耳朵嗡嗡作響，全身血液冰冷地倒流著。

「沒有……沒有任何痕跡……」

陳諾蘭插話道：「屍體的骨頭關節狀態正常，也不像是平日鍛鍊過軟骨功夫的人。」

「不可能啊！」謝騫用力地拍了拍自己的腦袋。他堅信死者不可能是魔女，但事實證明，眼前的死者也絕非和他朝夕相處的助手小凌。

所以唯一合理的解釋只有一個了——小凌才是真正的魔女。

謝騫幾乎連站都站不穩了，他回想起自己曾經多次透過盤問小凌，試圖打探魔女的祕密，還一再遊說小凌加入他的陣營，兩人聯手對抗魔女，當時她看起來似乎還有點心動。

他還以為小凌已經逐漸開始信任自己，於是也把越來越多的祕密告訴她——

「不可能，她們明明是兩個不同的人，我能分辨出來的……」

路天峰和陳諾蘭不明所以地對視了一眼。

「到底是怎麼回事？」路天峰眼見謝騫一副即將崩潰的樣子，心知事情不妙。

「演技，都是演技……」謝騫繼續喃喃自語著，他不肯接受這個殘酷的現實。

魔女一直跟隨在他的身邊，密切觀察著他的一舉一動。

真正的替死鬼，是以「賀沁凌」的名字生活在杜志飛身邊那個人。

九月三日，凌晨一點零五分。

鎖死狀態，第四迴圈。

未來之光號，第二層，船長專用臥室。

「賀沁凌」再一次殺死了杜志飛，將他的屍體扔到床底，然後大字型地攤開手腳，躺在床上。

也許還是稱她為「櫻桃」比較適合吧。

杜志飛至今也沒弄明白，他身邊其實有兩個「賀沁凌」，其中一位是真正的賀沁凌，那個不得志的十八線小演員，身體是她唯一的本錢；另外一位，則是化妝後和賀沁凌幾乎一模一樣的怪盜櫻桃。

杜志飛之所以沒有察覺到這一點，是因為一直以來只有櫻桃才會和他發生親密關係，而當一位絕色美女對男人投懷送抱的時候，正常男人都無暇注意到她相貌上的細微變化。

當櫻桃成為賀沁凌時，賀沁凌就會假扮成魔術師助手「小凌」，小凌的人設本來就是沉默寡言，很少拋頭露面，所以只要不跟謝騫直接接觸，就幾乎不可能露餡。

而大部分的時間，櫻桃扮演著懵懵懂懂的小凌，假裝自己什麼都不知道，只是因為拿了一大筆錢，才按照雇主的指令跟在謝騫身邊；至於賀沁凌，她只需要演自己，攀附權貴，吃喝玩樂，花天酒地，這種事情根本不需要動用到她的演技。

櫻桃之所以一直沒有被警方抓獲，正是因為她在每次行動中，都有兩個甚至更多個不同的身分，而且這些身分之間可以隨時調換，所以她成了永遠不會落網的法外幽靈。

「然而，我還是困在了時間漩渦裡頭……」櫻桃長吁一口氣，閉上眼睛，靜靜地回憶著最近幾個小時以來所發生的一切。

時間漩渦到底為什麼會出現？又怎麼樣才能打破這個閉環？

正當她想得入神的時候，門外突然傳來了一陣不慌不忙的敲門聲。

咚，咚，咚——

櫻桃立即從床上一躍而起，這個夜深人靜的時間點，怎麼會有人來找杜志飛？

關鍵是，在上一次迴圈時，根本沒有人來過這裡！

經歷過各種大風大浪的她，反應自然奇快無比，幾乎沒有任何猶豫和停頓，就立即從床上跳了起來。

咚，咚，咚——

這敲門聲如同催命符一樣，陰魂不散。

而櫻桃逐漸冷靜下來，她知道接下來自己的每個抉擇，都可能決定生死，而她沒有犯錯的空間。

首先她必須要回答正確的兩個問題，就是誰在敲門？為什麼要敲門？

九月三日，凌晨一點零七分。

鎖死狀態，第四迴圈。

未來之光號，第二層，船長專用臥室門外。

水川由紀掏出早就準備好的備份鑰匙，打開了房門——這個房間門鎖並不能用一般清潔人員的萬能門卡打開，但像杜志飛這種富家公子自然不可能自己動手整理房間，因此有一名專屬的清潔人員，她有唯一一把備份鑰匙，只在杜公子吩咐時才會前來打掃。

很明顯，水川由紀的鑰匙就是從專屬清潔工身上「借」過來的。

她走進房間，第一眼就看到了杜志飛的屍體倒臥在地毯上，而她沒有任何驚訝或者意外的神情，只是瞇起眼睛，快速掃視著房間內的狀況。

目光所及之處，沒有人在。

水川由紀並未放鬆警惕，她屏住呼吸，一步一步往房間裡走，豎起耳朵，傾聽著四周最為微細的聲音。

她之所以會在房門外敲門，而不是直接闖進來，其實是為了誘導房間裡的人跑向船長室，然後從另外一個出口逃往走廊。

如果獵物中計，那就省事了，因為水川由紀已經在船長室的門外安裝了一枚微型炸彈，雖然爆炸的威力有限，但足以將開門者炸得非死即殘。

然而櫻桃並沒有上當，正如司徒康預料的那樣，她是一個非常厲害的對手。那麼，這位神出鬼沒的櫻桃小姐，現在藏身何處呢？

水川由紀的右手拿著匕首，走到床邊，然後一腳踢開了床上的床墊。為了安全起見，郵輪上的床架全部是用螺絲固定在地板上的，無法鑽入床底，如果非要藏在床上，只能躲到床墊的下方。

但床墊下面沒有人。

水川由紀的呼吸更緩慢了，她很清楚，敵人沒有選擇一般人最容易想到的藏身之處，而是在極短的時間內想出了與眾不同的應對方案，實在是冷靜得可怕。

水川由紀打開了房間內唯一一個足夠大的衣櫃，櫃子裡只掛著幾件男裝襯衫，根本沒有櫻桃的影子。

「這女人到底藏在哪裡？」

廁所和浴室裡都空空如也，水川由紀覺得，櫻桃很可能是經由臥室與船長室之間的那扇門，溜到了隔壁的船長室裡頭。

但那裡同樣是無處可逃的死路一條，水川由紀對自己很有信心，一旦發現目標，她就有把握順利擊殺對方。

於是她握緊了匕首，再用腳撞開了連接兩個房間的那扇門。因為是一道內部使用的門扉，門上面甚至連門鎖都沒有安裝，輕輕一踢就敞開了。

船長室裡面只有一張簡易辦公桌，桌子底下無法躲人，而裡面的文件櫃都是透明的櫃門，同樣不可能藏身。

水川由紀皺起了眉頭，怎麼可能呢？僅僅兩分鐘不到的時間，就算櫻桃有三頭六臂，也不可能逃出這兩個房間啊？

除非——

就在水川由紀想到答案的剎那，櫻桃整個人從天花板上撲了下來，她既然能夠完美飾演魔術師的助手，那麼體力和身體柔韌性自然遠勝常人，因此能夠屏住呼吸，手腳張開，就像壁虎一樣踩著門框邊緣位置，支撐在牆壁和天花板之間，一直堅持到水川由紀踏入陷阱。

櫻桃雖然手裡沒有武器，但一撲之下勢頭極猛，正好用手肘最堅硬的位置，撞上了水川由紀後腦的脆弱部位。

水川由紀眼前一黑，不由自主地撲倒在地上，常年訓練的本能讓她下意識想要使用翻滾動作，先遠離敵人再作打算。然而櫻桃的攻勢十分狠毒，根本不留任何餘地，貼身追上前，連續踢出了幾腳，每一下都瞄準水川由紀的腦袋，水川由紀雖然勉強避開了前幾次攻擊，但最後一腳還是正中她的面門，將她的鼻骨都踢碎了，鮮血從鼻孔一湧而出，痛得她霎時間暈死過去。

「呼呼……呼呼……」之前高難度的貼牆藏身，加上這一系列的猛攻，讓櫻桃的體力也消耗殆盡了。她已經大概摸透了時間漩渦的特性，知道自己身為感知者，身體狀況是無法透過時間迴圈而重置的，所以自己唯一的選擇，就是在不受傷的前提下殺死水川由紀。

櫻桃調整好呼吸，彎腰撿起了跌落在水川由紀手邊的匕首，水川由紀的眼皮動了動，似乎很快就會清醒過來，而櫻桃毫不猶豫地舉起匕首，再狠狠地插入水川由紀的後頸部位。

鋒利的匕首刺穿了水川由紀的脖子，她連哼都沒哼一聲，就斷氣了。

但櫻桃知道，這個日本女人還能復活無數次，再次嘗試殺死自己無數次。所以現在她迫切需要搞清楚的問題就是——水川由紀是如何找到自己的？

如果司徒康和水川由紀能發現自己，那是不是意味著路天峰也可能循著同樣的線索鎖定自己的行蹤？

路天峰，他才是櫻桃最不想面對的敵人……

5

九月三日，凌晨一點十分。

鎖死狀態，第四迴圈。

未來之光號，第八層，賭場ＶＩＰ區。

八分鐘後，時間即將再次倒流，路天峰抓緊這最後的幾分鐘時間，讓章之奇和童瑤齊聚於此，彙報各自跟進的線索和情報。

談朗傑和于小冷的遭遇，自然是章之奇優先報告的內容。聽到在時間漩渦的特殊規律之下，一位不怕死的普通人竟然成為除掉感知者的最佳利器時，路天峰心底油然升起一股惡寒。

司徒康能用這樣的手段對付談朗傑，自然也可以用來對付其他人，萬一真遇上了這種不要命的打法，路天峰覺得自己也難以抵擋。

「那麼談朗傑現在的狀態如何？」路天峰問。

童瑤長歎一聲，連連搖頭，「很不好，整個人就像著魔似的，抱著于小冷的屍體，口中喃喃自語著要報仇。」

章之奇也補充了一句：「問題是他也不知道怎樣才能報仇啊。」

路天峰說：「司徒康被困在時間漩渦中的時間遠遠長於其他人，他一定想出了一整套完善的作戰方案，談朗傑想要跟他硬碰硬是不可能贏的。」

「那麼我們該怎麼辦？」陳諾蘭發問的時候，下意識地看了謝騫一眼。這位高傲的魔術師因為發現自己一直被櫻桃玩弄於鼓掌之間而大受打擊，整個人就像洩了氣的皮球般，無精打采。

「我們首先要搞清楚，司徒康真正目的到底是什麼。」路天峰不由自主皺起了眉頭，他總覺得司徒康的行為模式有點詭異，但現在還說不清楚是怎麼一回事。

陳諾蘭反問道：「他不就是想打破時間漩渦的鎖死狀態嗎？」

「那麼他完全可以偷偷摸摸地進行他的計畫，沒有必要將時間漩渦的幾個關鍵規律告訴我。」路天峰邊說邊思考，臉色變得更凝重了，「而且他如果僅僅是想要透過殺死其他感知者來打破無限迴圈，就該趁著我毫無防備時攻擊並殺害我才對。」

「但他沒有這樣做，其中必定有他的理由。」章之奇適時插了一句。

「所以他告訴我那些關於時間漩渦的資訊當中，必然隱藏著某些假資訊，而這些假資訊很可能會讓我們誤入歧途。」

陳諾蘭愣了愣，說：「所以我們接下來應該做的事情是……」

「親自驗證時間漩渦的規律，不能盡信司徒康的話。」

童瑤補充道：「我建議可以和談朗傑聯手，否則難保失去于小冷的他會做出什麼瘋狂的事。」

陳諾蘭咬了咬嘴唇，似乎鼓起了很大的勇氣，才開口說：「峰，有些事情我想單獨和你聊聊。」

路天峰有點驚訝，雖然現在離時間倒流只剩下不到五分鐘，但看陳諾蘭的表情，她是想跟自己討論一件非常重要的事情。

路天峰點了點頭，拉起了陳諾蘭的手——她的手冷冰冰的，讓人心生憐愛。

九月三日，凌晨一點十四分。

鎖死狀態，第四迴圈。

未來之光號，第八層，賭場ＶＩＰ區二號房。

由於發生命案的緣故，整個ＶＩＰ區都處於封鎖狀態，每個貴賓室裡都空無一人。路天峰隨意

了，這些人大概有三十多個，都是水準普通的私家偵探或者保全人員，但只要給他們足夠的錢，安排簡單明瞭的任務，他們還是能好好完成的。

但他不覺得這些人當中有誰會真心願意為自己賣命，更別說採取像水川由紀那種瘋狂的自殺戰術了，一群烏合之眾，唯一的優勢就是人比較多，如果一哄而上，還容易亂中取勝。

只可惜，之前為了鎖定時間機器賣家的位置，他將人手分批布署到郵輪第十二層的味魂日本料理附近了，匆忙之中，很難安排他們再去對付司徒康——他估算了一下時間，從下達指令到動員執行，說不定就要耗費半個小時左右，對於這段只有三十三分鐘的時間而言，真可謂要等到「時間盡頭」了。

「放心吧，無論遇到什麼困難，我都不可能放棄的。」談朗傑向再也無法回答他的于小冷，作出了鄭重的承諾。

既然來不及重新布置陷阱，那麼還有另外一個辦法。

那就是將獵物誘導到已經布置好的陷阱之中。

九月三日，凌晨零點四十五分。

鎖死狀態，第五迴圈。

未來之光號，第七層，魔術劇場。

「峰，你還好嗎？」

又一次，一模一樣的溫柔問候，始終不變的關懷眼神，陳諾蘭就站在路天峰的身邊，離他只有咫尺之遙。

「諾蘭……」路天峰的腦袋一陣眩暈，他向前伸出手，陳諾蘭也立即扶住了他。

「你的臉色很難看，先休息一下，別急。」

「我沒事……」路天峰還在逞強，但腦海裡的眩暈感變得更加強烈了。

也許是因為一直處於身體狀態無法復原的閉環當中，所以不適感特別明顯？

「峰，你是太累了吧？」陳諾蘭輕輕地摸了摸他的額頭，「別說話，閉上眼睛睡一會兒，等下就好了……」

累？睡覺？

這兩個詞在路天峰的腦海內相互碰撞著，濺出了一陣異常清晰的靈感火花。

「我想明白了！」路天峰突然提起精神來，情不自禁地失聲喊道。

這下子不單單是陳諾蘭，連站在一旁的童瑤和章之奇都被嚇了一大跳，路天峰連忙搬出那一段早已經背得滾瓜爛熟的台詞，將時間漩渦和鎖死的狀況快速地解釋了一遍。

三人很快就聽懂了路天峰的意思，但陳諾蘭又多問了一句：「那麼，你剛才猛地大喊一聲『想明白了』又是怎麼回事呢？」

「我一直覺得司徒康對我隱瞞了某項關鍵細節，而現在我終於發現了他描述當中存在著一個巨大漏洞——」

在時間漩渦的鎖死之中，感知者的身體機能無法重置，因此會處於極度疲勞的狀態，路天峰現在剛剛踏入第五次迴圈之中，已經明顯感覺到疲憊不堪，如果再這樣下去，他懷疑自己最終的結局會是因過勞而猝死。

「諾蘭，妳是生物醫學方面的專家，我想問一下，人如果一直不睡覺，最多能持續幾天？」

陳諾蘭雖然不明白這個問題的用意，但還是很快說出了答案，「我記得曾經看過相關的研究資料，人類連續不睡眠的可信紀錄，大概是十一天，也就是兩百六十多個小時，但這已經是非常極端的情況了。普通人如果連續三天無法睡眠，精神狀態會變得很差，焦躁易怒，甚至會出現幻覺；如果超過五天不睡覺，那就已經處於隨時可能猝死的狀態，精神也可能隨時徹底崩潰，直接瘋掉。」

章之奇對這個問題也有自己的一番見解，「一直不讓犯人睡覺和休息，也是中國古代的一種審訊手法兼酷刑，在這種情況之下，無論是意志多麼頑強的嫌犯，都撐不過三、五天。」

「那麼人類有沒有可能在只有品質極差，平均幾分鐘一段短暫睡眠的情況下，生活二十年呢？」

陳諾蘭瞪大了雙眼，連連搖頭，「不可能，人進入真正的深度睡眠狀態也是需要一定時間的，理論上在十分鐘到三十分鐘左右，幾分鐘根本不足夠。按照你說這樣子斷斷續續的睡覺，等於另外一種折磨，沒比完全不能睡覺好多少。」

「妳覺得在這樣的狀態下，一個人能堅持多久？」路天峰問道。

「很難說，二十天可能是上限了，二十年絕對是做不到的。」陳諾蘭想了想，又補充道：「就算能堅持二十天，我想這個人的精神狀態也跟行屍走肉一樣了，思緒和反應都會變得極其遲鈍。」

「這就是司徒康欺騙我的地方——他根本不可能經歷過那麼多次的時間迴圈。」路天峰感到心頭的迷霧稍微消散了一些，「他也許和我們一樣，只經歷了同樣次數的迴圈，但唯一的區別在於，他的身體老化程度確實比我們嚴重得多。」

「為什麼會這樣呢？難道……」在如今這個時間迴圈裡面，陳諾蘭並沒有見過蒼老的司徒康，但她似乎從路天峰的轉述之中，想到了某個關鍵點。

「諾蘭，妳想到什麼了？」

「等我再整理一下思路……」陳諾蘭閉上眼睛，默默地思索著，就這樣約莫過了一分鐘，她再次睜開雙眼。

「這也許是干涉者和感知者之間的差異導致的。之前我們曾經採過司徒康的 DNA 進行測試，但按照我的測試方法，得出的結論卻是『司徒康並非感知者』，這個結論無疑是錯的——既然司徒康是干涉者，那他就一定是感知者。從這一點倒推回去，我們可以得出一個正確率很高的假設：干涉者的DNA特徵，與感知者的DNA特徵完全不一致。」

路天峰點了點頭，這一段話雖然涉及到他所不瞭解的專業領域，但陳諾蘭的解說還是足夠通俗易懂的。

童瑤也似乎明白了什麼，說道：「妳的意思是，時間漩渦對感知者和干涉者的影響也是完全不一樣的？感知者雖然被困在閉環之中，但身體狀況仍然處於『今天』；而干涉者的身體，卻經歷了『若干年』。」

「這是我根據目前所掌握的資訊，做出最為合理的一個可能性預測了。」即使是大膽地說出了一個異想天開的觀點，陳諾蘭也仍然保持著科學家特有的嚴謹言辭。

路天峰舉起右手，在空中用力地握了握拳頭，充滿信心地說：「看來司徒康手中真正掌握的籌碼，比我們之前預料的要少得多。」

想明白這最為關鍵的一點之後，剩下的問題就一通百通了。比如說，為什麼司徒康不找機會直接殺掉路天峰？因為他根本沒有那麼多時間，還沒能找到機會。又比如說，司徒康為什麼要主動把關於時間鎖死的相關訊息告訴路天峰？那是因為他要虛張聲勢，讓路天峰等人覺得他足足累積了二十年的豐富經驗，和他作對根本毫無勝算，所以自然會打消質疑或反抗他的念頭。

「我聽見這裡好像有人想要對付司徒康？」這時，白色襯衫上滿是血跡的談朗傑大步走進魔術劇場，他的眼裡布滿了通紅的血絲，但眼神中流露的並非疲憊，而是一種混雜著悲傷和憤怒，又有點興奮和狂熱的感覺。

路天峰的話到了嘴邊，卻說不出來，因為他覺得敷淺的安慰，對談朗傑並沒有任何意義。現在談朗傑最在乎的事情，無疑是如何對付司徒康。

「如果想要對付那傢伙，我有一個建議。」談朗傑的語氣透著寒意，和之前的他給別人的感覺完全不一樣，「萬事俱備，請君入甕。」

九月三日，凌晨一點。
鎖死狀態，第五迴圈。
未來之光號，第二層，船長專用臥室。
杜志飛剛剛踏入臥室，就感覺不對勁，房間裡瀰漫著一股淡淡而熟悉的幽香，但這股香氣的主人，理應不在這個世界上了。
然後，一雙溫熱光滑的小手，從背後突然襲來，捂住了杜志飛的雙眼。
「噓，別緊張，是我。」耳邊傳來賀沁凌的低語聲。
聽見死去之人突然復活，杜志飛怎麼可能不緊張？他的背後滲出一陣冷汗，身體微微顫抖起來，說話也變得結結巴巴。
「妳……是誰……為什麼……」
「冷靜點，你沒聽錯，確實是我。」櫻桃拿開蒙住杜志飛眼睛的雙手，將他的臉轉向自己，順勢在他的額頭上親了一下。
「妳不是……已經……已經……」杜志飛的呼吸越發急促，臉色通紅，額頭上同樣冒出了汗水。
眼前的人果真是活生生的賀沁凌，那麼之前死掉那個人又是誰呢？
「形勢危急，待會再跟你慢慢解釋。」櫻桃拉住杜志飛的手，用嬌滴滴的語氣說道：「有一群壞人正在追殺我，但你一定會全力保護我的，對吧？」
「對……那當然……」杜志飛的腦袋一片空白，只是機械地應聲。

「快通知保全主任黃良才，派人守住這裡，我擔心壞人馬上就要到了。」櫻桃的手移到杜志飛右手手腕的智慧型手環上，輕輕地撫摸著手環表面，「嗯？我現在才發現，你戴的手環款式和其他人不一樣？」

「哦，這是公司內部測試的新型號，好像還能檢測心跳和血壓之類的。」杜志飛下意識地回答道。

櫻桃冷冷一笑，她總算明白為什麼司徒康能追蹤到這裡來了。杜志飛的這些健康資料，一定是上傳到郵輪的中央資料伺服器那裡了，而只要司徒康派人入侵伺服器，就等於能夠監測杜志飛的一舉一動。

在之前兩次迴圈之中，她殺死杜志飛時引發資料異常，還很可能發出了健康預示警報，因此水川由紀才會循跡而來，攔截自己。

「閒話少說，快叫黃良才帶人過來吧。」

「好，好。」杜志飛忙不迭地拿起內線電話，開始撥號。

九月三日，凌晨一點零五分。

鎖死狀態，第五迴圈。

未來之光號，第十二層，味魂日本料理。

豪華包廂內，一具骷髏無言地坐在地板上，頭上那兩個空蕩蕩的窟窿，如同一雙大眼睛，怒目圓睜地瞪著幾位硬闖進來的不速之客。

「我之前和小冷來過一次，一進門就看到這個樣子。」談朗傑指著那副骷髏骨架說。

陳諾蘭毫不畏懼地走上前，蹲下身子，一言不發仔細觀察著骨頭表面的狀況。

「你們沒有動過現場？」路天峰問。

「沒有，而且幾分鐘後，會有一個身穿服務生制服，鬼鬼祟祟的男人前來查看情況。」談朗傑看了一下時間，「如果那傢伙並非感知者，我們最好埋伏起來，不要打草驚蛇，然後找機會抓住他。」

路天峰向章之奇使了一個眼色，後者心領神會，跟童瑤一起走出包廂，準備找適當的地方埋伏。

這時候，陳諾蘭站了起來，語氣嚴肅地說：「死者為中年男性，從骨架的風化情況來推斷，死亡時間至少超過五年，甚至十年也有可能，但無法確定具體時間。」

「這怎麼可能，除非屍骨是從別處移動過來的……」路天峰對法醫知識也略知一二，就算不懂得推算死亡時間，也能看出這樣的骷髏骨架不可能是短時間形成的。

陳諾蘭搖搖頭，否決了路天峰的猜想，「不，這骷髏風化成這樣子，根本不可能移動，一動就會裂開和粉碎，無法復原。」

談朗傑說：「答案很明顯，這具骨架形成的原因，一定超出目前科學能解釋的範圍，簡而言之，我覺得這和時間漩渦有密切關聯。」

路天峰馬上想起了整個人顯得特別蒼老的司徒康，和陳諾蘭那個對於干涉者肉體會經歷比感知者更漫長時間洗禮的大膽猜想。

「難道這人也是干涉者？」路天峰一時沒想到，這艘郵輪上還有什麼人可能會是干涉者。

談朗傑又瞄了一眼手錶，說：「能夠給我們答案的人，應該快要到了。」

話音未落，包廂外就傳來了章之奇的叫喊和重物跌落地面的聲響。

說來奇怪，也許是長期被通緝養成的直覺吧，身穿員工制服的鄧子雄一走進「味魂」的大門，就有種不祥的預感，再往裡走兩步，內心的不安越發強烈，於是他在並沒有察覺到任何異常的狀況下，決定扭頭就跑。

「抓住那傢伙！」章之奇反應極快，連忙指著鄧子雄大喝一聲。

鄧子雄隨手抄起一瓶芥末，往章之奇的臉上砸過去，頭也不回地轉身飛奔。然而他才跑出了幾公尺，童瑤就從旁邊跳出來，攔住了他的去路。

前有阻擋，後有追兵，鄧子雄沒時間考慮太多了，只能挑選看起來稍微弱一點的女生，猛地衝撞過去。

他心想，畢竟男女有別，在力量差距懸殊的情況下，撞開這名攔路的女子應該不是什麼太困難的事情。

然而鄧子雄的想法大錯特錯，他甚至沒看清楚童瑤的動作，只覺得腳下被什麼東西絆了一下，身體失去平衡，又不由自主地凌空飛起，再以背著地的姿勢重重摔在地板上。

「嗚！」結結實實挨了一記背摔的鄧子雄，忍不住慘叫一聲，他還想掙扎著爬起來，童瑤立刻再補上一腳，踢得他再也不敢亂掙扎了。

章之奇撲上前，反剪鄧子雄的雙手，把他控制住。

「你是什麼人？為什麼一看到我們就跑？」章之奇瞄了一眼鄧子雄的員工名牌，「你叫高朋？」

「是……是的……」鄧子雄渾身上下都在隱隱作痛，只能咧著嘴巴說。

「起來，好好交待清楚。」章之奇注意到，鄧子雄臉部肌肉的抽搐有點不自然，這通常是做過整容手術留下的後遺症。

「這位大哥，不，警察先生，我……我一向奉公守法，沒有做過任何壞事啊！」鄧子雄眼珠一轉，開始申辯。

章之奇沒錯過鄧子雄言語之間的漏洞，隨即問道：「警察？我什麼時候說過自己是警察了？」

「不，沒有……大哥你要不是警察，抓我幹嘛？」鄧子雄的表情都快要哭出來了，他真不知道事情為什麼會發展成這樣子。

「你倒是說說，警察為什麼要抓你？」章之奇露出一絲狡黠的笑容，向童瑤眨眨眼，略帶點炫耀自己詢問技巧的意味。

童瑤白了章之奇一眼，沒好氣地說：「他不是警察，我是。走，我們進包廂裡慢慢聊。」

就這樣，呆若木雞的鄧子雄被帶到了包廂裡面，他一看到路天峰和陳諾蘭也在場，心理防線一下子就崩潰了——這兩人可是天時會的重點關注對象，他自己更是曾經與路天峰正面交鋒，差一點就讓這位警察葬身火海，沒想到會在此時此刻再次相遇。

路天峰的目光一直停留在鄧子雄臉上，他覺得這個男人似乎有點眼熟，但仔細看五官輪廓，又跟自己記憶中的臉孔不太符合，不禁陷入了沉思。

「路隊，我們抓獲了這個可疑的傢伙。」童瑤說。

談朗傑同樣也在打量著鄧子雄，他覺得眼前這個人應該正是之前小冷差點就抓住的那個神祕男人——只是一想起小冷，他的心頭霎時感到一陣刺痛。

「你是什麼人？」路天峰開口問鄧子雄。

「我叫高朋……郵輪上的服務生……」

路天峰一聽這個聲音，立即和腦海內的某段回憶對上了——他想起了D城大學實驗室內的那場大火，更認出了那個差點坑死自己的中年男人，在逃通緝犯鄧子雄。

於是路天峰冷笑一聲，「鄧子雄，你這整容手術花了不少錢吧？效果挺不錯的。」

鄧子雄知道自己的身分已經暴露，乾脆也不隱瞞了，無所謂地聳聳肩，說：「我們現在身處公海之上，路警官應該沒有執法權吧？」

「你還怕我沒辦法把你帶回D城？快配合我們的調查，把你知道的情況都交待清楚吧。」

鄧子雄皮笑肉不笑地說：「我還真擔心你活不到郵輪靠岸。」

「你這話什麼意思？」

鄧子雄自然也懂得壞人一般死於話多的道理，於是閉上嘴巴，沉默以對。

路天峰又繼續問了幾個問題，鄧子雄一概裝聾作啞，一言不發，於是路天峰只好祭出撒手鐧，指著牆邊的骨骸問：「你知道這是誰嗎？」

鄧子雄循著路天峰指的方向看過去，剛才他的注意力完全集中在路天峰身上，因此直到這時才注意到那具詭異的骷髏。

「一堆白骨，我怎麼可能知道是誰？」鄧子雄脫口而出，但他隨即想到了另外一個問題——周煥盛不是應該在這裡跟時間機器的賣家做交易嗎？他人現在去了哪裡？為什麼聯繫不上了呢？

於是鄧子雄突然想到了一個匪夷所思的答案：這具骨骼該不會就是周煥盛本人吧？

路天峰敏銳地捕捉到鄧子雄的神情變化，他向前邁了一步，緊盯著鄧子雄的臉追問：「你是不是來這裡找人的？」

鄧子雄的手不受控制微微顫抖起來，但他仍然頑固地搖搖頭。

「你要找的那個人，會不會已經化為一堆白骨？」

鄧子雄的瞳孔倏地放大，再也抑制不住內心湧起的恐懼。

九月三日，凌晨一點十一分。

鎖死狀態，第五迴圈。

未來之光號，第二層，船長專用臥室門外。

黃良才氣喘吁吁地扶著門邊，身旁是八名荷槍實彈的保全人員，他完全不能理解為什麼杜志飛十分鐘前還跟他如常道別，一回頭卻又發出緊急呼叫，讓他立刻帶人荷槍趕到船長專用臥室「護駕」。

結果，這裡不但沒有發現任何可疑的人，而且杜志飛還一臉冷漠地拒絕了他進門的請求。

「杜總，別人不方便進去，但好歹讓我進去檢查一下吧？」黃良才猜測，也許是杜志飛的房間裡藏了個嬌娃，但自己一向口風嚴密，無論現在到底是哪個女人在杜志飛床上，他都可以視而不見。

「不，房間裡很安全，你們守在外面就好。」杜志飛的語氣斬釘截鐵，沒有任何商量的餘地。

「那麼……杜總為什麼發出緊急求救訊號？是發現了什麼異常狀況嗎？」黃良才的疑心越來越重，他並不是非得戳穿杜志飛那花花公子的私生活真相，而是擔心有歹徒藏在房間內，並且已經完全控制了杜志飛的一舉一動。

所以黃良才在與杜志飛對話的同時，悄悄地拿出了手機，發了一則訊息給他：房間裡還有人？

「我這裡一切正常，別慌，不要自亂陣腳。」杜志飛一邊說，一邊以難以察覺的幅度輕輕點了點頭。

黃良才飛快地打字：對方有槍嗎？

與此同時，他面不改色地說：「杜總，按照未來之光號的安全檢查流程，我還是得親眼確認一下房間內部的情況才行。」

杜志飛提高了音量，「黃主任，這艘船上的安全流程是由我規定的，現在我明確告訴你，不需要進來！」

杜志飛說這話時，緩慢地搖了搖頭。

「杜總，很抱歉，流程是由集團公司規定的，而不是──」黃良才的話才說到一半，突然毫無徵兆地伸出手，一把拉住杜志飛，然後身形一轉，將杜志飛甩出了房間之外，緊接著飛起一腳，狠狠踢向房門，將門關上了。

這一連串的變故發生得如此之快，就連杜志飛也沒反應過來是怎麼一回事，當他回過神來，連退幾步，躲在了保全人員身後，說：「注意，大家緊盯著房門，不要讓任何人出來！」

那幾位保全人員並沒有看到黃良才透過手機跟杜志飛溝通的過程，對眼前的狀況更是一頭霧水，不明所以，但有一點可以肯定的是，杜志飛畢竟是他們的大老闆，聽他的吩咐做事總不會有錯。

「兄弟們，保護杜總！」不知道是誰熱血昂揚地喊了一句之後，保全人員將杜志飛團團圍住，看這陣勢簡直就像打仗一樣。只不過大家都似乎忽略了另外一個問題——他們那位被困在房間裡的上司黃良才，如今的情況還好嗎？

九月三日，凌晨一點十四分。

鎖死狀態，第五迴圈。

未來之光號，第二層，船長專用臥室內。

房間的門關上之後，空氣彷彿凝固了似的，黃良才甚至覺得自己正身處於一座剛被考古學家發掘出來的墳墓之內。四周寂靜無聲，連空調出風口發出來的微小聲響都顯得如此刺耳又令人不安。

黃良才抽出腰間的配槍，以雙手持槍的姿勢舉起，槍口緩慢地移動著，所指方向從床邊到櫃子，再移動到洗手間的那扇門——雖然彈夾裡使用的只是塑膠子彈，但黃良才有足夠的信心，只要瞄準要害位置扣下扳機，塑膠子彈也能把敵人打個半死不活。

「出來吧，我知道你在裡面！」黃良才低喝一聲，他有九成以上的把握，入侵者就躲在洗手間內。

「黃主任，您好，請先看清楚我到底是誰，千萬別不小心開槍了哦。」一個女聲歡快地答道，聽起來不但完全沒有罪犯被逮捕時的狼狽和窘態，反倒洋溢著一股興奮的氣息。

黃良才只覺得這聲音非常熟悉，但一時竟沒想起是誰。

櫻桃靠在洗手間的門邊，笑意盈盈地探身露出半張臉來，還不忘向黃良才撒嬌似的眨眨眼，說：「辛苦你跑一趟了，黃主任。」

「賀……賀小姐？」黃良才雖然見多識廣，但「死人復活」這種事情還是遠遠超出他預料，他的槍口依然指著櫻桃，而且腦子裡緊張地回憶著各種喪屍電影的情節，想要確認塑膠子彈到底能不能對復活的喪屍造成傷害。

「黃主任，冷靜一點，你的手在抖。」櫻桃卻完全沒有躲避的意思，整個人大搖大擺走到黃良才面前，緩緩伸出自己的右手，「你可以摸一下，我是有體溫的活人。」

黃良才張開嘴巴，似乎想說點什麼，但明明準備說出口的話如同大海裡偶爾泛起的小漩渦一樣，很快就消失得無影無蹤。

黃良才如同木偶人一般，眼睜睜看著櫻桃輕輕取走自己手中的槍，再卸下彈夾，倒出裡面的塑膠子彈。當她的手指掠過他指間那粗糙的皮膚時，他真真切切地感受到來自對方的灼熱體溫。

「妳還活著？那麼死去的人是誰？」

櫻桃沒有回答這個問題，而是笑著說：「謝謝您啊黃主任，是您救了我一命。」

「我……我做了些什麼嗎？」黃良才真是想破腦袋都不明白，自己到底怎麼救了她。

「只要我知道答案就夠了，你不需要知道太多。」櫻桃很清楚，此刻在門外並沒有發生意外衝突，那就證明水川由紀在這次迴圈之中，並沒有跑過來對付自己。

櫻桃心想，司徒康和水川由紀不可能提前預測到自己會把黃良才和郵輪保全隊伍搬過來當救兵，那麼對方沒有繼續攻擊她的原因只有一個——

他們不會單純重複上一次迴圈的行動，而是會在每一次新的迴圈當中，去攻擊不同的目標，只有這樣，才能夠施展各種出其不意的戰術。

櫻桃不禁感到好奇，不知道這一次，水川由紀的攻擊對象到底會是誰呢？

九月三日，凌晨一點十五分。

鎖死狀態，第五迴圈。

未來之光號，第七層，魔術劇場，後台。

謝騫單膝跪地，蹲在丁小刀的屍體旁，仔細觀察著屍體脖子上的傷口，然後又舉起自己的右手，他的手裡拿著一把銀光閃閃的匕首，看起來鋒利無比。

這是謝騫自製的魔術裝置，可以用來表演盲眼飛接匕首，在空中飛行時的精確度極高。當然了，他平時表演時使用的是假匕首，只是看起來威風凜凜而已，實際上跟小孩子的塑膠玩具一樣，不可能對人體造成任何傷害。

但同樣一套魔術裝置，也可以發射出真正的匕首，在短距離之內，準頭甚至比手槍子彈還要更高。現在看來，丁小刀就是被這套裝置殺死的，而有能力操控飛天匕首裝置的人，除了謝騫自己，就只有他的助手小凌了。

所有的證據都指向同一個答案——小凌就是魔女，也就是路天峰所說的櫻桃。

謝騫突然想到，自己還可以去小凌住的房間裡勘查一番，看看能否發現什麼有用的線索。然而這時候，安靜的後台走道處突然傳來了輕微的腳步聲。

這聲音極其小心謹慎，試圖隱藏自己的行蹤，絕對不可能是路天峰等人所發出來的。

「誰？」謝騫的警覺性很強，立即站直了身子。

沒有回答。

謝騫並沒有坐以待斃，而是快步走到離自己很近的電燈開關處，關掉了燈光。後台頓時陷入一片黑暗之中，而對道具擺放和空間位置非常熟悉的魔術師，很快就適應了這種黑暗，隱隱約約分辨出自己應該往哪裡走才是最安全的。

腳步聲的主人似乎已經知道自己暴露了，也不再花費心思去掩飾，大搖大擺地迅速接近。

「你果然回來這裡了。」不遠處傳來了水川由紀的聲音。

謝騫屏住呼吸，一言不發。

「你就是不喜歡輸給女人的感覺，對吧？」水川由紀譏笑道：「其實沒什麼了不起的，輸了就輸了，承認自己技不如人就好。」

謝騫咬著牙，強壓著心頭的怒火。他知道水川由紀說得沒錯，被櫻桃戲弄於鼓掌之間的挫敗感，令他大受打擊，因此他非常渴望去做些什麼，來證明自己可以勝過那個女人。

水川由紀一邊在黑暗中慢慢地踱步，一邊繼續出言挑釁，「如果你不是那麼執著於想要擊敗櫻桃，你就不會來這裡，而你來了這裡，又落入了另外一個女人布下的陷阱——謝騫，你這輩子註定要毀在女人的手中！」

水川由紀的最後那句話，如同一條惡毒的蛇，撕咬著謝騫的靈魂。他不禁想起了潔茹，那個他曾經深深愛著，卻又給他帶來無盡痛苦的女人。

謝騫的呼吸漸漸變重了，水川由紀敏銳地捕捉到這輕微的聲音變化，從而鎖定了魔術師躲藏的大概方位。她握緊了手中的匕首，隨時準備當作飛刀甩出去。

「謝騫，你敢出來跟我單挑嗎？」

謝騫握緊了拳頭，雖然他已經怒不可遏，但仍然保持著最後的一絲冷靜。他很清楚，自己身為感知者，此時一旦受傷就無法復原，而水川由紀卻可以豁出性命跟自己生死相搏，因此他絕對不會跟她正面交鋒。

「這只是激將法，激將法……」謝騫心裡默默地嘀咕著，緊張地盯著水川由紀所在的方向——從他藏身的位置可以看見水川由紀的身影，而她很顯然還沒有發現自己。

這時候，水川由紀正好走到了謝騫用來表演的道具之一，一座兩米高的古典座鐘旁邊，於是謝騫的目光也情不自禁地瞄向了帶夜光的指針。

咦？現在的時間已經是一點十九分了？

怎麼回事？難道時間的閉環已經被打破了嗎？

謝騫原本的計畫是只需要在黑暗中藏身幾分鐘，就能拖到新一輪的時間迴圈開始，這樣子可以確保自己安全逃離水川由紀的追擊，然而按照現在的情況來看，他似乎不能依靠時間迴圈來逃避了。

雖然搞不清楚為什麼時間不再迴圈，但最起碼，現在他可以嘗試去攻擊甚至殺死水川由紀了——感知者和普通人之間，又重新回到了同一條起跑線上。

不對，也許謝騫還佔據著些微上風，因為水川由紀未必知道，她已經不再有復活的機會。

謝騫再看了一眼座鐘的指針，已經是一點二十分了，時間之河無疑已經如常流淌，這可是他發動襲擊的最好時機！於是謝騫從藏身的箱子後方跳了出來，瞄準水川由紀的身形，用力拋出手中的匕首——

以魔術師的標準來看，這一記飛匕首已經算是快狠準了，但以職業殺手的標準來評價，還是稍顯稚嫩了一些。水川由紀以不亞於魔術助手的柔韌性和反應能力，靈巧地側了側身子，避開了謝騫的攻擊，與此同時，她右手一揚，一道銀光直飛謝騫的面門。

謝騫也早有準備，閃身躲避，但就在眼見他已經能夠避開利刃的那一瞬間，他才終於看清楚，原來水川由紀同時扔出了兩把匕首，一把閃耀著顯眼的銀光，另外一把刀刃塗成了黑色，難以察覺，但同樣致命。

「咣當！」銀色的匕首被謝騫閃開了，擊中了某件金屬道具，發出清脆的響聲。

「噗——」黑色的匕首，則插入了謝騫的肩膀。雖然不是要害，但僅僅過了幾秒鐘，一股麻木的感覺就由肩膀開始飛速擴散，很快蔓延到全身上下。

謝騫頹然倒地，嘴唇微微顫抖著，吐出幾個字：「是毒藥……」

「當然啦，畢竟我是個心腸歹毒的女人嘛。」水川由紀笑盈盈地看著逐漸虛弱的謝騫，就像貓咪看著垂死的老鼠一樣。

「為什麼……會這樣……」

水川由紀回頭，看了一眼那個老式座鐘，說：「告訴你一個祕密吧，其實我來到這裡的時間，比你想像的還要早。」

謝騫的腦海裡突然冒出了一個非常可怕的可能性，全身血液頓時凍住了，眼前一黑，幾乎暈死過去。

「我提前把這個鐘的時間調快了十分鐘……」

水川由紀後面還說了什麼，謝騫已經聽不見了，這位高傲的魔術師不甘心地瞪大雙眼，七竅流血，雙手緊緊攥著拳頭，悲慘地嚥下最後一口氣。

「司徒先生，我完成任務了……嗯，應該說，我又完成任務了，對吧？」水川由紀喃喃自語著，轉身離去。

九月三日，凌晨一點十五分。

鎖死狀態，第五迴圈。

未來之光號，第十二層，味魂日本料理。

鄧子雄雖然在看到那堆白骨之後有過短暫的失態，但很快又重新恢復守口如瓶的狀態，堅決不肯再透露多一個字。

談朗傑略帶焦躁地看了一眼手錶，離下一次迴圈開始還有三分鐘。

「路警官，我們得趕快制訂下一迴圈的作戰策略。」

路天峰問：「不知道談先生有什麼想法？」

談朗傑卻是先瞄了一眼陳諾蘭，然後才開口說：「剛才陳小姐提出的觀點很有意思，而我還有另外一個更大膽的假設。」

陳諾蘭露出愕然的神色，但談朗傑的這句話確實成功吸引了她的注意力。

「願聞其詳。」陳諾蘭說道。

「其實在陷入時間鎖死之前，我一直在派人追蹤時間機器的賣家和買家，而我最終鎖定可能發生交易的地點，就在這裡。」

路天峰問：「所以你認為，這副白骨屬於買賣雙方的其中一個人？」

「不僅如此，我還對為什麼只有這個人化為白骨有自己的一套解釋。」談朗傑指著風化的骨骼說：「眾所周知，在爆炸的中心點破壞力最大，假設時間漩渦就是一場時間線上的大爆炸，那麼處於中心點的人，是否也會受到更大的影響呢？」

「這個……」路天峰將帶著詢問意味的目光投向陳諾蘭，他覺得只有陳諾蘭才有資格回答這種問題。

「將時間視為爆炸嗎？嗯……雖然在直覺上看起來沒什麼問題，但我們找不到足夠的證據支撐這樣的推論啊。」陳諾蘭沉吟道。

這時候，章之奇搶先看穿了談朗傑的心思，他插話道：「我們並不需要什麼嚴謹的科學論證，關鍵是讓司徒康疑神疑鬼就可以了。」

談朗傑笑了笑，說：「沒錯，從下一迴圈開始，我們就每次都盡快在這裡集合，將司徒康的注意力完全吸引過來，而且我還可以讓我手下的調查員封鎖周邊，盡力阻攔司徒康和水川由紀進入這家餐廳。」

「這樣一來，司徒康一定會猜測我們到底聚集在這裡做什麼。」路天峰也體會了這個計畫的巧妙之處，不禁對談朗傑產生了一種刮目相看的感覺。

「是的，說不定司徒康還會以為，我們在這個包廂裡找到了時間機器留下的痕跡呢。」談朗傑鬥志昂揚地說：「他一定會想方設法闖入餐廳查看情況的，而只要他敢來，我們就要保證他出不去。我既然能夠帶人上船，自然也夾帶了一些武器和裝備。」

路天峰聽出來談朗傑話語中帶著的強烈殺意，他皺了皺眉，心裡雖然有點不太認同，但又不好多說什麼。

因為再過十秒鐘，時間又將重置。

九月三日，凌晨一點十七分。

鎖死狀態，第五迴圈。

未來之光號，第十八層，１８２０房。

司徒康低著頭，一個人坐在桌子旁，連房間的頂燈都沒有打開，屋內唯一的光源，是他面前亮起的一盞小檯燈。

狹窄的桌面上，凌亂地放著一副撲克牌，其中有四張不同花色的 Ace 牌面朝上，另外旁邊還有一張彩色的 Joker。除了這五張牌之外，其它的牌都是牌面朝下，還有幾張牌更是已經被撕碎了。

原本出神地盯著撲克牌的司徒康，突然伸出他那微微顫抖的右手，拿起桌面上的方塊Ａ，用力折疊了一下，然後順著折痕，慢慢將這張牌撕成兩半，再輕輕地扔回桌面上。

「又解決了一個。」

他一邊說，一邊將剩下的三張 Ace 鄭重地排成一列。

「但最後這三張牌，卻是一個比一個難辦啊。」

司徒康想了想，拿起了紅心Ａ，蓋在黑桃Ａ和梅花Ａ的上方。

「也許應該讓他們見面了吧。」

蒼老的男人瞇起眼睛，嘴角微微上翹，流露出一個冰冷的笑容。

第五章　底牌

1

九月三日，凌晨零點四十五分。

鎖死狀態，第六迴圈。

未來之光號，第七層，魔術劇場。

「又開始了……」路天峰無奈地歎了一口氣，用力按壓著自己的太陽穴。

「峰，你還好嗎？」幸好在每一次迴圈的最開頭，都一定會有陳諾蘭這一句充滿溫暖的關懷和問候。

「放心吧，我沒事。」路天峰輕輕握了握陳諾蘭的手然後再鬆開，向章之奇和童瑤簡單說明了一下關於時間迴圈的狀況。

「那麼。接下來我們要去哪？」章之奇問。

「味魂日本料理……」然而路天峰話音未落，身上的呼叫器卻響了起來。他先是愣了愣，因為理論上能夠通過呼叫器聯繫他的幾個人，其實都在現場，但隨之想起之前自己曾將內部通訊頻道告訴了雷派克。

「派克先生？」

「路警官，你在哪裡？」通訊器那頭，雷派克的聲音聽起來十萬火急。

「我還在魔術劇場這裡……」

雷派克立即打斷了路天峰的話，「我們剛剛收到線報，有櫻桃的消息了！」

「櫻桃？」路天峰腦海裡冒出的第一個問題，並非櫻桃到底在哪，而是為什麼有人能夠向雷派克舉報櫻桃的下落。

「她很可能躲在船長室裡頭，我們馬上去那裡集合吧，回頭見！」

路天峰還沒來得及回答，雷派克就已經切斷了通訊，他甚至可以輕易想像出這位國際刑警帶著手下，一路小跑奔向船長室的樣子。

「所以我們到底要去哪？」童瑤問。

船長室在郵輪的第二層，而味魂日本料理在第十二層，路天峰等人所處的位置，恰好在兩者的中間，真可謂左右為難。一方面，路天峰認同談朗傑的想法，如果不主動出擊，用計將司徒康誘導到指定地點，他們只會步步被動，一路處於被牽著鼻子走的狀態；但另外一方面，櫻桃的現身很可能是解開謎題的關鍵一環，搞不好現在時間機器還在她手中，只要找到時間機器，閉環的狀態就有機會打破，並不一定非要讓感知者相互廝殺，拚個你死我活不可。

「兵分兩路吧。」路天峰很清楚，現在沒有足夠的時間讓他深思熟慮了，「我跟諾蘭去味魂日本料理，奇哥和童瑤到船長室那邊看看情況吧。」

「好的。」章之奇停頓了片刻，忍不住再次開口問：「阿峰，味魂日本料理那邊是有什麼緊急狀況，所以你非去不可嗎？」

從章之奇的觀點來看，攔截櫻桃自然是頭等大事，他不太明白路天峰為什麼不去船長室幫忙，而要跑去味魂餐廳。

「這事說來話長，容後再向你解釋。」路天峰話一出口，突然想到在這次迴圈，自己還未必有機會向章之奇解釋清楚呢，不禁苦笑起來，「對了，你們如果遇上了櫻桃，一定要小心應付，她可不會輕易束手就擒。」

「明白，你們也要小心。」章之奇的眼神不無擔憂，他也許已經意識到，路天峰所要面對的敵人，會比櫻桃更加棘手，更加難纏。

九月三日，凌晨零點五十分。

鎖死狀態，第六迴圈。

未來之光號，第二層，船長室。

黃良才腰間的呼叫器突然響起，打斷了他和杜志飛之間的對話。

「怎麼回事？」黃良才語氣嚴肅地接通了呼叫器。

「黃主任，大事不好……這邊又死了一個人……」

黃良才一聽，一口老血幾乎要吐出來。這趟航程真是出師不利，僅僅一個晚上，已經死了多少人了？

不過越是遇到大事，就越需要冷靜的道理，黃良才還是懂的，於是他深深吸了一口氣，問道：「到底什麼情況，先簡單說一下。」

「是……是的……是在主甲板的露天酒吧處……服務生說沒怎麼留意，一回頭，原本好端端坐著喝酒的魔術師謝騫，已經口鼻流血，癱倒在地上了……」

「居然還有那麼玄的事情？」黃良才很清楚，命案現場的目擊者由於受驚嚇過度，經常會說出一些魔幻的證詞，需要仔細分析，明辨真偽。但事情發生得未免太過巧合，他這才向杜志飛追問關於謝騫的事情，一轉眼功夫，這位魔術師就慘死在露天酒吧裡了？

「主任……還有更奇怪的事情……」彙報情況的保全人員越說越結巴，到最後直接卡住了，一句話都沒說完。

「別浪費時間，快說！」黃良才提高音量，惡狠狠斥罵道。

「是……是這樣的……我已經第一時間檢查過酒吧的監視器畫面……謝騫所在的位置正好處於某個監視器鏡頭的正中央，拍下來的影像很清晰。可以看到事發的前一秒鐘，謝騫還一切如常，但突然畫面就出現了莫名的雪花紋干擾，受干擾的時間非常短，但雪花消失後，謝騫就已經死了。」

「這怎麼可能，一定是監視器被人動過手腳。」黃良才再也沒有耐心慢慢聽下屬解釋了，「等我幾分鐘，我馬上過去。」

黃良才掛斷呼叫器，又看向杜志飛，後者重重地歎了一口氣，擺擺手說：「你先去處理那邊的情況吧，我有一種不好的預感，這艘船上還會繼續死人……」

「杜總，你是不是還有什麼事想告訴我？」面對自己老闆，黃良才還是很有耐性的。

「黃主任，你相信超能力嗎？」杜志飛沒頭沒腦地反問一句。

「不，我只相信科學和邏輯。」

「那麼……」

「咚咚咚！咚咚咚！」

這時候，船長室的門外傳來一陣急促而猛力的敲門聲，門外的人顯然沒什麼禮貌，又或者急得無暇顧及禮貌。

「我去看看是誰。」黃良才正要走向門邊，沒料到來者已經等不及了，船長室的門被轟隆一聲撞開，雷派克和孫映虹舉槍衝了進來，兩個黑黝黝的槍口分別指著黃良才和杜志飛。

「我們是國際刑警！全部人不准動！現在懷疑你們窩藏通緝犯，需要立即對這個房間進行搜索工作！」

杜志飛的臉漲得通紅，氣得連聲音都顫抖起來了，「過分，太過分了！誰給你們破門而入的權力？我這裡又哪來的通緝犯？」

雷派克冷笑一聲，說：「杜總請息怒，我們知道這個房間和隔壁臥室是相通的，現在臥室那邊也被我們封鎖了，到底你有沒有窩藏通緝犯，很快就會水落石出。」

杜志飛心頭怒火更盛，大喝起來，「居然連我的臥室都不放過！我一定會投訴你們，投訴到你們所有人都失業為止。」

雷派克不以為然地聳聳肩，他如果沒有十足的把握，又怎麼敢硬闖船長室？雖然剛剛從天而降的線報來得有點莫名其妙，但資訊卻相當可靠，填補了他們在櫻桃調查工作中一直缺失的空白部分。

「櫻桃不是一個人，而是兩個人——」電話那頭，是一個透過變聲器處理的聲音。

「你是誰？你說什麼？」原本已經有點昏昏欲睡的雷派克，一下子就坐直了身子。

然而對方根本不管他的問題，自顧自地說下去，「兩人其中之一，是演員賀沁凌，另外一個人，是郵輪上的魔術師助手小凌——」

「說出你自己的身分，要不然我怎麼能相信你？」

「櫻桃現在就藏在二層的船長室裡，去不去抓人，你自己決定。」說完，神祕人就掛斷了電話。

雷派克立刻調出郵輪工作人員的資料，很快找到了「魔術師助手小凌」這一頁，只是大略看了幾眼，就已經感到心驚膽戰——這份資料很可能偽造的，因為裡面不少細節都語焉不詳，難以查證，更重要的是，這位「小凌」的五官輪廓，和賀沁凌相似度極高。

這一刻，雷派克已經完全相信了神祕人的話，他馬上通知孫映虹集結人手，同時也聯繫了路天峰。

「櫻桃，妳跑不掉了！」

「隊長，臥室沒有發現！」

「船長室這邊也沒有發現！」

聽到下屬的報告時，雷派克心中暗暗叫苦，也難免埋怨自己果然是太過衝動了，但他依然保持著表面上的冷靜，問杜志飛：「杜總，請問你是否認識郵輪上的魔術師助手，一個叫小凌的女生？」

「我拒絕回答你的任何問題。」杜志飛氣沖沖地說。

「那麼，魔術師謝騫你總該認識了吧？」雷派克繼續咄咄逼人地追問。

黃良才聽到謝騫的名字，下意識地抬起頭，看了杜志飛一眼。又是這個來歷不明的男人，謝騫是杜志飛特地請回來的魔術師，省略不少正常的招聘流程，而謝騫帶來的助手小凌更是完全沒有經過任何面試，而由謝騫直接指定。

看來這兩個人背後，很可能隱藏著什麼驚天祕密啊……

「離開我的房間，快離開！」杜志飛大喊大叫道，看來他是死活不肯跟雷派克合作了。

「這是怎麼回事？」章之奇和童瑤終於趕到現場，面對眼前這莫名其妙的局面，章之奇只好小心翼翼地問道。

章之奇的出現給了雷派克一個下台階的機會，於是他高聲說：「我們先收隊，換個地方說話。」然後，他又低聲吩咐孫映虹，「派人盯著杜志飛的一舉一動，隨時向我彙報。」

孫映虹默默點了點頭。

九月三日，凌晨零點五十二分。

鎖死狀態，第六迴圈。

未來之光號，第十二層，味魂日本料理。

當路天峰和陳諾蘭踏入包廂時，發現談朗傑已經先行抵達，他的手裡正拿著一根散落的肋骨，迎著燈光仔細端詳著。

談朗傑聽到兩人走進來的腳步聲，也沒放下骨頭，只是輕輕地說了一句：「我還以為你們不會來了呢。」

「我們既然有共同的目標，為什麼不能合作呢？」路天峰反問道。

談朗傑終於放下了手中的骨頭，看著路天峰，一臉冷峻地說：「路警官，我們的目標並不完全一致吧，至少你不會優先選擇去殺人。」

路天峰愣了愣，然後老老實實地承認，「你說得沒錯，我更希望在減少人員傷亡的前提下，解開時間閉環的困局。」

談朗傑似笑非笑地說：「嘿嘿，看來路警官真是立場堅定的正義化身啊。」

「談先生過獎了，我也只是盡力而為罷了。」路天峰當然聽出了談朗傑語氣中的嘲諷之意，但不想跟他計較。

「我知道路警官是好人，但有些時候，人們卻需要一個壞人來拯救世界。」談朗傑長歎一聲，「畢竟好人通常會因為心地善良，而被壞人擊敗。」

「可是這個世界上畢竟好人還是占大多數，他們能夠做到團結力量大，然後戰勝壞人。」陳諾蘭忍不住出言反駁。

「哦？真的嗎？」談朗傑的眉頭往上一挑，「陳小姐，妳看看如今我們所身處的時間困局，如果真的只有殺死其他感知者才能打破僵局，妳會怎麼做？所有感知者都團結起來，和平相處，然後呢？」

「按照你的邏輯，司徒康豈不成了拯救世界的英雄？是他在鼓勵我們互相殘殺，還派水川由紀去伏擊你和于小冷！」雖然路天峰拉住陳諾蘭的手，想阻止她繼續和談朗傑爭辯，但陳諾蘭的話依然像連珠炮彈一樣傾瀉而出。

談朗傑的臉色微微一變，語氣卻依然波瀾不驚，「是啊，如果沒有司徒康，我們都別想走出這個閉環，他確實在拯救這個世界。不過我並不認同他拯救世界的方式，所以我要找他復仇。」

陳諾蘭一時語塞，終於還是被路天峰拉回了他的身後。

路天峰平靜地說：「談朗傑，你說那麼多，是不是想證明現在這種情況下，光做好人是沒有意義的，我們必須更心狠手辣一點？」

「路警官的結論很正確，我就是這個意思。」談朗傑嘿嘿一笑，「我可不希望到最後，能夠活下來的那個人是司徒康。」

「既然現在我們是聯手對付司徒康，那麼還是言歸正傳吧，你為什麼一直拿著那根骨頭？」路天峰輕輕拍了拍陳諾蘭的肩膀，示意她放鬆一點。

「哦，那是因為我發現這根骨頭上面，似乎有些奇怪的東西。」談朗傑一邊說，一邊將肋骨遞給路天峰。

路天峰毫不忌諱地接過骨頭，舉到眼前，細細查看起來，很快就注意到談朗傑所說的「奇怪東西」了，那是一些閃閃發光的碎屑，均勻散布在骨頭表面。

「這是裝飾用的金粉？」路天峰一時之間認不出到底是什麼。

「讓我看看？」一旦碰到涉及專業領域知識的問題，就能讓陳諾蘭暫時忘記了剛才的短暫不快。

陳諾蘭接過骨頭，將它高舉過頭，迎著燈光端詳了一番，然後伸出手指，在骨頭表面輕輕刮蹭了幾下，還將手指頭放在鼻子前方，輕輕地嗅了嗅。

「小心有毒……」路天峰出言提醒。

「放心吧，有毒的話那傢伙早就死了。」陳諾蘭白了談朗傑一眼，繼續說：「這粉屑狀的東西並不是鋪在骨頭表面的，根本刮不下來。」

「妳的意思是，這些粉屑全部嵌入骨頭裡面了？這是怎麼回事？」

「時間，唯有時間可以做到這一切。」陳諾蘭露出苦苦思索的表情來，「但這些金屬碎屑到底是什麼東西？時間漩渦如果真的是從這個包廂內產生的……」

「是時間機器！」路天峰和談朗傑幾乎是異口同聲地說。

難道那台神奇的時間機器真的已經化為了碎屑，跟這具無名氏的屍骨融為一體？

陳諾蘭彎腰拿起了骨骼的右手掌骨，認真檢查了一番，只見右手掌心位置有一片更加明顯的金屬薄膜，然後她又再檢查了遠離右手的左腳腳掌位置，就幾乎沒有發現任何金屬碎屑了。

「這種奇怪的金屬痕跡是以屍體的右手為中心，呈放射狀分布的。」陳諾蘭謹慎地作出結論，「看起來就像死者右手拿著的某件物品，突然發生了爆炸……」

「有意思，這很符合我的大爆炸理論啊。」談朗傑得意洋洋地說。

陳諾蘭沉默片刻，說：「時間機器到底為什麼會發生爆炸，我們光憑猜想是不可能得到答案的，至少得找一個瞭解這台機器的人來問一下才行。」

「但又有誰能瞭解這東西呢？」談朗傑問。

「當然應該找將時間機器帶上郵輪的那個人。」路天峰說。

櫻桃，她再一次成為了破局的關鍵點。

而與此同時，在郵輪的另一處，有一群人正在為如何追查櫻桃的去向而吵得不可開交。

九月三日，凌晨零點五十五分。

鎖死狀態，第六迴圈。

未來之光號，第二層，走廊。

「你這就相信了對方的話？」聽完雷派克的解釋後，章之奇毫不掩飾自己的詫異和驚訝，在他看來，這種沒頭沒腦的情報根本就是不可靠的。

雷派克似乎也有點不好意思，撓撓頭說：「章先生，你可能不太瞭解這個案件，我們為了追查櫻桃已經花了好幾年的時間，調查工作長期陷於僵局，所以一聽到『櫻桃其實是兩個人』的時候，我一下子太激動了……」

「然後你再比對了兩人的容貌，發現她們確實有相似之處，對吧？」

雷派克點點頭，「是的，兩人不但五官輪廓高度相似，而且那個魔術師助手的簡歷有偽造的痕跡，只有那麼寥寥幾行字，非常可疑。」

「這最多只能證明賀沁凌和小凌之間有某種不能公開的關係，並不能證明她們就是櫻桃啊！」章之奇恨不得揪著對方的耳朵，給他來一堂最基本的邏輯課。

「我……不就是一時心急嘛。」雷派克一副急於替自己辯解的樣子，「再說，你看杜志飛的表現，肯定是隱瞞了一些重要訊息！」

「杜志飛的隱瞞也可能與櫻桃的下落無關……」

「不，相信我，這是我的直覺，杜志飛和櫻桃之間一定有關聯。」雷派克言之鑿鑿地說。

章之奇啞然苦笑，這時候，只見郵輪保全主任黃良才臉色沉重，腳步匆匆地出現在走廊上。

「黃主任，辛苦了。」章之奇倒是大大咧咧地向黃良才打招呼，黃良才也不好失了禮數，向章之奇點點頭，算是回應。

沒料到章之奇並沒有就此甘休，而是又問道：「多嘴問一句，黃主任是遇到什麼棘手的事情嗎？你看起來有點心情煩躁哦。」

黃良才愣了一下，他沒想到章之奇會問得那麼直接，又那麼自然，腦海裡的第一反應是隨便說點什麼敷衍過去，但隨即想到另外一個問題——如果借助這幾個人的力量，去試探杜志飛，能不能問出點什麼來呢？

於是黃良才在一瞬間做出了一個非常大膽的決定，他向章之奇坦白說：「主甲板上的露天酒吧出事了，剛剛死了一個人，死者是我們的魔術師謝騫。」

「謝騫？」章之奇驚訝地反問。

黃良才點點頭，「據說案發現場極其詭異，我要親自去看一下。」

「謝騫，那個魔術師，小凌就是他帶上船的！」雷派克的情緒依然激動，「他可是關鍵證人啊，一定是被櫻桃殺人滅口了！」

章之奇好心提醒了雷派克一句，「派克先生，所以你覺得櫻桃到底是去了頂層甲板殺人，還是留在這裡，被杜志飛窩藏起來了呢？」

「這個……反正杜志飛這條線，我是不會輕易放過的。」

「那好吧，你主要負責調查杜志飛，我去露天酒吧看一下案發現場到底有什麼奇特之處。」

「謝騫一死，杜志飛就顯得更可疑了，你要說他對櫻桃的計畫完全不知情，我可不會相信的！」

雷派克雖然說得斬釘截鐵，但也很清楚，如今他貿然上門繼續追問杜志飛，也只會吃閉門羹而已，一時之間真是騎虎難下，不知所措。

章之奇彷彿看穿了雷派克的心事般，拍了拍他的肩膀，說：「別擔心，其實你只需要改進一下你的問話技巧。」

「這是……什麼意思？」

「不能光顧著從杜志飛口中問出什麼東西來，要主動提供一些他不知道的資訊，他自然就會拿出他知道的資訊來和你交換。」

雷派克依然是一頭霧水，「可我這邊並沒有什麼有價值的資訊啊……」

「你可以告訴他，殺死謝鶩的凶手，很可能還會繼續殺死其他知情者。」章之奇壞笑著說。

雷派克確實有點耿直，但一點也不笨，章之奇都提示到這一步了，他自然也想通了該怎麼去套話，於是那雙黯然的眼睛，又重新變得炯炯有神。

「我讓童瑤留下來幫忙吧。」章之奇向童瑤使了個眼色，後者心領神會地點點頭。他們兩人剛才聽過路天峰的簡單說明，知道時間將會在凌晨一點十八分重置，因此必須留一個人與雷派克一起進行詢問，才能在時間重新開始迴圈之前，將得到的相關資訊告知路天峰。

「那就勞煩妳了，童警官。」

「不用客氣。」童瑤淡淡地說。

章之奇轉身向黃良才擠了擠眼睛，說：「黃主任，久等了，我們走吧。」

九月三日，凌晨零點五十八分。

鎖死狀態，第六迴圈。

未來之光號，主甲板，露天酒吧。

出了命案，酒吧自然已經暫停營業，各出入口全部圍起了警戒線，所有的客人和工作人員都留在原地等待調查，不得擅自離開，但這樣的封鎖措施肯定讓顧客頗有微詞，誰願意一直待在屍體附近呢？

但這起命案發生得實在是太過離奇，第一時間趕到現場的保全人員根本不敢下任何結論，只好強行把所有人都扣押在此。

「黃主任，您終於來了！」眼看就要控制不住現場人群情緒的保全人員，看到黃良才就像看到了救星一樣，差點感動得哭了出來。

「死者呢？」黃良才也不多說廢話，直接問道。

「在那邊。」

黃良才和章之奇一起走到酒吧的角落處，只見謝騫倒臥在地，雙目圓睜，口鼻滲血，衣服的肩膀附近也有一大片近乎黑色的血污，但奇怪的是，他的衣服並沒有任何破損痕跡，傷口就像是憑空出現一樣。

黃良才早就戴好了橡膠手套，蹲下身子，探了探謝騫的脈搏和氣息，很明顯已經沒救了，屍體尚有明顯的餘溫，即使不用溫度計也可以判斷出，死亡時間不會超過半小時。

「人是剛死的，在場那麼多人，也沒有誰看到這裡有異常情況嗎？」黃良才問。

保全人員連連搖頭，將負責送酒的服務生找了過來，但那名年輕的服務生也是一問三不知，唯一有價值的資訊就是，案發時他沒有靠近過謝騫，也沒有看到任何人靠近謝騫。

「他……好像就這樣……突然之間死了……」

雖然黃良才一向不相信什麼怪力亂神，但郵輪上連續發生命案，一件比一件詭異，也不由得讓他心生寒意。

章之奇也蹲下身子，看了看謝騫口鼻處的血跡，說：「他的血完全發黑了，看起來像是中毒。」

「嗯。」黃良才心亂如麻，如果是中毒，好歹要找到凶手是怎麼下毒的才行。

章之奇解開謝騫上衣襯衫的鈕釦，查看他身上的傷口，只見傷口形狀像是刀傷，傷口四周的血跡同樣有點發黑，但現場卻沒有發現凶器。他立即想起路天峰剛才簡明扼要的解釋：感知者無法在這樣的時間閉環之中恢復身體狀況，一旦在某次迴圈之中受傷，傷口就會一直都在。

謝騫很可能是在上一迴圈中遇害的——當然，也有可能是在更早之前的迴圈之中喪命，但如果謝騫死得更早，剛才路天峰在簡述之中就應該告訴他們。謝騫橫屍於人來人往的酒吧，一旦死去，必然引發轟動，上一個迴圈的路天峰既然還不知道他的死訊，那麼看來，謝騫應該是在上一迴圈的最後時刻才被人殺死的。

那麼凶手會是櫻桃嗎？

這時候，章之奇注意到，謝騫的拳頭一直不自然地緊握著。如果謝騫是突然遇到了襲擊，在臨死之前他的最後舉動應該是反抗和掙扎，但從現場的狀況看起來，卻像是他想要在手掌之中藏匿什麼東西似的。

「他的手心，可能有問題。」章之奇一邊說，一邊試圖掰開謝騫的手指。幸好屍體的關節還很柔軟，章之奇只是稍稍用力，就掰開了謝騫的右手，但屍體的右手卻空空如也，皮膚表面也一切如常。

於是章之奇又掰開了謝騫的左手，只見左手手掌上滿是鮮血，而鮮血之中，似乎還有著歪歪扭扭的幾道傷痕。章之奇嘗試了幾個不同的角度，終於辨認出這些傷痕其實是兩個筆劃潦草的漢字，就像是剛學寫字的小孩子寫出來的一樣。

「水川——」

殺死謝騫的是水川由紀，謝騫知道自己身上的傷痕不會消失，所以想辦法在掌心留下了字跡，然後又生怕被水川由紀發現並毀掉這個死亡留言，所以才會緊緊攥著拳頭。

「謝騫應該死在上一次時間迴圈的最後時刻。」章之奇推測道，因為如果留給水川由紀的時間足夠多，她可以將屍體徹底破壞，以確保不留下任何痕跡。

「啊？你說什麼？」完全沒有時間迴圈概念的黃良才還以為自己產生了幻聽，剛才章之奇說的那句莫名其妙話到底是什麼意思？

另外一句話從黃良才的腦海內猛地蹦出來，那是稍早之前，杜志飛在船長室內一本正經地問他：

「黃主任，你相信超能力嗎？」

「看來謝騫並不是櫻桃動手殺死的。」章之奇喃喃自語道：「那麼這位神祕的櫻桃小姐，現在到底在哪裡？」

2

九月三日，凌晨零點五十九分。

鎖死狀態，第六迴圈。

未來之光號，第二層，船長室。

「杜總，現在到底是什麼狀況，你真的聽懂了嗎？」童瑤的聲音雖然婉約溫柔，語氣卻如同一把尖刀一樣，處處直取杜志飛的要害，讓他聽得滿額冷汗。

童瑤剛才的一番發言可以總結如下：

賀沁凌死了，謝騫也死了，跟魔術師助手小凌有關的所有人都要被滅口，現在這艘郵輪上，知道小凌是如何成功應聘上這個職位的人，也就只剩下杜志飛你本人了。

凶手殺人的手法殘忍，行蹤詭祕，如果你不願意跟警方配合，說出你所掌握的資訊，警方也無法保障你的人身安全。

是死是活，全在你一念之間。

杜志飛哭喪著臉說：「美女警官，妳的話我是聽懂了，但你們問的這位小凌，我真的是完全不認識，連見都沒見過兩次，更別說她的什麼祕密了……」

「你跟我解釋這個沒用，你可能真的不認識她，但你猜她會不會認識你？魔術師和助手的整個招聘流程，是不是你在一路開綠燈，讓他們入職的？」

杜志飛沮喪地歎了歎氣，「是，謝騫的入職是我特批的，他說要指定一名助手，我也沒仔細看，就直接批准了啊……」

童瑤的身子微微前傾，拉近了和杜志飛之間的距離，盯著他的眼睛問：「那麼你為什麼要特批謝騫入職？以杜氏集團的財力和影響力，難道還非得要名不見經傳的謝騫來當這艘郵輪的駐場魔術師嗎？」

杜志飛的身子往後縮了縮，又瞄了一眼旁邊的雷派克，雷派克倒是面無表情，甚至好像沒注意到杜志飛投來的目光。

「好吧，我坦白，但你們也許不會相信……是賀沁凌一手策畫，安排謝騫入職的。」

「說詳細點，你說的東西是真是假，我心裡自有分寸。」童瑤說著，還向杜志飛報以一個頗為燦爛的微笑。

杜志飛不禁打了個哆嗦，他寧願面對暴跳如雷，大喊大叫的雷派克，也不想再多看童瑤這張漂亮可愛的臉蛋了。

「因為……賀沁凌說她自己有超能力……她能夠感知時間的迴圈和倒流……呃……所以她能夠提前預測某些事情，從而讓我獲利……」

其實這個答案並沒有超乎童瑤的想像，但她仍然皺起了眉頭，裝出一副不相信的樣子。

杜志飛看到童瑤擺出這樣的表情，更是慌張不已，連忙解釋道：「這聽起來有點匪夷所思，但確實是真的！我證實了好幾次，絕對不可能是弄虛造假！」

雷派克的臉上流露出不耐煩的表情，差點就想打斷杜志飛的發言了，卻看見童瑤張開手掌，悄悄地向他做了一個「稍等」的手勢。

「你是怎麼證實的？」

「她能預測股票的走勢價格，精確到小數點後兩位；預測賽馬的結果，能將一天之內的全部比賽結果一一命中；有一天，她甚至預測了某地的飛機墜落事故，連具體傷亡人數都說得分毫不差。」

此時在童瑤的心裡，已經知道賀沁凌肯定和路天峰一樣，是時間感知者，但她依然好奇地問：「所以你就按照她所說的，直接去買股票和賭馬了嗎？」

杜志飛搖搖頭，說：「沒有，賀沁凌說，做這種事情很容易會引起其他超能力者的注意，而且實際上也賺不了什麼大錢。因為如果我把大量資金投入某個股票，反而會造成意料之外的股價波動；賭博也是同理，假如我下注的資金數目足夠大，賠率也會產生即時變化，結果盈利空間就變小了。」

童瑤想起了神祕的天時會，據路天峰介紹，該組織既要維持時間平衡，同時也會監控那些利用時間感知能力來牟利的人，一旦發現失控，就會馬上採取「定點清除」，這就是為什麼時不時有一些看起來幸運得不可思議的彩券中獎者，在獲得大獎之後，緊接著就會迎來莫名其妙的厄運。

「看來賀沁凌的性格非常小心謹慎啊。」童瑤感慨道。

雷派克小聲地嘀咕了一句：「童警官，你該不會相信他這番胡說八道吧？」

「我……我沒有胡說，這都是真的！」杜志飛漲紅了臉。

「讓我猜猜看，所以賀沁凌就為你策畫了一場天衣無縫的、透過她的超能力賺大錢的計畫，而計畫的關鍵一環，就是讓謝騫來這艘郵輪上當魔術師？」

「是的，沒錯。」杜志飛看到童瑤並沒有質疑他的說法，欣喜萬分，不停地點著頭。

「你們的具體計畫呢？」童瑤稍稍放緩了語速，事實上前面的對話全部都只是為了導引出這個問題，這才是關鍵的核心。

「沒有……她沒有告訴我。」杜志飛臉上剛剛浮現的喜色消失得無影無蹤，「她說這件事情知道的人越少越好，因為太多人知道，會影響……影響什麼來著？」

童瑤提示了一句，「預知者悖論，知道未來的人越多，意味著試圖去改變未來的人就越多，結果未來會變得與之前的預知結果大相徑庭。」

「對對對，大概就是這個意思！這位美女警官，妳的理解能力真是太厲害了啊！」

「鬧夠了吧？演技還真不錯。」雷派克冷笑著說：「我看你是堅決不肯跟警方合作了，撒謊也不用打草稿的嗎？真是滿口胡說八道。」

杜志飛還想分辨幾句，但一時之間竟然不知道該說些什麼，這種事情他本來就不指望說出來之後別人會相信，所以現在雷派克的反應也實屬正常。

童瑤一手托著下巴，似乎陷入了沉思之中，良久，她才開口說道：「杜總也是個聰明人，如果要編造謊言，至少能編得比現在更像樣。」

「所以妳的意思是？」雷派克真快被童瑤搞糊塗了。

「他說的話，未必全是假的。」

九月三日，凌晨一點零二分。

鎖死狀態，第六迴圈。

未來之光號，第十二層，味魂日本料理。

路天峰和談朗傑坐在榻榻米上，各自低頭沉思，陳諾蘭則仍然在仔細檢查那具骨骼，看能不能發現一些之前遺漏的線索。

為了化解包廂內沉默而尷尬的氣氛，路天峰主動向談朗傑挑起話題，說道：「現在我們是不是只能守株待兔了？」

「守株待兔是貶義詞吧，我們這叫靜候佳音。」談朗傑也勉強笑了笑。

「靜候誰的佳音？難道司徒康或者櫻桃還能主動送上門來嗎？」路天峰這句玩笑話才剛說完，包廂內突然響起一段激昂的音樂聲。

「這是什麼聲音？」談朗傑頓時露出戒備的神色來。

陳諾蘭故作正經地回答：「貝多芬的第三號交響曲，英雄第一樂章。」

路天峰啞然失笑，陳諾蘭這一句話，讓包廂裡詭異而緊張的氣氛一下子變得輕鬆了不少。他彎下腰，注意到榻榻米下方有一支黑色的手機，而音樂聲正是這支手機發出來的。

路天峰看了一眼螢幕，是一個他不認識的軟體圖示，不過從螢幕上的綠色卡通電話圖示來推測，這應該是某個網路電話軟體，而呼叫者的名字處顯示為Anonymous（匿名）。

「接嗎？」路天峰問其餘兩人。

陳諾蘭和談朗傑茫然地對視一眼，沒有回答。接通電話似乎是潛意識中的第一選擇，但不知道為什麼，每個人都似乎能感覺到這通電話背後絕不簡單。

「還是接吧。」路天峰自言自語著，按下了綠色的通話按鈕，然後換了不怎麼熟練的英文說著：「Hello？」

「你是誰？」一個女聲，說著發音非常標準的中文。

「我是……路天峰。」路天峰的直覺告訴他，對方一定知道自己的名字。

「久仰大名，我是櫻桃。」

路天峰微微吸了一口涼氣，電話那頭的人，竟然是他們一直苦尋不獲的櫻桃？

路天峰停頓半晌，問：「妳怎麼證明自己就是櫻桃？」

女聲笑了起來，「放心吧，路警官，這艘郵輪上有人想殺我，有人想抓我，但偏偏沒有人想要冒充我。」

「不知道櫻桃小姐打這通電話的目的是什麼呢？」路天峰算是承認了她的身分。

「目的很簡單，有人想要幹掉我，我總不可能坐以待斃對不對？」櫻桃的聲音裡帶著一股甜而不膩的誘惑，「所以我就碰碰運氣，看哪個足夠聰明又幸運的人能夠發現周煥盛的手機——我可沒想到答案會是你。」

「死在包廂裡面的人是周煥盛？他為什麼變成了一堆白骨？」

「哦，一堆白骨？」短暫的驚訝過後，櫻桃很快恢復了正常的語氣，「那應該是時間機器所導致的吧，你在現場是不是沒有發現那台奇怪的時間機器？」

「是的，妳怎麼知道？」

「因為如果你發現了時間機器，一定會開門見山問我那是什麼，該怎麼使用。」櫻桃的頭腦確實遠勝常人，從一個微小的細節就能精準地推出正確結論，路天峰不得不在心裡暗暗感歎，那麼聰明伶俐的女生，為什麼非要走上歪路呢？

「這包廂內到底發生了什麼？」

櫻桃將她所知道的事情簡單說了一遍——自己和周煥盛約好在味魂日本料理的包廂內進行時間機器的交易，但在交易過程當中，有一夥神祕人包圍了餐廳，據周煥盛的手下報告，帶人包圍餐廳的是談朗傑。

當櫻桃說到這裡，坐在一旁的談朗傑輕輕點了點頭，鑑於此刻的櫻桃應該並不知道談朗傑也在現場，所以她說的話可信度還是很高的。

「我提前為這場交易留了後路，然而正當我準備假扮成服務生從餐廳後廚逃跑時，突然之間一陣天旋地轉，我感覺到時間開始倒流，但這一次的倒流跟我以往經歷過的都不一樣。」櫻桃難得露出了幾分猶豫，稍稍停頓了一下，才繼續說下去，「這不是時間倒流，是一場可怕的時間漩渦。」

「是的，我也捲入了那個漩渦之中，感覺實在是……太難受了。」路天峰感慨道。

「呵呵，我還以為自己沒命走出來了。」櫻桃的語氣帶著一點落寞，真沒想到兩人你來我往，竟然聊出了幾分知音相見恨晚的感覺來。

這時候，陳諾蘭在路天峰眼前擺擺手，又故意誇張地皺起了眉頭，路天峰心頭一驚，才注意到自己在不知不覺之間，情緒已經完全被櫻桃的話語所牽引。

這個女人太可怕了。

路天峰用力吞了吞口水，換了另外一種較為平靜的語氣說：「那麼離開時間漩渦後，妳有沒有發現什麼異常狀況？」

櫻桃卻突然發問：「你身邊還有其他人？」

路天峰真沒想到，連自己在語氣上的細微變化都會立即被她敏銳地捕捉到，並由此推理出正確答案。難怪國際刑警折騰了那麼多年，卻連她的影子都沒見著。

「我當然是跟我的同伴在一起啊。」路天峰故意這樣回應道。

「哦，同伴，真有意思。」櫻桃在電話的另外一端笑了笑，「不知道我有沒有資格成為你的同伴？」

「櫻桃小姐可千萬別忘記了，我是一名警察。」路天峰義正辭嚴地說。

櫻桃似乎笑得更開心了，手機揚聲器裡傳來一陣咯咯咯的笑聲，「路警官，逮捕一名罪犯和拯救整個世界，如果非要二選一，你會怎麼選？」

路天峰略加思索，答道：「我會先拯救了世界，再去追緝罪犯。」

「答錯了，小孩子才做選擇，成年人當然是全部都要。」

路天峰沉默不語。

櫻桃繼續說：「所以我的答案是，我既要打破目前的時間閉環狀態，也要逃出你們警方的手心。」

「妳覺得妳能做到嗎？」

「沒關係，我們可以先聯手合作，回頭再一較高下，不過要提醒你一下，我手裡掌握著關於時間機器的祕密——而且我很可能是未來之光號上面，唯一知道這個祕密的人。」

「作為交換條件，妳需要我幫你做什麼？」路天峰雖然很好奇櫻桃到底知道什麼不得了的祕密，但還是拚命忍住，沒有發問。

「我要你幫我殺掉一個人，一個日本女人，水川由紀。」

路天峰愕然，現在已經進入了第六次迴圈，難道櫻桃不知道目前的水川由紀是一個他們沒法「真正殺死」的普通人嗎？

「路警官，莫非你還不清楚，身為感知者應該如何殺死一名普通人？」櫻桃彷彿看穿了路天峰心事似的，她那甜美悅耳的聲音裡，流露出一股專屬於勝利者的得意洋洋。

九月三日，凌晨一點零五分。

鎖死狀態，第六迴圈。

未來之光號，第十八層，１８２０房。

「叮咚，叮咚——」

門鈴突然響起，司徒康停下了手中的動作，將撲克牌輕輕放回桌面上。

在之前幾次迴圈當中都沒有任何人來訪，因此司徒康知道，現在門外的人必定是來者不善，善者不來。

「請問是哪位？」司徒康一邊走向門邊，一邊高聲地問，同時默默地拿起了放在一旁的袖珍手槍。

「我是郵輪安全部門的負責人，黃良才，請問水川由紀小姐是住在這個房間嗎？」門外回答的男聲渾厚有力。

黃良才？司徒康真沒想到居然是一個普通人主動找上門來了。

他通過貓眼看了看，確認門外只有那名身材開始發福的中年大叔，而自己的房門已經扣好了門鏈，才緩緩打開了一條門縫。

「很抱歉，水川由紀現在不在這裡。」司徒康故意用慢吞吞的語速說。

「請問她去哪裡了？」

「我不知道，年輕人嘛，在郵輪上吃喝玩樂，玩個通宵也很正常。」司徒康狐疑地打量著黃良才，又問：「你找她有什麼事嗎？」

「郵輪上發生了一起命案，我們懷疑跟水川由紀小姐有關。」黃良才的話點到為止，因為章之奇再三叮囑過他，千萬不能一下子將太多的訊息透露給司徒康，他們手中要留下足夠多的底牌。

司徒康的臉色微微一變，略為提高了音量說：「什麼命案？由紀才不會跟這種事情扯上關係呢。」

「恕我失禮，請問一下，您跟水川由紀小姐是什麼關係？」

「這個問題太沒有禮貌了，我拒絕回答。」

「那麼，您現在方便讓我進去看一下您的房間嗎？」黃良才的語氣雖然還很客氣，但目光已經變得銳利起來，如同一頭猛虎盯著牠的獵物一般。

「嘿嘿。」司徒康竟然冷笑起來，「黃主任，你看你的表現，能配得上這艘郵輪的頂級奢華定位嗎？你們杜氏集團引以為傲的服務態度就這樣？我可是你們的貴賓，並不是嫌犯，真想要查案，還是讓警察來找我吧！」

「等一下……」

然而司徒康沒有等黃良才把話說完，就狠狠地關上了房門。司徒康透過貓眼，觀察著門外的黃良才，只見他尷尬地站在原地，並沒有大喊大叫，也沒有再次按響門鈴，兩分鐘後，他大概是怕繼續逗留和糾纏會驚動隔壁房間的客人吧，終於垂頭喪氣地離開了。

門後的司徒康長吁一口氣，但幾乎就在同一瞬間，他感到有一個硬邦邦的物體頂在自己的後腦勺上。

「司徒先生，你怎麼變成這副樣子了？」

「你是……章之奇？」司徒康很快就想明白了，應該就在剛才他去應付黃良才時，章之奇趁其不備，從陽台一側爬進了房間。

「幸好住在你隔壁房間的朋友，比較積極配合我們的調查工作。」章之奇笑道。

未來之光號上，同一層的每間客房設計格局如出一轍，司徒康的房間是附有海景陽台的，而這個陽台跟隔壁房間之間也只有一道簡易的擋板相隔，可以攔住普通人，但難不倒刑警出身的章之奇。

「水川由紀確實不在這裡。」司徒康乾巴巴地說。

章之奇將司徒康手裡的槍拿走之後，才說：「我知道，她要是在這裡，我可能已經死了。」

「呵呵，你膽子倒是蠻大的啊。」

「那是因為我相信阿峰告訴我的話，現在正處於時間閉環狀態，我並不會真正死去。」章之奇停頓了一下，隨之而來的是手槍保險打開的聲音，「怕死的人，只有你們。」

司徒康的動作似乎僵住了，他說：「我不相信你會隨便開槍。」

「為什麼不?十幾分鐘後，時間將會倒流，沒有任何人知道殺死你的人是我。」

司徒康沒再搭話。

「不過，我更希望你能好好配合我們的工作，不要逼我動手。」

章之奇退後幾步，在椅子上坐了下來，槍口依然對準司徒康。司徒康緩緩轉過身來，才發現章之奇手裡除了剛剛奪走的手槍之外，還拿著一個空的礦泉水瓶。

司徒康的嘴角抽搐了一下，「剛才頂著我腦袋的，是這個瓶子?」

「要不然呢?」章之奇隨手一拋，將瓶子準確地投入了房間角落處的垃圾桶內，「時間有限，我們直接談正事吧。」

「你想知道什麼?」

「我只有兩個問題，一，水川由紀在哪裡?二，司徒康在哪裡?」

章之奇面前那位「司徒康」臉上，終於露出了即將崩潰的表情。

3

九月三日，凌晨一點十分。

鎖死狀態，第六迴圈。

未來之光號，第十二層，味魂日本料理。

路天峰和櫻桃的通話還在繼續，而當櫻桃提出了交易條件後，路天峰就陷入了苦苦思索之中。一方面，他在猶豫是否應該答應櫻桃的請求，另外一方面也在思考，到底怎麼做才能在不斷的時間迴圈之中殺死一個普通人？

「這真的能做到嗎？」陳諾蘭低聲問道。

路天峰搖搖頭，他確實不知道答案。

「如果你答應我的條件，我就告訴你能夠殺死她的辦法。」占據上風的櫻桃繼續乘勝追擊，希望將路天峰逼迫到不得不答應的地步。

談朗傑連連比劃著「ＯＫ」的手勢，路天峰當然明白他的意思——不管怎麼樣，先答應下來，套出她的話再作打算。

路天峰又望向陳諾蘭，只見她雖然有點猶豫不決，但最後仍然點了點頭。

「你說吧，我會去對付水川由紀的。」路天峰說道。

櫻桃那邊發出一陣「嘖嘖」的聲音，然後突兀地轉換到另外一個話題之上：「你知道時間感知者的能力既有先天存在的，也有後天獲得的，對吧？」

「據我所知，是這樣的。」

「那麼，你有沒有想過，為什麼某些人會在後天獲得這種能力呢？」

「這個……」路天峰下意識地看了看陳諾蘭，而陳諾蘭也是眉頭緊鎖，搖了搖頭。

櫻桃就像一個循循善誘的老師一樣，說：「路警官知道身邊有什麼人，是透過後天經歷獲得這種特殊能力的嗎？」

「我就是在十七歲的時候，偶爾發現自己具有感知能力的。」

「能力覺醒的前後，沒有什麼特別的事情發生嗎？」

路天峰想了想，答道：「至少沒有能讓我印象深刻的事情。」

「那麼……你還是挺幸運的。」櫻桃的語氣似乎變得多愁善感起來。

路天峰瞄了一眼時間，有點著急地催促道：「櫻桃小姐，我們剩餘的時間不多了，能不能快點進入主題？」

「我們現在所說的就是主題……」

「啊，我想起來了！」陳諾蘭突然失聲驚呼，甚至忘記了應該壓低自己的音量。

「怎麼了？」

「你還記得奇哥的那個表妹嗎？」陳諾蘭重新壓低了自己的聲音。

路天峰當然不會忘記章之奇告訴他的那個故事：章之奇的表妹原本是個活潑開朗、聰明伶俐、生活和工作都算一帆風順的粉領族，然而某一天，她突然向章之奇哭訴，自己能感知到時間偶爾會在某一天內發生多次迴圈，而每當時間迴圈發生時，她的老闆都會暴力侵犯和凌辱她，但到了迴圈的最後一天，則會若無其事地出現在她面前，戴上成功人士和好好先生的面具，如常跟她聊天交流——這個女生在精神上被侵害了許多次，在現實生活中卻還是處女，根本找不到老闆對她做過任何不軌行為的證據。

到了最後，這個不堪受辱的女生，選擇了在某一天第五次迴圈的時候上吊自殺，她知道，只有這樣才能徹底的解脫。

仔細回想一下，章之奇的表妹應該是在開始工作之後，才獲得時間感知能力的，甚至很可能在她獲得這種能力之前，已經被身為感知者的老闆侵犯過。

「難道跟感知者的親密接觸，會導致普通人轉化為感知者？」路天峰終於明白陳諾蘭剛才為什麼如此震驚了。

電話那頭，一直默默等待學生回答問題的老師，吐出一口長氣，感歎道：「放心吧，這種類似『傳染』的現象發生的機率極小，但確實是有可能的。幾個月前，司徒康向全世界公開了一大批關於時間感知者的核心研究資料，而透過這些資料，讓我對『感知者傳染現象』的推測和猜想更完整了。」

「沒想到妳還是個兼職的科學家啊。」路天峰哭笑不得地說。

「因為我對這件事情耿耿於懷……別打岔了，要不然時間不夠。」櫻桃的語氣突然變得有點冷漠和疏遠，「很多人都在研究感知者的ＤＮＡ到底和普通人有什麼不一樣，想通過ＤＮＡ編輯技術來產生新的感知者，但我的思路卻不是這樣的。我的想法，和最終製造出時間機器的那位東歐科學家不謀而合——你想知道時間機器是怎麼製作出來的嗎？」

「你說吧。」路天峰在心底暗暗吐槽，櫻桃一邊抱怨時間不太夠，一邊又把話題東拉西扯，但他也很清楚，櫻桃說話做事都有自己的一套邏輯，越是頻繁打斷她的話，也許會消耗更多時間，乾脆讓她想說什麼就說什麼好了。

「某些研究者認為，賦予人類時間感知能力的，是一種特殊的粒子，我們可以將其命名為『時間粒子』。時間粒子的數量極其稀少，以當今人類的科技，暫時還無法檢測到時間粒子的存在，更加不可能進行深入研究，但東歐的那位科學家卻另闢蹊徑，使用了一種特殊配方合成的太空金屬，透過精妙而複雜的設計製作出一個容器，慢慢將這些我們根本檢測不到的時間粒子，硬是收集起來，並成功累積到一定的數量。」

「原來時間機器是這樣誕生的……」

「是的，我認為，每位感知者身上都帶有一定量的時間粒子，而時間粒子的數量多寡，決定了感知者的能力高低。另外，每個人身上的ＤＮＡ編碼都不一樣，有些人特別擅長累積時間粒子，就會獲得越來越強大的能力，甚至能夠主動去影響時間運行規律；有些人的體質則是會將自己儲存的時間粒子向外界輻射散發，那麼長期與這種人接觸，就有一定機率變為感知者。」

路天峰和陳諾蘭同時露出了恍然大悟的神色，看來章之奇的表妹就是遇到了一個會對外輻射時間粒子的人，所以才遭遇到這樣的悲劇。

「啊，只剩下兩分鐘了，我趕緊把話說完。時間粒子的集中濃度越高，將普通人改變為感知者的機率就越大，你們要知道，時間機器雖然還沒徹底研發成功，但內部積累的時間粒子數量要比人體能夠積累的上限還要高幾百倍，甚至幾千倍——」

櫻桃說到這裡時，答案已經呼之欲出。

「妳的意思是，如果普通人近距離接觸到時間機器，很可能會轉變成感知者？」

「可能性超過百分之九十九點九，所以你們的任務就是盡快找出時間機器，利用它，將水川由紀轉變為感知者，然後把她殺死！」櫻桃惡狠狠地說。

「但那台機器，很可能已經被摧毀了——」路天峰的心跳突然加速，「如果時間機器被炸得粉碎，裡面的時間粒子會怎麼樣？」

「不知道，我覺得時間粒子應該不會受任何爆炸之類的事情影響，它們會繼續好端端地漂浮在事發現場……」

櫻桃還沒說完，路天峰的臉色就變得慘白。

如果櫻桃的推測沒錯，現在留在房間裡，甚至還多次接觸和檢查那些神祕金屬碎屑的陳諾蘭，一定受到了時間粒子的大量輻射。

「諾蘭……我害了妳……」路天峰一時之間連話都說得不流利了。

「不，我沒事的，這一切都只是推測而已。」陳諾蘭走上前，握住了路天峰的手，「就算變成了感知者，我也不害怕。」

「我不想妳承受這一切——」路天峰低頭看了一眼時間，還有不到半分鐘，他們就會知道櫻桃的這個推測到底是對是錯。

而談朗傑雙手交叉盤在胸前，呆呆地看著路天峰和陳諾蘭，一言不發。

就在這個迴圈的最後時刻，路天峰聽見耳機裡傳來章之奇說話的聲音。

九月三日，凌晨一點十分。

鎖死狀態，第六迴圈。

未來之光號，第十八層，1820房。

「我們目前身處於一個時間會反覆迴圈的超現實世界之中，因此特別容易相信一些超乎科學理論的現象和解答，比如阿峰之前和我說的，司徒康看起來一下子老了二、三十歲，他認為是時間發生異動所造成的影響。由於我很信任他，所以也一度相信了他的推測。」章之奇不慌不忙地說出了自己的思路，每說一句話，他眼前的老人，臉上就會多一分絕望的神色。

老人嘴角輕輕顫抖了兩下，最後還是沒吭聲，只是用舌頭輕輕濕潤了一下乾裂的嘴唇。

「但我只是個普通人，不是時間感知者，我擁有普通人的思維。假設這個世界上並沒有時間迴圈，時間漩渦和時間倒流之類奇奇怪怪的東西，我看見一個人，跟司徒康的樣子高度相似，卻像是他二十多年後的樣子，我會第一時間想到什麼？」

老人的呼吸開始變得粗重而急促。

「我可能會想到電腦特效，想到高超的化妝術，甚至想到時間飛逝的可能性，但第一個跳入我腦海的解答，更加簡單直接——這個人是司徒康的父親。」

老人垂下頭，眼內的光芒也黯淡下去了。

「司徒康引發了感知者之間的相互猜疑和競爭，並說出了只有郵輪上剩下唯一一名感知者時，時間鎖死狀態才會解除。既然如此，他怎麼會不提防別人來殺他？他怎麼可能還留在自己的房間裡面，優哉游哉地玩撲克牌？他怎麼可能不讓自己最信任的得力助手水川由紀全程守護著自己？」

老人終於開口了，「你是什麼時候想到這一點的？」

「就在剛才，第一次親眼看到你的時候，我才想到了這個顯而易見的答案。」章之奇笑著說：「如果有必要的話，我可以再搜查比對一下郵輪遊客名單和登記資料，裡面一定會發現一張臉孔，與老年版的司徒康高度相似，但他用的是假名和假資料登船。」

「小夥子，很不錯嘛。」老人的語氣更像是一種譏諷和挑釁。

「所以真正的司徒康去了哪裡？」

「我也不知道，對他而言，我雖然名義上是他的父親，但也只不過是一個傀儡，一枚棋子而已。」

老人苦笑起來。

「名義上？」

「我叫司徒旭華，阿康是我的養子。我當年第一次見到他的時候就覺得，他跟年輕時的我長得好像啊，我們之間雖然沒有血緣關係，但一定有某種特別的緣分。我早就知道阿康具有超乎尋常的時間感知能力，也知道他想要打破天時會對時間管理的壟斷地位，但在我們組織裡頭，阿康才是擁有絕對權力的領袖，我只是他的幫手，對他的具體計畫細節是一無所知。」

「身為父親，居然不知道兒子到底在搞什麼名堂？」章之奇半信半疑地反問。

司徒旭華攤了攤手，無奈地說：「阿康只是安排我留在房間內，如果有人來找他，就周旋應付一下，別的事情都不用我管。」

「那你一定有辦法聯繫上他吧？」

「不，我接收到的指令，是留在這裡等待他回來……」

章之奇語調一沉，眼神一下子變得銳利起來，「司徒老先生，你撒謊的水準確實挺不錯的，但可惜吹得太過火了。」

「這個……你什麼意思？」

「老先生在第一次和我見面時，就知道我的名字是章之奇了，看來司徒康一定搜集整理了不少關於我們的資料，而你已經將這些資料背得滾瓜爛熟了吧？」

司徒旭華沉默。

「時間漩渦的爆發，時間鎖死的發生，這一切對普通人而言，只不過是區區不到半小時之前發生的事情。如果是在事發後才臨時起意找你來頂替司徒康，怎麼可能一下子將那麼多資料全部記下來？由此可見，你早就參與了司徒康的行動，並且做好了充分的準備。」

司徒旭華吸了吸鼻子，依舊保持沉默。

「俗話說，有其父必有其子，反過來看，既然你能教育出司徒康那麼厲害的兒子，自己又怎麼可能只是個不起眼的小兵角色？」章之奇說到這裡，突然槍口往上一抬，扣下了扳機。

「噗——」手槍前端安裝了消音器，加上是迷你型號，只發出一聲沉悶的低響，但子彈威力可一點也沒打折扣，呼嘯著擦過司徒旭華的耳邊，讓他感受到一股強烈的耳鳴。

章之奇冷冷地說：「我不知道你是不是感知者，但我並不介意測試一下，如果你繼續說謊，下一顆子彈將會射穿你的咽喉。」

司徒旭華的臉色一陣紅一陣白，身體哆嗦起來，「我……確實有辦法聯繫阿康……」

他一邊說，一邊慢慢地將手伸入褲袋，動作之緩慢，可以讓章之奇看清楚他從褲袋裡掏出來的只不過是一支手機。

「這裡面有他的聯繫方式……他那邊有什麼進展，也會第一時間告訴我……」

「所以他人在哪裡？」

「他和水川由紀一起，四處獵殺落單的感知者，具體位置我也不清楚。」

「那麼你是感知者嗎？」

「我不是，但我還是會害怕……即使知道自己還能復活，即使知道自己會忘記關於死亡的一切資訊。」司徒旭華眼中流露出來的恐懼，確實不像是演戲。

章之奇眼看時間已經來到一點十七分過後了，連忙接通通訊器，用最簡明扼要的措辭，將這邊的情況一一彙報給路天峰。

「奇哥，辛苦你了。」路天峰聽完之後，似乎沒有流露出過於驚訝或者激動的情緒，而只是淡淡地回覆了一句。

章之奇察覺到，路天峰和陳諾蘭那邊可能遇到了某些事態更加嚴重的棘手難題。

「你們那邊情況如何？」

「嗯……」路天峰猶豫了片刻，最後卻只是說：「我們等新一輪的時間迴圈開始再向你慢慢解釋吧。」

離一點十八分只剩下不到十秒的時間，章之奇也來不及細問了，只能草草說了句：「放鬆點，一切都會好起來的——」

九月三日，凌晨一點十七分。

鎖死狀態，第六迴圈。

未來之光號，主甲板，船首觀光台。

半空之中月色昏暗，目光所及範圍內，那濃濃的夜色就如同無法化開的墨水一樣，吞沒了一切。

司徒康和水川由紀就那麼大大咧咧地站在觀光台上，沒有半點要隱藏行蹤的意思。

「這一次迴圈，我們算是白費功夫了嗎？」水川由紀問。

司徒康原本閉著的眼睛睜開了，他看著遠方說：「不，我們成功爭取到寶貴的休息時間了。」

「反正我本來就不需要休息。」

「我可捨不得把妳累壞了。」司徒康用指節敲打著觀光台的圍欄，「剩下的人越來越少，妳的行動也將會越來越危險……」

「沒關係，為組織奮戰至死，是從我出生那一刻開始就註定的命運。」

司徒康看了一眼水川由紀，說：「應該說，是我們的命運。」

九月三日，凌晨零點四十五分。

鎖死狀態，第七迴圈。

未來之光號，第七層，魔術劇場。

路天峰的眼前一花，身體有一瞬間失重的感覺，他知道自己又回到了時間迴圈的原點。

這時候，他多麼渴望聽到陳諾蘭那一句重複了六次，連語氣和語速都沒有任何變化的問候。

但他並沒有聽到。

一公尺開外，陳諾蘭瞪圓了雙眼，半是驚訝，半是迷茫地看著路天峰，好不容易才從嘴裡擠出幾個字來，「峰，我還記得……」

「諾蘭！」路天峰的心猛地往下墜落，像是跌入了無盡的虛空之中，但他仍然強撐著笑臉說：「妳沒事吧？」

「我……還好……原來是這樣的感覺……」陳諾蘭臉色有點蒼白，勉強地笑了笑。

「對不起，我沒能好好保護妳。」路天峰懊惱地說。

一旁的章之奇和童瑤，自然是完全不知道他們倆為什麼突然來了一段沒頭沒腦的詭異對話，不由得暗暗擔心起來。

路天峰趕緊長話短說，這一次不但要告訴他們關於時間被鎖死在三十三分鐘之內的資訊，還要把上一迴圈之中得知的幾個關鍵點，包括櫻桃所說的時間粒子理論，和章之奇親自調查得知，「司徒康」實際上是司徒康的父親司徒旭華等等，逐一向兩人解釋清楚。

這一次路天峰帶來的訊息實在是太多了，把章之奇和童瑤聽得目瞪口呆，面面相覷，而陳諾蘭變成了感知者的消息，更讓他們震驚不已。

「如果司徒康，不，應該說司徒旭華給我們的資訊無誤的話，這艘郵輪上最終只能活下來一名感知者……」章之奇的話說了一半，就被童瑤用手肘狠狠地撞了一下手臂，於是後半句無聲無息地吞進了肚子裡。

「天無絕人之路，我們一定不能輕易認輸。」路天峰拉著陳諾蘭的手，鄭重其事地說。

「那當然，我可信不過司徒康。」陳諾蘭報以一個真心的笑容。

章之奇走上前，拍了拍路天峰的肩膀，路天峰用力地點點頭，兩人之間根本不需要過多的言語，而童瑤也走到陳諾蘭身邊，溫柔地摸了摸陳諾蘭的秀髮。

路天峰深吸一口氣，說：「好了，我們不能浪費時間了，趕緊跟談朗傑碰頭，把這個消息告訴他吧——」

就在路天峰說話的同時，另外一個更加洪亮的聲音，在他們的頭頂響起。

「來自日本的水川由紀小姐，來自日本的水川由紀小姐，有人撿到了您的手提包，內有貴重物品，請盡快到郵輪十二層的味魂日本料理取回失物，謝謝。」

九月三日，凌晨零點五十二分。

鎖死狀態，第七迴圈。

未來之光號，主甲板，船首觀光台。

「妳剛才聽見了嗎？」司徒康轉頭問水川由紀。

水川由紀點點頭，「當然聽見了。」

「現在都凌晨一點了，為什麼會廣播尋物啟事？更何況用的還不是普通廣播，而是用來通知緊急情況的全船廣播，音量之大足夠把在房間裡睡覺的遊客全都吵醒。」

水川由紀想了想，說：「這很明顯是一個陷阱，想要把我們吸引過去。」

司徒康冷哼一聲，「我倒是很好奇，他們能夠玩出什麼花樣來呢？」

「司徒先生，讓我去看一看情況吧。」水川由紀主動請纓。

「好，我建議妳帶上那些微型炸彈。」司徒康將手搭上水川由紀的肩膀，「這次對方一定是有備而來，也不知道他們到底埋伏了多少人手，光憑妳一個人是無法和他們正面對抗的。」

「放心吧，我會完成任務的。」水川由紀一臉認真地說，然後轉身離開，動作乾脆，絲毫沒有拖泥帶水。

司徒康等水川由紀走遠了，才拿出手機，接通預設好的號碼。

「爸，是我，你那邊情況如何。」

「放心吧，一切正常……現在是第幾次迴圈了？」

「第七次。」司徒康答道。

「目標還剩下幾個？」

「三個人，一個比一個棘手──路天峰，談朗傑和那個神祕的櫻桃。」

「別著急，慢慢來，反正你還有足夠的時間。」司徒旭華用老父親叮囑兒子的語氣說道。

司徒康則是歎著氣說：「我根本就不想要那麼多時間啊……」

九月三日，凌晨零點五十三分。

鎖死狀態，第七迴圈。

未來之光號，第十二層，走廊。

按照路天峰的安排，四人兵分兩路，陳諾蘭和童瑤一起，到露天酒吧去檢查謝騫的屍體，這一次陳諾蘭不但擁有法醫相關專業知識，還能記住這次迴圈所發生的一切，相信他們可以從屍體身上得到更多的線索；而路天峰著和章之奇一起，趕往味魂日本料理和談朗傑碰頭，出發之前，路天峰打了內線電話到味魂日本料理，聯繫上談朗傑，告訴他陳諾蘭已經成為了感知者，而談朗傑只是淡淡地應了一句「知道了」。

「等我抵達現場再商量對策，千萬別亂來！」路天峰叮囑道。

「呵呵。」談朗傑笑了笑，直接掛掉電話。

其實路天峰並不認同談朗傑主動挑釁的策略，剛才他在電話裡的語氣和態度更讓人擔心不已，所以一路上腳步匆匆，只是沒想到剛踏上通往味魂日本料理的走廊，就被四個衣著打扮風格迥異，看起來就不像是一夥的男人攔住了去路。

「兩位是……路天峰和章之奇？」為首一人身穿剪裁不合身的廉價西裝，一邊看著手機上的圖片，一邊抬頭比對眼前這兩個人的容貌。

「沒錯，我是路天峰，你們都是談朗傑的人？」路天峰還記得談朗傑曾經說過，他為了追蹤時間機器交易的雙方，提前在味魂日本料理附近安排了足夠的人手。

「我不知道你在說啥，我的任務是阻止你靠近味魂日本料理。」西裝男說完，一揮手，另外三個人就氣勢洶洶地撲上前，想要抓人。

雖然是以二敵四，但專業刑警出身的路天峰和章之奇可一點都不遜色，路天峰反應尤其迅速，不但閃身避開了第一個人的攻擊，而且還看準時機，一記掃堂腿踢向帶頭的西裝男，將他硬生生地逼退。

「哎喲！」

站在路天峰後方的章之奇怪叫一聲，路天峰回頭一看，沒料到還有另外四個人從後方偷襲，其中一人手持木棍，朝章之奇的肩膀狠狠打下去。

「奇哥，沒事吧？」

「還好，沒事！」章之奇雖然失了先機，但仍然奮力反擊，打倒了襲擊他的持棍者，只是肩膀受傷的他，動作顯然慢了半拍，經過幾個回合的激烈打鬥後，又一不小心被人迎著胸口捶了一拳，痛苦地倒在地上。

以寡敵眾的路天峰也沒占到便宜，這些人雖然格鬥技巧一般，但勝在人多勢眾，左一拳右一腳的，路天峰只能以防禦為主，反擊為輔，但難免有疏忽的時候，最後是被人絆倒在地，緊接著三個驃悍男子撲上來，先將他死死壓在身下，再用繩子把他的雙手反綁在背後。

「喂，你們搞錯了，我們是來幫忙的！」路天峰大嚷大叫起來，然後有人用什麼東西塞住了他的嘴巴，再用麻布袋之類的東西，一下子蒙住了他的頭。

路天峰聽不到章之奇的聲音，猜想他也是被如法炮製，說不出話來了。

接下來，這些奇怪的男人七手八腳，將路天峰硬扯到某個地方，然後用力一推，路天峰站立不穩，踉蹌倒地，耳邊又響起一聲沉悶的關門聲，和門被鎖上的聲音。

「搞什麼鬼啊！」路天峰在心底高聲吶喊著，但實際上只能發出嗯嗯嗯的哼聲。

目前他唯一能夠確定的是，事態嚴重失控了。

九月三日，凌晨零點五十五分。

鎖死狀態，第七迴圈。

未來之光號，第十二層，味魂日本料理。

包廂內，談朗傑閉著雙眼，表情肅穆地坐在榻榻米上，他面前擺放著一個黑色的盒子，還有一把從廚房裡找出來的、切割生魚片的料理刀。

包廂外響起了腳步聲。

談朗傑睜開眼睛，剛好看到水川由紀走進來。

「水川由紀。」談朗傑語氣冷冰冰的，眼內噴出了怒火。

「咦？這裡居然只有你一個人在？」水川由紀輕佻地笑了笑，環顧四周，確實沒有發現任何人。當然了，她知道談朗傑的幫手並不一定要埋伏在包廂裡，但她希望能夠透過自己引誘更多的感知者集中在一起，以免浪費了自己身上的炸彈。

「我們之間的私人恩怨，不需要其他人插手。」談朗傑一邊說，一邊打開了黑色的盒子，「告訴司徒康，我找到了時間機器，有機會打破時間鎖死的狀態。」

「哦？」水川由紀充滿懷疑地挑起了眉頭。

「如果司徒康想要這東西，就親自來找我吧。」談朗傑把盒子推給水川由紀，水川由紀一邊提防著談朗傑，一邊低頭瞄了一眼，只見盒子裡面，是一整塊已經白骨化的人類手掌，包括掌骨和指骨。

雖然水川由紀見識過不少屍體，也不害怕目睹人體骨骼之類的東西，但在一個號稱時間機器的盒子裡頭看到這個，還是難免心下一驚，身子也無意識地往後縮了縮。

「這是什麼鬼東西。」

「妳可以仔細看看。」談朗傑的眼角帶著譏諷的笑容，似乎在嘲笑水川由紀膽子太小。

水川由紀心想，這富二代也太小看別人了吧，不就幾塊死人的骨頭而已，真當我沒見過？於是她一手拿起了掌骨，放在眼前仔細端詳起來，很快就發現了不同尋常的地方。

這些骨頭上面，好像有一些金屬碎屑的痕跡，而且金屬與骨頭已經融為一體，難分彼此。

「不是吧，你就拿這玩意兒糊弄我？」水川由紀對談朗傑的說辭嗤之以鼻，將掌骨扔回到盒子裡頭。

「因為妳不是感知者，感應不到骨頭裡面的時間粒子能量，但我相信司徒康一定能做出正確判斷的。」談朗傑面無表情地說。

「那你直接叫司徒康過來就好了，幹嘛還費這個功夫，讓我白跑一趟？」

談朗傑直視著水川由紀，一字一頓地說：「原因有兩個，第一，我直接約他見面，恐怕他會怕死不敢來，第二，我和妳之間還有一筆賬要算清楚。」

「呵呵，我是不會為了這種真假未知的東西而勞煩司徒先生親自出手的。」水川由紀突然露出了無比燦爛的笑容，「我先殺了你，再把東西拿走不就行了嗎？」

「東西當然是真的，妳可以再試一次，閉上眼睛，靜心冥思，你會感受到時間粒子的流動——哦，不過妳可能不敢在我面前閉上眼睛。」

水川由紀心裡暗暗發笑，談朗傑大概不知道，她是如何在一片黑暗之中殺死謝騫的。還真以為閉上眼睛就會被你偷襲嗎？別那麼幼稚好嗎！

「我會在殺死你之後，再慢慢感受所謂的時間粒子。」

一把匕首悄無聲息地出現在水川由紀的右手之中，談朗傑的瞳孔瞬間放大了，他認得這把匕首，正是奪去于小冷生命的那一把。

談朗傑也飛快地拿起桌面上的料理刀，如果光比武器，料理刀的攻擊範圍比匕首更廣，但水川由紀的動作速度顯然遠比談朗傑要快。

「噗——」匕首刺入了談朗傑的左肩，而料理刀則被水川由紀側身避開，她毫不留情地提起膝蓋，狠狠撞向談朗傑的手腕，談朗傑根本躲避不及，「咣噹」一聲，料理刀被撞飛，跌落在地板上。

談朗傑倒退幾步，跌坐在牆角，鮮血從他肩膀的傷口處噴灑而出，轉眼之間就染紅了衣服。只見他臉色變得煞白，嘴唇也開始發青，五官痛苦地抽搐著，整個人看起來完全失去了反抗的能力。

水川由紀舉起匕首，尖刃向前，遙指著談朗傑，她並沒有急於上前，是因為獵物已經受傷了，光是那個血流不止的傷口，就足以讓他慢慢步入死亡。

「你這水準也太低了吧？」水川由紀放肆地嘲諷道：「比起你的小情人可差得遠了，但就算是你的小情人能夠重生，也完全不是我的對手啊。」

談朗傑乾咳著，用右手試圖支撐自己的身體爬起來，但幾番嘗試還是失敗了。

「真的沒有其他人埋伏嗎？」水川由紀暗自嘀咕著，她還按照司徒康的吩咐，在腰間綁上了一圈微型炸彈，準備在遭遇埋伏的時候引爆炸彈，確保能在處於劣勢的情況下炸死談朗傑，但完全沒想過會那麼順利。

「我……就算是做鬼……也不會放過妳的……」談朗傑咬牙切齒地說。

「談朗傑，你還真的是傻，一個人跑來和我單挑？你憑什麼和我鬥呢？」水川由紀終於放心走上前了，「司徒先生本來還非常重視你的，沒想到只是個大笨蛋。」

談朗傑突然咧開嘴巴，笑了起來。

水川由紀可不管談朗傑到底在笑什麼，手中的匕首一揮，談朗傑的喉頭就多了一道血痕，然後他的身體軟綿綿地癱倒下去。

一攤暗紅色的血泊，在談朗傑身下蔓延著，而他的臉上，至死都掛著奇怪的微笑。

水川由紀收起匕首，再拿起桌上的黑盒子，頭也不回走出了包廂。離開包廂時，她聽到黑盒子裡面傳來滴滴滴的聲音。

「又是炸彈嗎？」水川由紀輕輕歎了一口氣，雖然她還可以再次復活，但她相信死亡的感覺仍然是不太好受的。

幸虧她什麼都不會記得。

幾秒之後，爆炸產生的耀眼光芒，占據了水川由紀的全部視野，她腰間的炸彈也同時被引爆了，那短短不到一秒鐘的雙重痛楚，讓她感受到什麼叫地獄。

九月三日，凌晨零點五十五分。

鎖死狀態，第七迴圈。

未來之光號，第十二層，未知空間內。

被蒙住腦袋的路天峰在黑暗之中摸索著，終於摸到了另外一個人的手，他相信那應該是章之奇，於是拚盡全力，在對方的掌心處比劃了一個「L」，希望對方能明白這是路天峰姓名的第一個拼音字母。

對方也在他的手心比劃了一個「Z」，但沒有說話，應該同樣是被蒙住頭，堵住了嘴巴。

路天峰拍了拍章之奇的手腕，示意先由自己來嘗試解開繩結，於是章之奇停止了掙扎，乖乖地讓路天峰挑戰盲眼解繩結。

可沒想到這個繩結綁得死死的，路天峰嘗試了好一陣子，都沒能解開。章之奇突然大幅度搖晃自己的雙手，示意路天峰先暫停一下，路天峰只好放棄。

現在輪到了章之奇移動他的雙手，並且將自己的手錶移到路天峰的手邊，用玻璃錶盤反覆摩擦路天峰的手指。

「是這個手錶有什麼問題嗎？」路天峰心領神會，手指比劃出一個「O」型，章之奇頓時停止了動作，將手錶停留在路天峰手邊。

路天峰開始仔細摸索手錶的錶面，他依稀記得章之奇這個手錶是個錶面尺寸特別大的越野電子錶，而且上面很多亂七八糟的按鈕，也不知道是幹嘛用的。於是路天峰決定在每個按鈕上停留五秒鐘，逐一嘗試，直到他觸碰到某個按鈕的時候，章之奇突然猛地跺了跺腳。

「就是這個按鈕了？」路天峰一邊想，一邊按下按鈕，只聽見「咔噠」一聲，有什麼東西從手錶裡面彈出來了。

路天峰的手指探索到錶盤的側面，碰到一根金屬觸感的小棍子，棍子的其中一頭已經被磨尖，可以當作開鎖工具來使用。

有了順手的工具，路天峰很快就解開了章之奇背後的繩結，章之奇重獲自由後，首先拿開蒙住兩人視線的頭套，然後將嘴巴裡面的爛布也拿出來，最後才蹲下身子去解開路天峰手上的繩結。

兩人現在能認出自己身處的地方了，這裡應該是郵輪上的雜物間，大小只有幾平方公尺，兩邊還堆滿了各式雜物。章之奇一邊解繩子，一邊說：「這到底是怎麼回事？談朗傑腦子秀逗了嗎？」

「我也不知道……啊！」路天峰最後這一聲驚呼，是因為他看到了雜物間的門背上，用黃色膠帶貼著一個顯眼的白色大信封。

「這是給我們的信？」章之奇已經解開了綁住路天峰的繩子，兩人相互攙扶著站起身來。

「看看就知道了。」

路天峰撕下信封並打開，裡面只有一張Ａ４紙，並用馬克筆潦草地寫著——

「水川由紀是隻十分狡猾的狐狸，她只會在確保自身安全的情況下，才有可能長時間接觸那堆骨頭，所以只能由我一個人去拖住她，誘導她成為感知者。我知道我會死，雖然不知道能不能真正殺死水川由紀，但我願意捨命一搏。

路天峰，答應我，如果之後你發現水川由紀還沒死，替我殺了她；然後無論如何，殺死司徒康。我知道你是一個好人，但我只求你，能夠做一次壞人，在一次不會真正留下痕跡的時間迴圈之中，做一次心狠手辣的壞人。

我們處於一個扭曲的、畸形的世界之中，唯有以暴制暴，才能殺出一條血路。當一切都結束之後，你還是原來的你，還是那個好警察。

接下來的事情，拜託您了！談朗傑絕筆。」

「現在的有錢人做事情，都是那麼任性的嗎？」路天峰的雙手微微顫抖著，不知道是激動還是生氣，將手中的Ａ４紙遞給章之奇。

章之奇瞄了一眼就明白大概情況了，「談朗傑只是想拖住我們，讓他有足夠的時間跟水川由紀單挑。」

「足夠的時間？水川由紀殺死他這種手無縛雞之力的富二代，只需要花十秒鐘。」路天峰說：「我們還是趕緊過去找他吧。」

路天峰試了試雜物間的門鎖，發現他們並沒有被反鎖起來，門可以輕而易舉地打開，這再次印證了章之奇的猜想，談朗傑並不是真的想困住他們，而是希望拖延一定的時間而已。

「我們走。」路天峰稍微辨認了一下方向，然後往味魂日本料理的方向跑去。當他們趕到味魂日本料理門前時，整層樓的燈光突然熄滅了，幾秒鐘之後，又再次恢復照明，與此同時，他們看到了餐廳裡冒出的火光和濃煙。餐廳門外還聚集著一群人，他們眼見起火，立即慌張起來，議論紛紛，卻又不肯散去，看起來應該是談朗傑的人。

「那裡面……好像失火了。」章之奇說。

路天峰咬咬牙，他很清楚這種時候不可能貿然衝進火場，只能盡快疏散人群，控制火勢蔓延，以免造成更嚴重的人員傷亡事故。

「奇哥，先趕走那群閒雜人等，別讓他們在這裡看熱鬧了。」路天峰一個箭步衝到消防工具箱旁邊，砸開了火災報警器的玻璃，然後狠狠地按下去。

一陣陣尖銳而刺耳的火災警報聲響起。

九月三日，凌晨一點。

鎖死狀態，第七迴圈。

未來之光號，主甲板，露天酒吧。

「有沒有搞錯，一個大活人在你們眼皮底下被殺，你們跟我說什麼都沒看見？！」黃良才正在向酒吧負責人和服務生大發雷霆，而被斥罵的眾人都低垂著頭，完全不敢反駁。

這魔術師謝騫，前一分鐘還好端端的，一轉眼就斷了氣，而且在場那麼多服務生和客人都沒有察覺異常，說出來根本沒人會相信，也難怪黃良才那麼生氣。

而更讓這位保全主任生氣的，是酒吧的監視器出了點小問題，有那麼幾秒鐘的訊號受到了不明來源的干擾，畫面上全是雪花——出現故障的時間，恰好是謝騫被殺死的一瞬間，這要說是巧合，真是連鬼都不相信。

「從昨天晚上到今天凌晨，你們到底還有誰碰過監視器系統？將最近二十四小時的完整排班表拿給我看看！每一名員工的都要！」

「黃主任……郵輪啟航還不到二十四小時，還沒有任何輪班休息的人，所有服務生都在現場……」酒吧負責人戰戰兢兢地說。

「你們真是……」黃良才還想再斥罵幾句，腰間的呼叫器卻不合時宜地響了起來。

「什麼情況？我這邊忙著呢！」黃良才將怒火發洩到呼叫器的另一端。

「主任，大事不好，味魂日本料理內部發生了爆炸，還起火了！」

「什麼？？」黃良才真的快要崩潰了，這天晚上的各種意外接二連三，每一件都足以讓他焦頭爛額，立刻失業，更何況這些事情竟然全湊在了一起，擺明就是老天爺不想給他活路了。

「黃主任，這裡交給我吧。」

黃良才詫異地轉身，發現女警官童瑤正站在自己的身後，她的旁邊是陳諾蘭。

「妳們……」黃良才想問的是，她們是怎麼知道這裡發生了命案的呢？

「時間緊迫，具體情況容後向你解釋。我是警察，她懂法醫知識，這個現場交給我們處理沒問題的。」

黃良才雖然並不完全信任她們兩人，但味魂日本料理的爆炸和火災顯然是更需要他親自去解決的問題，至於謝騫這邊，他認為童瑤和陳諾蘭總不至於在監視鏡頭下毀屍滅跡吧？

「童警官，陳小姐，那這裡的事情就有勞兩位了。」黃良才臨走前還特意叮囑酒吧負責人，一方面要配合兩人的調查工作，另外一方面也要注意她們有沒有搞什麼小動作。酒吧負責人連連點頭，恨不得馬上就能夠將功贖罪，拍著胸膛保證這裡一定不會出亂子，才終於送走了黃良才。

童瑤看了一眼時間，說：「諾蘭姐，盡快開始吧。」

陳諾蘭點點頭，彎下腰去查看謝騫的屍體狀況。她知道在上一迴圈裡，章之奇檢查過謝騫的屍體，但當時只來得及粗略看一看，除了初步判斷他是中毒身亡，和發現了屍體掌心刻著的「水川」二字之外，就沒有別的線索可以提供了。

陳諾蘭解開謝騫的上衣，觀察肩膀位置的傷口，一邊看一邊說：「凶器是薄刃，極其鋒利，推測是匕首；從傷口形成的角度和深度看來，這一下並不是手持匕首插進去的，而更像是遠距離投擲匕首造成的，傷口顏色發黑，很可能是匕首上塗了毒。」

「是什麼情況下，才迫使水川由紀不得不使用飛刀來攻擊謝騫呢？」童瑤托著下巴，思索起來。

「還有一個值得注意的地方。」陳諾蘭攤開了謝騫的手掌，展示出掌心的字跡，「造成這些劃痕的並不是刺入他肩膀的那把匕首，而是另外一把相對沒有那麼鋒利的刀具。」

「所以說，謝騫被殺的時候，手裡還拿著武器。」

「是的，他應該和凶手有過一段搏鬥，但全身上下也只有肩膀一處傷口，我推測雙方的搏鬥時間非常短，甚至可能沒有發生近身打鬥，水川由紀就靠著這一把飛出的毒匕首直接獲勝了。」

童瑤想了想，說：「那麼看來，兩人發生搏鬥的地點要足夠大，而且是一個比較隱蔽的地方，即使生死相搏，也沒有驚動其他人。」

「還有一點，搏鬥現場應該是個燈光昏暗的地方。」陳諾蘭再次近距離確認了傷口的深度，說：「從傷口看來，匕首刺入時速度並不會太快，而謝騫是一個魔術師，無論他擅長的是哪種類型的魔術，都可以肯定是個身手敏捷的人，我覺得如果在正常光線條件下，他應該能夠順利躲開這一擊。」

「這艘郵輪那麼大，滿足以上條件的地方還是很多的啊。」

陳諾蘭眼珠一轉，說：「我倒是想到了一個地方，符合這些條件，而且也是謝騫非常熟悉的地點。」

童瑤一聽，立即反應過來，「難道妳說的是——」

「——恰恰就是我們之前出發的起點，魔術劇場。」

「所以謝騫為什麼要去魔術劇場呢？」童瑤喃喃自語著，看向倒在地板上的魔術師。

九月三日，凌晨一點零五分。

鎖死狀態，第七迴圈。

未來之光號，第二層，船長室。

杜志飛掛了桌上的內線電話，腦袋往後仰，背靠在椅子上，雙手用力揉著自己兩側的太陽穴。

每一通電話，帶來的都是壞消息，先是這邊死了人，又是那邊失火，杜志飛覺得未來之光號這趟航程一定是被人詛咒了，現在他只求電話不要再次響起。

咔嗒——

是開門的聲音。

誰敢不敲門就進來呢？

杜志飛頓時坐直了身子，讓他更驚訝的是，被打開的並非船長室的大門，而是船長室和專用臥室之間的那扇門。

「誰？！」

杜志飛驚恐地跳下椅子，右手在桌面上胡亂摸索著，想隨便找一件順手的武器防身。這艘郵輪上的氣氛太詭異了，活生生把他嚇成了驚弓之鳥。

「別緊張，杜總，是我。」

這不僅僅是賀沁凌的聲音，緊接著，門後面還探出了賀沁凌的臉孔。

杜志飛嚇得連動作都完全僵住了，呆呆地看著本應已經死去的賀沁凌，一步一步走近自己。

「妳……是人……還是……」

櫻桃噗嗤一下笑出聲來，「杜總，你怎麼連我都不認得了？別害怕，我當然是人，你看，分明是有體溫的。」

櫻桃伸出右手，握住了杜志飛的右手，她的手是暖呼呼的，相反杜志飛的手則冷得像冰一樣，而且面無血色，眼神驚恐，看起來他才更像是鬼。

「到底是……怎麼回事？」

「長話短說吧，船上有人想要殺我，所以我上演了一齣金蟬脫殼的好戲，暫時避開了追殺，但敵人可能很快就會找上門來。」

「那……賭場裡……死的人是誰……」

櫻桃撇了撇嘴，說：「別管那些細枝末節的事情了，我想盡快離開這艘船，你有辦法做到嗎？」

「離開？」杜志飛彷彿還在神遊，思考能力尚未恢復，整個人都懵懵懂懂的。

「是呀，留在船上我只能等死了。」

「要離開的話……嗯，妳可以使用船上的救生艇。」

賀沁凌一臉不快地說：「拜託，這裡遠離陸地，我一個嬌小女子乘坐救生艇離船，跟白白送死有區別嗎？我說的不是這個，是船上配備的那架直升機。」

「哦，直升機！」杜志飛終於想起了，郵輪的頂層還停靠著一架最新款的直升機，不過那架直升機主要是用來展示和炫耀的，船上並沒有專職的飛行員，更沒有計劃要真的開著它飛走。

所以他只好老老實實地對櫻桃說：「那架直升機其實是我一個朋友自家公司最新研發的產品，還沒有正式上市，只是借給我擺在主甲板上展示而已，這艘船上可沒有人會駕駛。」

「可以讓我來試試，我只想知道那架直升機的艙門鑰匙在哪裡？」

「鑰匙？開直升機需要鑰匙嗎？」這可完全是杜志飛的知識盲點，他還以為直升機都是像電影裡拍的那樣，一按按鈕就會自動啟動升空呢。

「笨蛋，發動引擎不需要鑰匙，但打開機艙的門需要啊，否則你家的直升機停在這裡，不就等於每個人都能隨便開走了嗎？」

「哦哦，說得有道理。」杜志飛還真不知道那鑰匙放在什麼地方了，但他依稀記得，這架直升機當時是直接飛到郵輪上降落的，然後他的朋友應該把鑰匙留下來給他保管了。於是杜志飛翻箱倒櫃，又不停翻看當時的交接工作記錄，終於在某個抽屜裡找到了直升機的艙門鑰匙。

「太好啦，感謝杜總。」櫻桃甜甜地笑著，接過了杜志飛遞給她的鑰匙。

「妳……真的要自己開飛機走嗎？」杜志飛很懷疑她到底是不是真的會開直升機，但看她的樣子，確實不像喝多了。

櫻桃臉上的笑容褪去，輕歎一口氣說：「實在是沒辦法，我也只能冒險嘗試一下了……」

「這事情可不能隨便試啊，萬一摔下來可不是開玩笑的。」杜志飛已經開始暗暗後悔，心裡盤算著是不是應該動手把鑰匙搶回來。

櫻桃知道杜志飛會錯意了，她所說的「試試」，其實是想看一下如果盡量遠離郵輪，能否逃出時間閉環的困局，但杜志飛卻理解成她並不會駕駛直升機，偏偏想要嘗試硬來。

「別擔心，可不要忘記了我是有超能力的人哦。」

「這個……今晚郵輪上發生了很多詭異的事情，要是再加上一場墜機事故，我想我在杜氏集團這輩子都無法翻身了。」

「呵呵，那你到底是擔心我，還是在擔心你自己呢？」櫻桃說著，突然將腦袋湊近杜志飛，兩人的臉幾乎要貼在一起了，這種超近距離的接觸，讓杜志飛有點心慌意亂。

「我擔心妳……」

「不，你在說謊，你這個自私的傢伙。」櫻桃的語氣一瞬間轉冷。

杜志飛還想再辯解幾句，卻感到腰部被什麼東西刺了一下似的，雖然不痛，但身體很快變得麻木乏力。

「這……是什麼……」他看見了櫻桃手中的空針筒。

「我不想在你身上浪費時間了。」

杜志飛喉頭一緊，雙手捂住喉嚨，他發現自己竟然已經無法呼吸，很快就漲紅著臉，痛苦地倒在地上，視野漸漸變黑。

他還沒弄清楚櫻桃到底是人是鬼，自己就先成了冤死鬼。

杜志飛最後的一絲意識，是聽到櫻桃拿著直升機的機艙鑰匙，哼著歡快的曲調，離開船長室時的關門聲。

九月三日，凌晨一點零五分。

鎖死狀態，第七迴圈。

未來之光號，第十二層，味魂日本料理。

「誰能告訴我，這裡到底發生了什麼？」黃良才黑著臉，一雙怒目瞪著路天峰和章之奇。在他看來，這兩個人能夠第一時間出現在事發現場，一定跟這場火災脫不了干係。

章之奇假裝沒注意到黃良才語氣裡的怒意，以一副無辜的口吻說：「十分鐘前，餐廳內部發生了一場小型爆炸，並引發火災，幸虧我們和保全人員及時趕到，第一時間疏散人群，並成功控制住火勢，將影響程度降到最低……」

「按照你的說法，我還應該去申請一個見義勇為獎狀頒發給你們才對？」黃良才忍不住翻起了白眼。

章之奇依然無視對方嘲諷的語氣，大言不慚地說：「黃主任不用客氣，舉手之勞而已。」

黃良才氣得半死，又不好發作，只能轉身問其他保全人員：「現在傷亡情況如何？」

「報告主任，事發之前一位名叫談朗傑的客人說要包場半小時，由於餐廳內本來就沒有其他顧客，因此在他支付了包場費用之後，所有員工都暫時離開了餐廳，幸虧如此，才沒有造成更大的人員傷亡……」

「這能叫『幸虧』嗎？身為專業人員，你有沒有半點警覺性？談朗傑就是涉嫌重大的嫌犯！」黃良才要顧及路天峰和章之奇的面子，不敢怒斥他們倆，但面對下屬可是一點都不客氣。

「是的是的，火災現場的包廂內發現了一具年輕男性屍體，經辨認確認身分為談朗傑，另外包廂門外發現了一具年輕女性屍體，經辨認確認身分為日本籍遊客水川由紀……」

「等等，這才幾分鐘功夫，誰來認屍的？」

黃良才板著臉，沉聲詢問道：「路警官，你該不會告訴我，一切都只是巧合吧？」保全人員戰戰兢兢，不敢答話，目光則不由自主飄向了路天峰和章之奇。

路天峰看了一眼時間，搖搖頭說：「不是巧合，但我們可以稍晚再跟你解釋。現在需要優先處理的事情，是查明兩具屍體的死因，和爆炸的真正原因。」

黃良才也稍微冷靜下來了，正如路天峰所說，不管最後到底是誰應該為這起事件負責，他們都必須先做好勘查工作，務必讓案發現場的線索和證據保持完整。

「讓我來吧。」黃良才確實信不過其他人了，只好讓下屬守住四周，他親自出馬。

他首先簡單檢查了一下女性屍體，看來爆炸發生時，這名女性死者離爆炸地點非常近，強大的衝擊波直接貫穿了她的身體，造成體內多處器官破裂受損，腰部位置受傷特別嚴重，應該是瞬間斃命。屍體的脖子和半張臉被火灼燒得面目全非，剩下那半張完好的臉上，五官嚴重扭曲變形，可見她在死前一刻陷入了極度恐懼之中。

黃良才掏出手機，登入郵輪的資料庫，調出他們所說的那位客人水川由紀的資料，再三比對過資料上的證件照和眼前的屍體後，大概只有一半的把握認為死者是水川由紀。

那麼，為什麼路天峰和章之奇都確信這就是水川由紀呢？唯一的可能性，就是他們早知道水川由紀會來到現場。

黃良才心中了然，卻暫時不點破，再走進包廂內部查看男性死者的狀況。剛一進門，讓他嚇一大跳的並非臥倒在血泊之中的談朗傑，而是牆邊另外一具破損的骷髏。

「這裡怎麼還有一具骷髏？」

路天峰聳聳肩說：「我怎麼知道，你看這骨架都風化了，肯定不是我們幹的啊。」

黃良才一時為之語塞，只好先忽略掉那具詭異的骷髏，去檢查談朗傑的屍體。只見屍體的左肩和喉頭處各中了一刀，其中喉嚨處的這一刀割斷了氣管和動脈，是導致死亡的直接原因，而屍體身上衣物完好，基本沒有受爆炸和火災波及，很可能是在爆炸發生之前就被人殺死的。

「包廂內有打鬥的痕跡，男性死者是被割喉而死的，女性死者是被炸死的，現場沒有發現第三者存在的證據，結合其他人的證詞看來，應該是女性死者先持刀子殺死了男性死者，然後她離開包廂時，觸發了安裝在門邊的炸彈，因此被炸死。」黃良才說出了自己的推論。

沒想到路天峰和章之奇似乎不太關心屍體的狀況，路天峰假裝不經意地跟在他身後走進了包廂，一路東張西望，好像在尋找些什麼，而章之奇卻跟其他保全人員一起，站在稍遠處，一副不願意靠近包廂的樣子。

「你在找什麼呢？」黃良才好奇地問。

「沒什麼……黃主任，既然案發現場已經勘查完畢，我們還是換個地方說話吧？這房間裡一股燒焦的臭味，聞起來很不舒服。」路天峰一邊說，一邊已經挪步往外走。

黃良才心裡暗笑，開什麼國際玩笑？路天峰身為刑警，比這更慘烈更噁心的犯罪現場應該見過不少，怎麼可能會忍受不了這裡的味道呢？難道這包廂裡面還有什麼祕密，是不能讓我發現的嗎？

黃良才想到這裡，暗暗下定決心，準備對這間包廂進行一番地毯式搜索。然而就在他準備走出包廂，命令下屬過來幫忙的時候，路天峰突然毫無預警地揮出一道重拳，正中他的腹部，把他一下子打翻在地。

「你幹嘛——」黃良才彎著腰，一口氣緩不過來，只覺得頭暈腦脹，眼冒金星，他還沒來得及大喊救命，腦袋後方又受到了一記重擊。

中年發福的身軀頹然倒地，黃良才卻還沒完全失去知覺，雙手硬撐著地板，想要爬起來。

「抱歉了黃主任，這是為了救你。」

路天峰說完，一腳猛地踢向黃良才的脖子後方，終於將他徹底踢暈過去。

路天峰深吸一口氣，一邊將黃良才沉重的身子往外拉扯，一邊高喊：「來人啊，幫幫忙，黃主任突然暈過去了。」

其餘保全人員哪知道包廂裡發生了什麼事，聽到路天峰的呼喊就連忙趕上前，七手八腳將黃良才搬出去。章之奇偷偷向路天峰豎起大拇指，湊上前輕聲問：「怎麼樣？不會又被傳染成感知者吧？」

「應該不會，我是把他當作普通人才出手那麼狠的……但我們還是盡量別讓人靠近這地方吧。」路天峰不無擔心地說。

「這事不難。」章之奇嘿嘿一笑，突然扯開喉嚨，大叫起來，「各位請注意，爆炸現場檢測到來歷不明的輻射源，這很可能是黃主任暈倒的原因！請大家不要靠近現場，謝謝合作！」

其實這句話才剛剛說到「輻射源」幾個字，眾人已經紛紛後退，整句話說完後，大家更是一股腦兒地退到了餐廳大門外。

這時候，路天峰終於稍微鬆一口氣了。

九月三日，凌晨一點零八分。

鎖死狀態，第七迴圈。

未來之光號，主甲板，露天酒吧。

微涼的夜風拂面，童瑤忍不住打了個小小的呵欠，與此同時，她聽見某種奇特而有規律的轟鳴聲從遠處傳來。

「咦？這是什麼聲音？」

陳諾蘭也停下了手中的動作，轉頭望向聲音傳來的方向。

「是不是主甲板上停著的那架直升機？」陳諾蘭想起昨天傍晚在甲板上看風景時，曾經見過的那架全黑機身、造型非常獨特的直升機。

童瑤一把抓住身邊的酒吧負責人，問：「你們郵輪上的那架直升機，真的能飛起來嗎？」

「應該是吧，我也不知道啊。」酒吧負責人一臉哭笑不得的表情。

「大半夜的，怎麼突然就起飛了？我去看看。」童瑤往停機坪的方向跑去，只見夜色之中，一個黑色的巨大影子徐徐升起，依稀可以看到駕駛艙內部好像只坐了一個人，但飛行員戴著頭盔和面罩，連是男是女都無法分辨，更加不可能知道到底是誰了。

童瑤只能原地駐足，眼看著直升機略帶笨拙地慢慢爬升，然後懸停在半空之中，沒過多久，直升機又開始原地轉圈，彷彿一隻落單的迷路大雁在尋找自己的同伴。

「怎麼回事？」陳諾蘭也趕過來了，抬頭看向天空。

「不知道，我猜駕駛飛機的應該不是專業飛行員，操控得不太嫻熟的樣子。」

就像是回應童瑤的推測一般，直升機在半空中突然亮起了大燈，數秒之後，燈光又再次熄滅，然後機身搖晃了幾下，像終於認清楚前進方向一樣，往郵輪行駛方向的正前方飛去。

「逃跑的會不會是其中一個感知者呢？」童瑤自言自語地說。

「難道這個人認為只要遠離郵輪，就可以擺脫時間鎖死的狀態嗎？我覺得這不太可能吧？」陳諾蘭用她的科學家頭腦分析道：「除非所有感知者相互之間都隔開足夠遠的距離，否則這肯定是沒用的。」

童瑤說：「我更關心的是另外一個問題，如果這人希望盡量遠離郵輪，為何沒在時間鎖死發生之後的第一時間跑來開走直升機，而是等了至少二十分鐘才行動？如果速度夠快，應該能在二十多分鐘內逃離，而目前距離下一次迴圈只剩下十分鐘左右，不到理論極限值的一半。」

「有一個可能，就是這個人需要花點時間才能拿到駕駛直升機所需的鑰匙！」

「妳猜，這把鑰匙原來應該在誰手裡呢？」

陳諾蘭和童瑤目光相接，兩人同時點了點頭，異口同聲地說：「肯定是在杜志飛那裡！」

「我們快去船長室問一下情況，就能夠知道到底是誰開走了那架直升機。」童瑤說。

九月三日，凌晨一點十一分。

鎖死狀態，第七迴圈。

未來之光號，第十八層，1820房。

「爸。」司徒康推開門，臉色陰沉地說。

「阿康，你怎麼回房間來了？」司徒旭華有點驚訝地看著自己的養子。

司徒康走到房間的迷你冰箱旁，打開冰箱門，拿出了一罐啤酒。

「由紀去執行任務了，一命換一命，這次她成功殺死了談朗傑。」

「很好，很好。」司徒旭華滿意地將桌上的梅花A牌面往下翻，「這下子就只剩下兩個最難纏的傢伙了，一直隱匿蹤跡的櫻桃，和身邊有一群得力幫手的路天峰。」

司徒康吞下一大口苦澀的啤酒，臉上神色依然嚴峻，他說：「爸，你那套關於時間鎖死如何形成和如何解開的理論，到底會不會出現重大漏洞？」

「漏洞？絕對不可能，我可是研究時間鎖死理論的專家！」司徒旭華一邊說，一邊誇張地瞪大了眼睛，「要不是有我的理論作為基礎指引，提前預見了時間機器出現可能造成的時間鎖死狀態，我們又怎麼能夠迅速搬出這套有效的作戰方案來？」

司徒康重重地放下啤酒罐，說：「我不是懷疑這套戰術的有效性，我只是擔心即使我能夠殺死其他所有的感知者，時間都無法恢復正常……」

「不，不可能的，你為什麼突然有這種擔心？現在是第幾次鎖死迴圈了？」

「第七次。」司徒康歎氣道：「爸，你不是感知者，你很難理解我的憂慮。」

「說說看吧？」司徒旭華的臉上也流露出憂色，他知道自己的養子一向做事出人意表，言行舉止都帶著極強的煽動性和感染力，很少會有情緒低落的時候。

「我不僅是感知者，還具有干涉能力，對時間的流動比其他感知者更敏銳。在這不斷的迴圈當中，每當有一名感知者死去，我就可以感覺到混亂的時間線變得井井有條了一點點——我無法解釋為什麼自己會知道，我只能說，我就是知道。」

司徒旭華微微頷首，「這很正常，人類的感知體系是超越認知體系的，我們經常會獲知某些訊息，卻無法說清楚從何而來，有時人們會稱之為『直覺』。」

「直覺，嗯，差不多就是這樣子吧。」看來司徒康對養父的說法並沒有完全認同，但他也不再深究字義問題了，「如果說時間鎖死就是一團亂麻，之前我是能夠感覺到，這團亂糟糟的繩子已經解開了一個接一個的繩結，只剩最後兩、三個相對簡單的結了，可是在這一次迴圈裡頭，我卻感覺到這些繩結突然變多，重新變得複雜起來了。」

「這……怎麼可能？」司徒旭華的眉頭挑了挑，一副困惑不解的模樣。

「所以我才會擔心你對時間鎖死理論的研究，其中是否存在致命的缺點？萬一有什麼差錯，我們就會被困死在這三十三分鐘裡面了。」

「不，不會的，我的研究結論是不會有錯的。」司徒旭華不停地搖頭，不知道是要說服司徒康，還只是想說服自己。

「那麼，其實還有另外一種可能性？」

「什麼可能性？」

「這艘郵輪上出現了新的感知者。」司徒康緩緩地說：「因此時間鎖死的狀況變得越來越複雜。」

司徒旭華沉默不語，眉頭緊鎖。

「當然了，我希望一切都是我在杞人憂天。」司徒康將手中的啤酒一飲而盡，轉身看向牆壁上掛著的電子時鐘。

「後天感知者到底是如何產生的，一直沒有出現能讓大部分研究者認同的理論。」司徒旭華邊說，邊將一張牌面朝下的撲克重新翻開，那是一張紅心9，「所以確實有可能恰好在這半小時之內，產生了一名全新的感知者。」

「那麼新感知者的加入，會影響我們打破時間鎖死的方案嗎？」

「這個問題……我還真沒考慮過。」司徒旭華苦笑道：「阿康，我身為普通人，能夠研究到這一步已經很不容易了。」

「爸，我並沒有責怪你的意思，只是我現在的感覺很不對勁。」司徒康按壓著自己的太陽穴說：「事態發展似乎超出了我們之前的預期。」

「噓，先安靜一下。」司徒旭華突然坐直了身子，瞪大眼睛，屏住呼吸，司徒康也被他的舉動所感染，閉上嘴巴不再說話。

兩人能夠聽見，頭頂上傳來隱隱約約的機械引擎響聲。

「是直升機吧？」司徒康說。

「這郵輪上還有直升機？」司徒旭華反問。

司徒康信步走出陽台，抬頭一看，果然是一架直升機，正在緩慢地往上爬升。

「都那麼晚了，怎麼還會安排直升機起飛？是想要逃離現場的感知者嗎？」司徒康轉頭問司徒旭華：「我想知道，如果某個感知者離開我們足夠遠的距離，會有助於解開這一團亂麻的時間線嗎？」

「這也是我研究的盲區……」

「我明白了，你的研究到處都是盲區。」司徒康的目光重新鎖定在漸漸遠去的直升機上，緊皺著的眉頭漸漸鬆開，「純理論研究終究敵不過實踐出真知。」

司徒旭華似乎不太服氣地補充了一句，「但我覺得，如果其中一名感知者逃出夠遠的距離，那麼很可能相當於他殺掉了其餘所有感知者。」

「你的意思是，只要這架直升機飛得夠遠，我們都得死？」

「不是我們，只有你而已。」司徒旭華局促地笑了。

九月三日，凌晨一點十五分。

鎖死狀態，第七迴圈。

未來之光號，第二層，船長室。

陳諾蘭和童瑤站在船長室門外，先是按門鈴，然後又是敲門，卻一直等不到任何回應。童瑤乾脆伸手去嘗試開門，沒想到只是輕輕一扭門把，門就開了。

「門沒有鎖？」童瑤和陳諾蘭交換了一下眼色，後者點點頭，於是她推門而進。

「請問——」童瑤只說了兩個字，就呆住了。

只見杜志飛四肢呈大字型攤開，整個人臉朝上癱倒在地板上，雙目圓睜，嘴巴微微張開，五官因驚恐而扭曲。陳諾蘭飛快地上前，探了探他的鼻息，又摸了摸脈搏，很明顯已經徹底沒了生氣。

杜志飛的上衣被掀起，腰間露出一段肥肉，陳諾蘭注意到他的腰部有一個鮮紅的針孔，針孔周圍的皮膚泛起了明顯的皮疹，她立即猜測這很可能是毒藥注射進身體的位置。

「看起來像是生物鹼神經毒素。」陳諾蘭一邊說，一邊從懷裡掏出一個小號的放大鏡，蹲在地上細細觀察起來，甚至還把鼻子湊近去嗅聞。

「當心，別中毒了……」童瑤提醒道。

「沒關係的，這類型的毒素一般都要進入人體血液循環系統才會開始作用，要是鼻子嗅聞就能中毒，那可不得了啦。」陳諾蘭知道剩下的時間不多了，只能努力在腦海裡回想著，到底是哪一種毒物可能出現這種中毒症狀。

「有結論了嗎？」

陳諾蘭搖頭，「目前猜測是某種純度很高的生物毒素，毒素發作的時間非常短，從腰間中針到全身麻痺可能只需數十秒，所以他連呼救或者打電話的機會都沒有。再加上他皮膚上出現的皮疹現象來推斷，我覺得有可能是世界上毒性名列前茅的物質之一——箭蛙毒素。」

「這……應該是櫻桃小姐才會使用這種東西吧？」

童瑤注意到，辦公桌上有一個抽屜沒有關緊，她走過去，打開抽屜一看，裡面是堆放得亂七八糟的資料夾和一些雜物。

「如果凶手是櫻桃，她應該是先來這裡拿走了直升機的鑰匙，然後再殺死杜志飛，最後離開。」

陳諾蘭不解地問：「她為什麼非要殺杜志飛不可呢？時間一旦倒流，這男人又會再次復活，殺人豈不是多此一舉？」

「也許她只是不想浪費時間和杜志飛說話，乾脆直接殺掉他；另外還有一種可能性，就是櫻桃有嚴重的暴力傾向，殺人能夠讓她感受到快樂。」童瑤說出了自己的推測。

「如果櫻桃的目標是開走直升機，那麼在下一次時間倒流後，她還會再一次回到這裡，取走鑰匙。」陳諾蘭說：「這是我們設局抓她的大好機會。」

「但按照妳和路隊的說法，目前時間處於鎖死狀態，我們抓住她也沒用啊……」

「我想好好和她聊一下，也許事情還會有轉機。」陳諾蘭的目光中充滿了堅毅之色，「畢竟她可能是郵輪上最瞭解時間機器的那個人。」

九月三日，凌晨一點十七分。

鎖死狀態，第七迴圈。

直升機上。

櫻桃時不時回頭，只見海面上的未來之光號越來越小，漸漸變成一個微不可見的光點了。

不知道距離足夠遠了嗎？

櫻桃不太確定自己到底要飛多遠，才能擺脫時間線的糾纏，只知道應該是飛得越遠，打破時間鎖死的機會就越大。

她看了看時間，只剩下不到一分鐘了，如果這次無法逃脫，下次她覺得可以將時間再壓縮五分鐘左右，那麼就能飛得更遠一些——

這時候，她的身子突然向前傾，就像在馬路上開車的時候遇到緊急煞車一樣。

不對，仔細一看，自己的身體還坐得好端端的，儀表板上也顯示直升機的速度並沒有降低，但很奇怪，她總覺得所有的一切都慢下來了。

有什麼東西在阻止她前進。

櫻桃深深地吸了一口氣，這種感覺太詭異了，直升機全速向前，她明明正在遠離未來之光號，儀表板上顯示的數據全部正常，前進的方向也沒變化，但她心裡卻有一個清晰明確的聲音響起，告訴她前方有障礙物。

她甚至脫下了耳機，讓直升機的螺旋槳巨響毫無遮擋地傳入耳中，震得耳膜隱隱作痛。

「這不可能！我明明還在向前！」

她隨即意識到，這也許就是時間鎖死形成的屏障，只要衝出去，一切都會變得不一樣。

她能衝出去嗎？

一定可以的，因為直升機依然在正常飛行，依照物理世界的運作法則，她還在前進，無論她的主觀意識和感覺如何，都無法改變她與未來之光號之間的距離在繼續拉遠的客觀事實。

只要前進，就能突破！

櫻桃恨不得直升機的加速度還能繼續提升，因為她剩下的時間也不多了……最後十秒鐘。

櫻桃突然知道了答案，這一次，她飛不出去了。但下一次，她的動作會更快，再爭取多幾分鐘時間，就能逃離這個時間無限迴圈的魔洞。

下一次，一定可以——

櫻桃的整個世界，突然變得安靜下來。因為螺旋槳的巨響消失了，她重新回到了未來之光號郵輪上。

新的一次鎖死迴圈，又開始了。

4

九月三日，凌晨零點四十五分。

鎖死狀態，第八迴圈。

未來之光號，第十八層，１８２０房。

每一次時間重置，司徒康和水川由紀都會從這裡開始出發：司徒康立即通知以化名入住在同一層客房的司徒旭華前來會合，然後他用三分鐘的時間，簡明扼要地向兩人介紹情況，並制定新一輪時間中的作戰策略，再由水川由紀負責執行，司徒旭華則留在房間裡面當誘餌。

當這些事情第八次發生的時候，司徒康難免會感到枯燥乏味，心裡暗暗地想，這一切何時才是盡頭？

然而在本次迴圈的第一秒，司徒康就察覺到事態不對勁。

他首先聞到了一股強烈的焦臭味道，定睛一看，出現在自己身邊的，竟然是一具被燒毀得不成人形的女屍。

「由紀……」

水川由紀死了。

司徒康知道她是帶著炸彈前往味魂日本料理的，早就做好了赴死的準備，但他一直以為，自己絕對不會目睹到她的死亡現場。看不到的東西，他可以當作不存在，反正只要時間迴圈重新開始，水川由紀又會完好無損再次出現在他眼前。

他看不見她的痛苦與犧牲，看不見她曾經遭遇和將會遭遇什麼，所以能夠心安理得地一次又一次將她送上死路。

然而這一次，他親眼看到了死亡的真面目其實是如此殘忍而慘烈。

「由紀！」司徒康的聲音，由呼喚變成了高喊，身體也不住地顫抖起來。

既因為憤怒，也因為恐懼。

到底是誰，用什麼方法殺死了水川由紀？莫非真的有某種辦法，可以把普通人轉化為感知者？

這一次，司徒康沒有打電話給司徒旭華，他不想浪費一分一秒的時間，只是拿起放在桌上的袖珍手槍，頭也不回地離開了房間。

是的，他完全不忍回頭去看水川由紀的慘狀。如果再回頭一次，他可能就會徹底崩潰了。

九月三日，凌晨零點四十五分。

鎖死狀態，第八迴圈。

未來之光號，第七層，魔術劇場。

「快去船長室！」

「快去味魂日本料理！」

陳諾蘭和路天峰幾乎同時開口，卻說出了兩個完全不同的目的地，而章之奇和童瑤則被嚇了一跳，在他們眼中，剛才還好端端的兩個人，突然之間就莫名其妙地大喊大叫起來了。

「來不及解釋了，櫻桃很可能會在船長室出現，我們得趕緊去攔截她。」陳諾蘭急匆匆地拉起童瑤的手就往外跑。

「諾蘭，千萬要注意安全……」路天峰來不及阻止她，只好向著她遠去的背影叮囑道。

「這到底是怎麼一回事？」章之奇一臉莫名其妙地問。

路天峰將時間鎖死的狀況向章之奇簡單介紹了一遍，並重點說明了發生在上一次迴圈之中的事件——水川由紀被炸死，但不確定她是否已經轉化為感知者，需要盡快確認。

「所以我們也應該盡快趕往味魂日本料理？」章之奇總算是明白現在的局面了，如果水川由紀真的成為了感知者並被殺死，那麼司徒康絕對會親自前往味魂日本料理，看看到底是什麼東西能讓普通人變為感知者；另外一方面，那具骷髏也可能是影響時間迴圈的關鍵物品，需要進一步調查。

兩人趕緊出發前往味魂日本料理，在路上邊走邊聊著。

路天峰說：「我現在有點擔心時間粒子的狀態，沒有人知道，經歷過一場爆炸之後，時間粒子會產生怎樣的變化。」

「如果影響範圍擴大了，會怎麼樣？有沒有可能像病毒傳播一樣，把郵輪上的所有人都變成感知者？」

「說起這個——」路天峰的腦海之中突然冒出了自己曾在《世界未解之謎》之類的科普讀物看過

的內容，「奇哥小時候讀過關於『幽靈船』的傳說嗎？」

「就是某艘船失蹤了若干年後才被發現，船上一切如常，連咖啡都是熱的，但就是找不到任何生物存在的痕跡，連一隻老鼠都沒有的那種地攤文學故事嗎？」

「沒錯，我突然想到一種可能性，如果我們整艘郵輪上的人都成為了感知者，是不是就會在無限的時間迴圈之內不停地自相殘殺，直到船上只有一個倖存者為止？如果時間鎖死最終被解開了，那麼之前死去的感知者，又會以怎麼樣的形式出現在大家眼前？」

章之奇流露出恍然大悟的神情，「你的意思是，他們有可能不會以屍體的形式出現，而是會被時間的力量徹底抹除，就像憑空蒸發一樣？」

「畢竟在人類社會流傳的各種怪談故事之中，很少有案發現場完全不符合邏輯的集體死亡事件，但關於『神隱』的傳聞卻不少。」

「這個假設太可怕了。」章之奇有點不敢細想下去，剛好，他們也已經趕到了味魂日本料理的門外。這一次，自然不會有任何人在半路上攔截他們。

「進去吧，我猜司徒康可能已經到了。」路天峰重重地歎了一口氣，「注意，我們有可能面對的是一頭狂怒的猛獸。」

九月三日，凌晨零點五十分。

鎖死狀態，第八迴圈。

未來之光號，第二層，船長室。

「什麼？又死人了？」黃良才沉著臉，嘴角抽搐了兩下，「我馬上到。」

「又發生什麼事情了？」杜志飛的臉色也很難看。

「杜總，是露天酒吧那邊……」黃良才的話還沒說完，一陣急促的敲門聲響起，然後等不到屋內的人回答，船長室的門就被打開了，陳諾蘭和童瑤先後衝了進來。

「抱歉，打擾兩位，但目前出現了極其緊急的情況。」童瑤以刑警的專業口吻和不容置疑的語氣說著，「杜志飛先生，有人可能會威脅到你的生命安全，接下來請你務必按照我們的指示行動。」

杜志飛目瞪口呆，一句話都說不出來，只好把求助的目光投向黃良才，而黃良才的耳邊還迴響著剛才下屬彙報露天酒吧命案的消息，腦子一團混沌，同樣不知道應該說什麼才好。

但黃良才畢竟是心理素質不錯的專業保全人員，很快就理解童瑤所說的意思——既然今晚在郵輪上已經接二連三地發生極其詭異的命案，那麼這個關乎杜志飛性命的警告，就必須更加重視。

「我們該怎麼辦？」黃良才問。

「對方警覺性極高，我們暫時不要驚動太多人，黃主任，你去隔壁房間埋伏，我在這個房間裡面躲起來，諾蘭姐，妳去走廊上找一個遠離這個房間，但可以看見出入人員的位置待命。萬一等會兒有人從房間裡逃出來，妳不要一個人追上去，只需要記住那人逃跑的方向即可。」

「那，那我呢……」杜志飛戰戰兢兢地問。

「杜總就坐在這個位置上，提前把郵輪主甲板上停靠的那架直升機鑰匙準備好，等會兒賀沁凌出現，你什麼都別說，什麼都別問，如果她開口要拿直升機鑰匙，你就假裝翻查抽屜，然後盡快將鑰匙遞給她。」

「啊？誰？」杜志飛還以為自己的耳朵出現了問題，「賀沁凌不是已經……」

「沒時間了，不要多問，杜總，你也知道賀沁凌是有超能力的人吧？我們先各就各位，事後再向你慢慢解釋。」

童瑤此言一出，杜志飛的表情瞬間由迷茫變為恐懼，顯然已經完全相信了童瑤所說的一番話。

黃良才見狀，微微皺起眉頭，說：「要不由我來負責看守這裡，童警官去隔離房間吧？」

童瑤知道黃良才可能對自己還不是完全放心，但她也不太計較這一點，畢竟櫻桃也有可能先進入隔離的船長專用臥室，無論她看守哪一邊，都只有一半的機率會遇到櫻桃，另外還有一半機率要交給黃良才處理。

「也可以，如果賀沁凌出現了，千萬不要輕舉妄動，她隨身攜帶著致命的劇毒。也不要試圖拖延時間，盡快讓她拿走直升機的鑰匙即可。」

「知道了。」黃良才點點頭。

「我會在她離開船長室時才進行逮捕，因為那時她的警惕性會降低，杜總，你可千萬不要露出什麼馬腳，否則會很危險。」

「我……我就把鑰匙交給她……沒錯吧？」杜志飛感覺到事態非同小可，早就急得額頭上全是汗珠了。

「嗯，記住，不能馬上就交給她，但也不能故意拖延時間。」

「這，這很難辦啊。」杜志飛的表情就像快要哭出來似的，恨不得能有別人來代替他完成這個看似簡單，實質艱鉅的任務。

「杜總，你可是見過大風大浪的人，我相信你可以做到的。」童瑤只能不斷鼓勵杜志飛，時間不多了，櫻桃隨時可能出現，再不埋伏起來就太遲了。

於是童瑤打了個手勢，杜志飛坐回原位，而黃良才則把自己的身體塞入了檔案櫃後方狹窄的空間裡頭，童瑤和陳諾蘭離開船長室，按計畫分頭行動。

黃良才腰間的呼叫器再次響起，他咒罵了一句，狠狠地拆掉了呼叫器上的電池。

現在先不管別的事情，保住杜志飛的命再說。

九月三日，凌晨零點五十二分。

鎖死狀態，第八迴圈。

未來之光號，第十二層，味魂日本料理。

路天峰非常小心謹慎地讓章之奇留在包廂外面，他一個人走進去查看情況，只見包廂裡一切如常，那具很可能是周煥盛的骷髏依舊靜靜地呆在原處，手骨和掌骨處散發出淡淡的光芒。

看起來時間粒子並沒有因為上一迴圈的劇烈爆炸而擴散，這可說是個好消息，但讓路天峰困惑不解的是，司徒康竟然沒有第一時間趕來這裡。

莫非水川由紀並沒有成為感知者，她還活著？

除此之外，路天峰想不到其它可能性了，如果司徒康察覺到這裡的某樣東西可以將普通人轉化為感知者，他怎麼可能坐視不理？

就在這時候，包廂的門突然被拉開了。司徒康一步一頓地走進包廂，路天峰還是第一次在時間鎖死迴圈之中看見真正的他，而他的眼神似乎比以往更加冰冷，就如同冬天冰封的河面一樣，不僅僅是冷，而且硬邦邦的，不帶一絲感情。他的襯衫下襬處，沾上了一小片血跡，再仔細一看，深色的褲子上也有難以察覺的血跡。

這些血不屬於他，那麼應該來自水川由紀。

司徒康開口了，如果之前他說話像一把鋒利的劍，步步緊逼，那麼現在他口中的話更像是一把淬過毒的匕首，更加充滿殺氣和敵意。

「路警官，難道你們找到將普通人轉化為感知者的方法了？」司徒康的語氣中聽不出絲毫的怒意，在不該冷靜的時候過分冷靜，這反倒讓人感覺更加壓抑。

「也許吧，其實我也不是很確定……」路天峰坦白地說。

「我可以證實，你們確實是成功了。水川由紀已經被你們炸死了。」

「並不是『我們』，而是談朗傑獨自完成了所有事，但他也死在了這個包廂裡頭，是被水川由紀殺死的。」

司徒康的鼻子裡發出一聲嗤笑，「真的嗎？那他還挺厲害的。」

「當然，你可以選擇不相信我。」

「我一向都很信任你。」司徒康舉起手槍，指著路天峰說：「告訴我，你們是怎麼做到這一點的。」

路天峰看著槍口，心中並沒有泛起恐懼，反而有種欣慰的感覺。如果自己在這裡被司徒康殺死，未嘗不是一個好結局。

「司徒康，放下武器！」章之奇高喊著，但他不敢走到離包廂太近的地方，畢竟時間粒子的影響範圍到底有多大，沒有人知道。

司徒康頭也不回，繼續對路天峰說：「真奇怪，你的朋友為什麼不衝過來救你？相隔那麼遠大喊大叫，又能有什麼用呢？」

路天峰聳聳肩，無奈地苦笑起來。

「我明白了，這個包廂內有什麼奇怪的東西——很可能就是讓普通人轉化為感知者的關鍵。」司徒康真的很聰明，一下子就想通了。

「是的，時間機器曾經在這裡發生過爆炸，而時間機器裡面收集的大量時間粒子，分布擴散在這個空間裡頭了。」

「你為什麼會知道？」

「是時間機器的賣家，也就是櫻桃小姐親口告訴我的。」路天峰看了看旁邊的那具骷髏，「現在這具骷髏，就等於是時間機器本身。」

「是的。」

司徒康的瞳孔倏地收縮了一下，「所以說，如果沒有櫻桃，你們根本做不到這一點。」

「所以我不但應該殺掉你，還應該殺死櫻桃。你們幾個人，一個都不能留！」

「這麼說好像也有一定道理。」

「但很奇怪，我能感覺到你並不怕死。」司徒康將槍口緩緩往下移動，「這到底是為什麼呢？」

路天峰沉默了，他不想把答案說出來。

九月三日，凌晨零點五十四分。

鎖死狀態，第八迴圈。

未來之光號，主甲板。

櫻桃是一個非常擅於吸取經驗教訓的人，這也是她一直沒被警方抓獲的關鍵原因。她很清楚，在緊接著的兩個迴圈之中，絕對不能做同樣的事情，否則很可能會落入敵人特意布置的陷阱之中。

因此這一次，她並沒有選擇到船長室去拿直升機的艙門鑰匙。

反正只是打開機艙門而已，發動引擎又不需要鑰匙，這種機械鎖，能難倒一雙巧手媲美專業魔術師的她嗎？

「咔嗒——」花了不到一分鐘，她就順利打開了門鎖。

櫻桃跳上直升機，啟動引擎，同時戴上頭盔和隔音耳機，瞄了一眼時間，還不到零點五十五分，比上一個迴圈一點零八分的起飛時間，足足節省了十三分鐘以上。

十三分鐘，足夠她飛出上次遭遇到的「阻力區」了。

更何況，這一次她駕駛直升機的技術更加嫻熟，上次起飛時因為對各種功能按鈕和開關不熟悉而鬧出的一些笑話，可不會再發生了。

順利升空，選定方向，前進！

櫻桃壓抑不住內心的衝動，揮舞著拳頭，大聲地歡呼起來，雖然這歡呼聲瞬間就被螺旋槳發出的巨響所吞沒。

「離開這鬼地方吧！」

她很好奇，如果自己能夠擺脫時間鎖死，郵輪上剩下的幾名感知者會遭遇什麼情況？總不可能只有她一個人恢復了正常的時間線，而另外幾個人卻留在閉環裡頭吧？

更有可能的是，只要逃出足夠遠的距離，等同殺死了其餘所有的感知者，這些人將會在時間長河內徹底消失，連絲毫痕跡都無法留下。

「所以，最後還是只有最聰明的人能夠活下來啊……」櫻桃感歎道。

之前她參與的每一起案件，都是類似的結局，也正因為其他人死的死，被抓的被抓，逍遙法外的她才能活得那麼安逸。

視野下方的未來之光號漸漸變小，現在看起來就像公園湖面上的一艘模型玩具船。

櫻桃控制著直升機，繼續加速前進。

雷達顯示正常，油量充足，引擎運轉穩定——一切都很順利，櫻桃已經想不到有任何人或事可以阻止自己離開了。

就在這時候，她聽見機艙外傳來一聲詭異的怪響。

其實她根本沒有時間思考到底是什麼聲音，因此下一個瞬間，刺眼的光芒和火熱的痛感，就將她整個人席捲到煉獄的最底層。

痛苦的感覺可能只持續了零點一秒，一切就結束了。

是直升機的引擎發生了爆炸，整架飛機直接在空中解體，化作一團耀眼無比的煙火。

九月三日，凌晨一點。

鎖死狀態，第八迴圈。

未來之光號，第十二層，味魂日本料理。

「你聽見了嗎？」司徒康突然問。

「什麼？」路天峰似乎聽到了什麼聲音，但聽得並不真切，所以不太確定是不是自己聽錯了。

司徒康快步走上前，一把拉開了包廂內的窗簾，通過郵輪的舷窗，他們可以看到一團火球在半空之中散為火花，然後又像流星一般急速墜落。

「有人乘坐直升機離開郵輪，被我幹掉了。」司徒康冷冷地笑道：「在來這裡之前，我首先趕到主甲板的直升機那邊，在上面安裝了一個炸彈。只要直升機和郵輪之間的直線距離大於五千公尺，炸彈就會爆炸。」

「為什麼你要這樣做？」

「這是為了大家好，路警官，你知不知道，如果其中一個感知者逃出了時間鎖死，那麼剩下的感知者會發生什麼事？」

路天峰搖搖頭。

司徒康繼續說：「其實我也不知道，但為了安全起見，我將這種潛在威脅的可能性抹除了。」

「好吧，不愧是你……」路天峰長歎一聲，直升機上的人很可能是櫻桃，這個一直如同幽靈一般存在，一次又一次躲過警方追捕的奇女子，最終還是敵不過司徒康的陰險毒辣。

「現在，只剩下你和我了。」司徒康打開了手槍的保險，再次舉高槍口，瞄準了路天峰的胸膛。

「我很好奇，你開槍殺死我之後，到底會發生什麼？還是什麼都不會發生，但時間能夠正常流逝了？」

「你所關心的問題跟我一樣，我也想知道答案。」司徒康走到包廂的門邊，拉上了那扇日式推拉門。這樣一來，章之奇就無法看到包廂內的狀況了。

路天峰隱隱約約感覺到事情有點不對勁，司徒康並不是那種做事拖泥帶水，猶豫不決的人，如果他想要殺死自己，早就開槍了，為什麼卻依然東拉西扯地說著閒話，甚至還要把門關上？

路天峰終於忍不住發問了：「你為什麼還不開槍？」

「因為我還在想，你為什麼不害怕？」司徒康眯起了眼睛。

「我是警察，我不懼怕死亡。」路天峰強作鎮定地說。

「但你的眼中卻還有恐懼，你不怕死，你害怕的是另外一件事情。」

「司徒先生難道沒聽說過嗎，電視劇裡面的反派往往死於話多。」路天峰乾脆使出了激將法。

司徒康卻依然保持著冷酷無情，緩緩地說：「第一，生活並不是電視劇，第二，我不覺得自己是反派，第三，我說的每一句話都有意義。因為我喜歡把一件事的來龍去脈全部整理清楚之後，再做決定。」

「好，那麼你繼續慢慢整理吧，我還有事，先走一步了。」路天峰說完，竟然真的邁步走向包廂大門。

司徒康如果不開槍，當然無法阻止路天峰離開。

司徒康的眼內殺意一閃而過，平靜如水的表情中終於露出了一絲猙獰。

「我明白了。」司徒康突然沒頭沒腦地說了一句。

「明白了什麼？」

「談朗傑為什麼能夠放心地跟由紀一命換一命？一定是因為他已經百分百肯定，那具骷髏身上所謂的時間粒子，可以讓普通人變成感知者。」

「所以呢？」

「所以這艘郵輪上，還有另外一個感知者存在。」司徒康的笑容之中帶著瘋狂的氣息，「而你為了保護這個人，寧願選擇自己去死。」

路天峰本已經走到門邊的腳步停住了。

這時候，包廂的門突然被拉開，陳諾蘭冒冒失失地衝進來，失聲驚呼道：「峰——」

「別慌。」路天峰連忙用自己的身體護住陳諾蘭。

「啊，你的女朋友完全不害怕這裡的時間粒子嗎？還是說，她已經成為了感知者？」司徒康的手指扣在了扳機之上。

「司徒康，不要濫殺無辜！」路天峰想將陳諾蘭推出去，但陳諾蘭竟然死死抓住門框，不肯離去。

「峰，你還記得嗎？你答應過我，無論發生什麼，你都會陪伴在我身邊，所以我也一樣，會一直陪著你。」

司徒康哈哈大笑起來，「兩位死到臨頭還不忘秀恩愛，果然是模範情侶啊。路天峰，你知道嗎，連開兩槍殺死你們，是最簡單卻最無趣的復仇方式，我司徒康，從來不會做這種索然無味的事情。」

路天峰沒有搭理司徒康，也沒有繼續推開陳諾蘭，而是緊緊地將她擁入懷中，他想要繼續守護她，直到生命的盡頭，即使這個盡頭可能就在幾秒鐘之後。

「我不會成全你們的，真正的復仇，就是讓你們兩個人彼此自相殘殺。」司徒康說完，將槍口反轉，對準了自己的額頭。

路天峰這才想起司徒康曾經說過，因為多次使用干涉能力影響時間的緣故，他原本剩下的生命就不太長了。

他要用自己剩餘的所有時間，向路天峰和陳諾蘭施加萬劫不復的詛咒。

這才是最可怕的復仇。

「砰——」路天峰果然沒看錯司徒康，這傢伙要是真的想開槍，毫不猶豫就能扣下扳機，即使這一槍射穿的，是他自己的腦袋。

司徒康的屍體頹然倒下，嘴巴咧開，臉上帶著詭異而癲狂的笑容。

未來之光號上的感知者，只剩下兩個人了。

路天峰和陳諾蘭，他們卻依然緊緊擁抱著彼此，不願放手。

「櫻桃，她沒有去船長室拿鑰匙……杜志飛說，那把鑰匙只是用來打開直升機的艙門而已，沒有鑰匙也能發動引擎。」陳諾蘭低聲說著。

「原來如此……但她恰好跌入了司徒康的陷阱，他事先在飛機上安裝了炸彈。」

「正因為櫻桃已經死了，司徒康才會以自殺的方式，試圖將我們逼入困境？」

「嗯，沒錯。諾蘭，妳能夠答應我，自己一個人也要好好地活下去嗎？」

陳諾蘭捏了捏路天峰的耳朵，「我當然會好好活下來，而你也一樣。」

「妳說……什麼？」路天峰一下子不太理解陳諾蘭的意思。

「別忘記了，妳女朋友可是科學家，難道她就不能推算出解開時間鎖死的另外一種辦法嗎？」

「什麼辦法？」路天峰將信將疑地問。

「我也不太確定行不行，但櫻桃想方設法出逃的行動，提醒了我。如果一個感知者遠遠地跑開就能打破時間鎖死，那麼反其道而行呢？把所有感知者集中在同一個足夠小的空間之內，那麼他們每個人身上的時間線，是否就不再發生相互干擾了？」

「這個……」路天峰真不知道行不行，但聽起來頗有幾分道理。司徒康，哦，那個應該是假扮成司徒康的司徒旭華曾經說過，時間鎖死的關鍵原因，就是感知者之間的相互干擾和時間線衝突，因此才要通過你死我活的廝殺，篩選出最後的幸運兒。

但如果感知者們能夠同心協力，那麼他們身上的時間線是否就會統一？

「諾蘭，我們試一下吧。」

「嗯，當然要嘗試啦！」

「只是我們之間的距離，會不會還不夠近？」

「怎麼還不夠近啦，都已經肌膚緊貼了好不好？唔——」

陳諾蘭的嘴，被路天峰的唇封住了。

是啊，戀人之間的距離，不僅僅可以為零，還能夠繼續拉近，直至兩個靈魂融為一體。

時間，忽然發生了微妙的變化。

路天峰說不清楚那是一種怎麼樣的變化，他只知道，有些東西變得不一樣了。

下一瞬間，他和陳諾蘭分開了。兩人回到了魔術劇場內，現在的時間是九月三日零點四十五分。

上一次的鎖死迴圈，並沒有完整地經歷三十三分鐘！

「所以……鎖死被打破了嗎？」路天峰看著陳諾蘭，小心翼翼地發問。

一旁的章之奇和童瑤當然不可能聽懂這個問題，但萬萬沒想到，陳諾蘭也是一臉茫然地看著他，說：「峰，你還好嗎？怎麼突然問那麼奇怪的問題？」

路天峰沒有答話，只是自顧自地哈哈大笑起來。

終章　落幕

未來之光號的首航之旅，註定會成為一個傳奇故事。

因為就在首航的第一夜，郵輪上發生了極其詭異的「神隱」事件，包括東南亞娛樂大亨談武衡的兒子談朗傑在內，共有七名乘客離奇失蹤，失蹤現場沒有任何打鬥痕跡，而當時郵輪位於茫茫大海的正中央，失蹤者到底是如何離開郵輪的，又因何而離開，成為警方百思不得其解的謎團。

雖然事後清點郵輪上的設施，發現少了一艘救生艇，但竟然沒有人知道這艘救生艇是何時被放到海裡的。而當天夜裡郵輪的監視器系統出現了故障，有長達幾個小時只錄到了一片雪花，警方的技術人員再三檢查後仍然沒有發現人為破壞的痕跡，只能解釋為遭遇了不明電磁干擾導致監視設備資料出錯。

在如此離奇的失蹤案件面前，郵輪上發生的三起命案，反而成為了次要的——這三起案件案發時間高度集中，卻完全找不到誰是凶手，而警方經歷了艱苦而漫長的調查後，決定將謀殺案和失蹤案合併處理，得出的結論是，失蹤者當中藏有一名凶手，這名凶手不但殺死了三個人，而且劫持和帶走了另外幾名遊客，藉由救生艇離開郵輪，並與一早在海中等候的接應船隻會合，從此消失不見。

這個結論雖然非常粗糙，還有許多難以自圓其說的地方，但警方已經盡力了，他們也編不出更有說服力的故事，只能不管三七二十一，將這個版本的結論上交。全球各地的媒體自然無法接受這樣一個有頭沒尾的結案陳詞，於是無論是電視台和報社的正規軍，還是網路上熱衷造謠炒作的自媒體，紛紛一窩蜂地出動，去四處搜刮相關的新聞和資料，企圖解開未來之光號神隱事件的內幕，但很顯然，他們都只能無功而返。

杜志飛的名字，不再被媒體所提起，他似乎離開了商界，躲進深山裡面剃髮出家了；黃良才則辭去了郵輪保全主任的職位，有人曾經看見他在某家夜總會擔任保全。

國際刑警雷派克和孫映虹的追捕任務以失敗告終，直到最後，他們還不能確定到底櫻桃有沒有登上未來之光號，更無法鎖定她的身分。兩人將會繼續他們的追查工作，希望在有生之年，能夠親手逮捕這個幽靈般的傳奇女賊。

化名為高朋的鄧子雄倒是被抓住了，只是關於天時會的一切，他都守口如瓶，不肯多說半句，但即使是這樣，他也沒能保住自己的性命，在一場監獄暴亂之中，被人「一不小心」用尖銳的木棍刺中要害，失血過多而亡。

章之奇依然經營著自己的偵探社，而童瑤依然在警察的崗位上盡忠職守，路天峰則是終於下定決心，辭去了刑警的工作。只有他一個人知道，當晚在未來之光號郵輪上消失的那艘救生艇，是他親手放入海中，並用談朗傑攜帶的小型炸彈炸穿了底部，好讓它能夠沉入海底，徹底從這個世界上消失。一番折騰之後，那場不可思議的神隱事件才能擁有一個看起來稍微合理一點的解釋，而偽造了現場，隱瞞了案情的路天峰，再也不願意回警局上班了。

如今他選擇了賦閒在家，跟陳諾蘭一起研究關於時間粒子的祕密。

「峰，你覺得我們能成功嗎？」

「一定可以的，因為我有個超級聰明的科學家女友。」

「你說過，在那一段並不存在的時間裡頭，我能夠憑藉一己之力，想出破解時間鎖死的巧妙方法，但我真的有點懷疑你只是在哄我開心。」陳諾蘭面對著滿螢幕毫無規律的實驗資料，皺起了眉頭。

「諾蘭，對自己有信心一點，再說，我什麼時候騙過妳啦？」

「嗯，我會繼續加油的。」陳諾蘭拍了拍自己的額頭，提起精神來，又繼續埋頭跟資料進行搏鬥了。

路天峰給陳諾蘭倒了一杯熱茶，說：「對了，妳難道一點也不好奇，我為什麼突然那麼熱衷於研究關於時間粒子的祕密嗎？」

「因為你再次親身體驗到，要是人類能夠影響時間，造成的後果到底有多可怕。你不希望這種足以毀滅世界的力量，僅僅掌握在天時會這樣一個組織裡頭。」

路天峰假裝出失望的表情，「啊，妳都猜對了，真沒意思。」

陳諾蘭嘻嘻一笑，「畢竟我是你的聰明科學家女友啊。」

「但有件事情妳一定猜不到。」路天峰眼珠一轉，笑著說道。

「說說看？」

「其實我已經能夠影響時間了。」

陳諾蘭愕然，「什麼？難道你已經成為了干涉者？」

「不對，我只能影響屬於我自己的時間。」路天峰張開雙手，一把環抱著陳諾蘭，「而妳，就是我的所有時間。」

「哼，放開我，原來你只會影響我的工作。」陳諾蘭裝出生氣的樣子，向路天峰的胸口處捶了兩拳。

「我們之所以還在這裡，是因為我們不肯放開彼此啊。」路天峰歎了歎氣，頗有感觸地說。

聽了路天峰這番話，陳諾蘭也不禁安靜下來，把頭輕輕倚靠在他厚實的胸膛上，側耳傾聽著他的心跳聲。

撲通，撲通——

這心跳的聲音，和屋內時鐘秒針的滴答聲混在一起，組成了世界上最美妙的時間進行曲。

「不管未來還會遇到什麼困難，我們都要一起面對啊！」

逆時偵查3：未來之光

作　　者　張小貓
封面設計　高偉哲
行銷企畫　林瑀、陳慧敏
行銷統籌　駱漢琪
業務發行　邱紹溢
營運顧問　郭其彬
責任編輯　李世翎、吳佳珍
總 編 輯　李亞南
出　　版　漫遊者文化事業股份有限公司
地　　址　台北市105松山區復興北路331號4樓
電　　話　（02）27152022
傳　　真　（02）27152021
服務信箱　service@azothbooks.com
營運統籌　大雁文化事業股份有限公司
地　　址　台北市105松山區復興北路333號11樓之4
劃撥帳號　50022001
戶　　名　漫遊者文化事業股份有限公司
初版一刷　2022年5月
定　　價　新台幣350元

ISBN　978-986-489-629-5
本作品中文繁體版經上海紫焰文化傳媒有限公司及中國友誼出版公司授予漫遊者文化事業股份有限公司獨家出版發行，非經書面同意，不得以任何形式，任意重製轉載。

版權所有・翻印必究
本書如有缺頁、破損、裝訂錯誤，請寄回本公司更換。

國家圖書館出版品預行編目(CIP)資料

逆時偵查. 3, 未來之光 / 張小貓作. -- 初版. -- 臺北市：漫遊者文化事業股份有限公司, 2022.05
320面；14.8×21公分

ISBN 978-986-489-629-5(平裝)
857.7　　111005421

azoth books
漫遊者
https://www.azothbooks.com/
漫遊，一種新的路上觀察學
漫遊者文化 AzothBooks

遍路文化 on the road
https://ontheroad.today/about
大人的素養課，通往自由學習之路
遍路文化・線上課程